Eine verrückte Kreuzfahrt

Oric Bates

Writat

Diese Ausgabe erschien im Jahr 2023

ISBN: 9789358812756

Herausgegeben von
Writat
E-Mail: info@writat.com

Inhalt

KAPITEL EINS:
DIE HIMMELSRICHTUNGEN

„Mir fällt auf", sagte Jerrold Taberman , „dass uns ewiger Ruhm droht, Sieg oder Niederlage. Entweder werden wir als Heldenpaar durch die Zeitalter segeln oder als das ungeheuerlichste Eselpaar, das jemals einen Job vermasselt hat." ."

„Nun, Jerry", erwiderte sein Begleiter lächelnd, „Sie haben genauso viel mit dem Erfolg der Sache zu tun wie ich. Ich hoffe, Sie sind sich der Verantwortung bewusst."

Die jungen Männer kicherten gemeinsam bei dem Gedanken an alles, was diese Bemerkung beinhaltete, obwohl sie nicht einander ansahen, sondern auf das Meer hinausblickten.

Es war frühe Dämmerung in der letzten Maiwoche. Die beiden Redner standen auf einem kleinen Steg, der in einen kleinen, fast Binnenhafen einer Insel in der East Penobscot Bay mündete. Beide waren offensichtlich in den frühen Zwanzigern, beide trugen Arbeitsanzüge aus Segeltuch, wie sie von den Matrosen unserer Marine getragen werden, und beide waren auf den ersten Blick Herren.

Der zweite Redner, John Castleport , war groß und dunkelhäutig. Sein Gesicht mit seinen markanten Gesichtszügen und den scharfen braunen Augen war eher auffällig als hübsch. Er stand da und schaute nach Süden , wo sich der Atlantik im schwindenden Licht nach Westen abwandte, als hätte er ein verborgenes Ziel. In seiner Hand hielt er ein starkes Fernglas, und trotz seines Lächelns wirkte er, als ob er es ziemlich ernst meinte.

Taberman kontrastierte merkwürdig mit seinem Gastgeber. Er war klein und stämmig, hatte blaue Augen und blondes Haar, das dazu neigte, sich zu kräuseln. Während er da stand und die Schultern dem Wind zugewandt hatte, wehte der quadratische Kragen seines Leinenpullovers gegen seinen runden Schädel und bildete einen Hintergrund für sein gebräuntes Gesicht. Zwischen den Zähnen hielt er eine Tropfpfeife aus Dornbusch, die Hände steckten tief in den Hosentaschen. Er steckte seine Pfeife in seinen Mundwinkel und sprach erneut.

„Ich hoffe, dieser Wind stört den alten Herrn nicht", bemerkte er und warf einen Blick auf die wogenden Doppeldecker, die oben vorbeifuhren.

Der Wind schrillte durch die Beobachter am Steg, klar, stark und salzig.

„Ich schätze nicht", antwortete Castleport ; „Alles andere als ein Hurrikan ist für ihn ein Segelwind. Er ist ein mutiger alter Kerl."

„Das ist richtig. Ich kann nicht zulassen, dass er uns das Spiel verdirbt, indem er zu spät kommt, wissen Sie. Lass uns nach oben gehen; es wird schrecklich kalt."

Sie drehten sich um und gingen am Pier entlang. An der Stelle, wo es auf das Ufer traf, stand ein kleines Bootshaus. Von da an stieg der Boden, bedeckt mit einem verkümmerten Bewuchs aus Fichten und Tannen und den unvermeidlichen Felsbrocken Neuenglands, plötzlich an. Direkt in der Linie des Stegs zeichnete sich über den Bäumen das Schindeldach eines kleinen Hauses ab. Im Westen, im schwächelnden Nachglühen des Sonnenuntergangs, zeichneten sich die Camden Hills leuchtend violett ab, doch umrahmt von einem Faden goldenen Feuers. Weiter im Osten, in nüchternere Farben gekleidet, erhob sich der Mt. Desert, eine Masse aus schattigen Grün- und Blautönen. Die Steilheit des Weges, den sie hinaufstiegen, versperrte den jungen Männern bald den Blick auf diese Schönheiten und Erhabenheiten, bei denen sie jedoch wahrscheinlich nicht in der Stimmung waren, darüber nachzudenken; und eine Minute zu Fuß brachte sie zur Tür des Hauses, einem kleinen Gebäude mit hohem Dach und breiter Veranda. Seine Schindeln hatten fast die Farbe des dunklen Immergrüns, das die Lichtung umgab, auf der es stand; Seine Fenster reflektierten mit einem leeren und glasigen Blick das schnell verblassende Licht. Castleport öffnete seinem Gast die Tür und folgte ihm ins Wohnzimmer.

Die Dunkelheit schien durch den Kontrast zu dem noch vorhandenen Licht draußen noch größer zu sein, und erst nachdem Taberman ein Streichholz an den Haufen alter Schindeln und hellem Treibholz im breiten Kamin gelegt hatte, konnten sie einigermaßen sehen. Der purpurrote Schein zeigte einen etwa sechs Meter großen Raum mit Fenstern auf zwei Seiten, im Süden und im Osten. Die Balken und die Ummantelung bestanden aus gehobeltem, unbemaltem Fichtenholz. Der große mexikanische Kamin aus Ziegeln befand sich in der nordwestlichen Ecke; In der Mitte des Raumes stand auffällig ein runder Tisch aus Fichtenholz, bedeckt mit einem Durcheinander von Pfeifen, Tabak, Zeitschriften und Schiffszubehör; Zwischen den beiden Ostfenstern stand unter einem kastenförmigen Schrank, der an der Wand befestigt war, ein kleinerer Tisch mit quadratischer Platte, auf dem sich Bücher und Karten stapelten. Unter den Südfenstern stand ein schwerer Schreibtisch mit einer verblassten Tischplatte aus Stoff. Der Stoff war mit Tintenflecken und Löchern voller Motten und nachlässig gehandhabter Zigarren übersät. Von der unbeschwerten Auswahl an Stühlen, die das Mobiliar des Zimmers vervollständigten, befand sich kein großer Teil in völlig unbeschädigtem Zustand, aber alle waren offensichtlich für den Dienst und die Bequemlichkeit gedacht. Die Wände des Raumes waren mit Dekorationen aus Jakobsmuscheln und einigen ungerahmten Aquarellen im impressionistischen Stil geschmückt. An der Innenseite der Tür war eine große Karte der Penobscot Bay befestigt, und unter einem ramponierten Quadranten über dem Schornstein hing eine ehrwürdige Steinschlossmuskete. Alles war fast bis zur Grobheit einfach, und doch vermittelte der Ort sofort und deutlich den Eindruck von Behaglichkeit und guter Kameradschaft.

Castleport legte sein Fernglas auf den Schreibtisch, trat zu einer Tür zu seiner Rechten, öffnete sie und rief :

„Oh, Gonzague ?"

„ Sair ?" antwortete prompt jemand von jenseits des kurzen Ganges, in den er blickte.

„Abendessen, wenn du bereit bist, Gonzague ."

„Ja, richtig, Sir ."

Taberman hatte sich ans Feuer gesetzt, und Castleport gesellte sich zu ihm. Jeder füllte eine Pfeife und zündete sie an, und gemeinsam starrten sie auf die Flammen, die durch den breiten Schornstein loderten. Die kleineren Stöcke begannen bereits auseinanderzufallen, kippten nach außen oder fielen zwischen die Hunde, und einige Augenblicke lang beobachteten die jungen Männer sie schweigend. Als Taberman schließlich einen neuen Stock in die Flammen warf, sprach Castleport halb zu sich selbst.

„Was für eine Lektion wird das für den alten Kerl sein! Meine Tante! Er wird seine Zähne zu Pulver zermahlen!"

„Zahnpulver, was?" fragte der andere grinsend. „Aber wir müssen sicher sein, dass wir das Lachen auf der richtigen Seite haben. Der Witz besteht nicht nur darin, mit der Merle davonzukommen, sondern auch darin, sie festzuhalten und sicher zurückzubringen."

„Das ist durchaus wahr", stimmte Castleport zu ; „Aber mit Mut und Glück und einem Auge für die drei L's sollten wir es schaffen."

„Du gehst mir lieber den ganzen Plan durch, Jack. Du hast mir nicht die Hälfte aller Einzelheiten mitgeteilt, und ich würde gerne die neueste Version wissen. Es ist auf jeden Fall wichtig, vorher alles perfekt verstanden zu haben."

„In Ordnung, ich werde die ganze Sache nach dem Abendessen durchgehen, alter Mann. Wir werden die Verschwörer spielen, die ihre Schurkerei proben; aber warten wir auf Essen. Ich hasse Diskussionen mit leerem Magen."

„Richtig; hier ist jetzt Gonzague ."

Ein großer, grauhaariger Mann mit stark gebräuntem Gesicht kam herein und begann, den Müll auf dem runden Tisch wegzuräumen. Er hatte ein raues, wettergegerbtes Gesicht mit markanten Gesichtszügen und leuchtend schwarzen Augen. Unter seiner großen Hakennase verbarg ein großer weißer Schnurrbart, steif und gekräuselt wie der eines Walrosses, halb einen festen Mund mit vollen Lippen. Ein gebürtiger Provence- Soldat, Seemann, Koch und Decksmann – der alte Gonzague Mairecalde hatte über sechzig Jahre aufregender und polyglotter Existenz geführt, die letzten drei davon hatte er in den Diensten von Castleport verbracht . Der alte Mann, gekleidet in blaue Flanellhosen und eine makellose weiße Jacke, bewegte sich lautlos umher und entledigte sich schnell der Sachen auf dem Tisch. Er schien für alles einen Platz zu haben und den leichtesten Schritt und die geschicktesten Hände zu haben, die man sich vorstellen kann. Nachdem er den Raum aufgeräumt hatte, ging er hinaus und kam bald mit Wäsche und Geschirr wieder zurück. In kurzer Zeit war der Tisch für das Einbringen des Essens bereit.

„Bereit, Sir ?" fragte Gonzague und zupfte mit seinen knochigen Fingern an seinem Schnurrbart.

„Zwei Minuten", antwortete Jack. „Komm schon, Jerry, lass uns uns waschen."

Nach zehn Minuten saßen sie vor einem einfachen, aber herzhaften, gut zubereiteten und appetitlich servierten Abendessen. Sie störten sich offenbar überhaupt nicht an der Diskrepanz zwischen ihrer rauen und nicht ganz frischen Matrosenkleidung und den schneebedeckten Decken und dem Silber, auf das das Feuer tanzende und flackernde Lichter warf. An den Wänden gegenüber dem Kamin bedienten sich stumme, schattenhafte Grotesken gegenseitig mit riesigen Vorräten aus Schüsseln von vagen Umrissen und ungewisser Größe, bedienten dunkle Gabeln und Löffel mit ungeheuerlicher Begeisterung oder tranken mit zurückgeworfenen Köpfen und gekrümmten Ellbogen wie Trolle aus riesigen Krügen .

Nach dem Abendessen wurde der Tisch abgeräumt, ein Krug Bier darauf gestellt, ein Teller Schiffskeks und ein Vorrat Tabak. Nach der Theorie von Castleport war das Klima der Insel englisch genug, um diesen nächtlichen Angriff auf den Oktober zu rechtfertigen, von dem sein Onkel, dem die Insel gehörte, immer eine Kippe im Keller aufbewahrte. Tatsächlich ließen die frische Kühle der nächtlichen Luft, der angenehme Glanz des Feuers und der angenehme Duft brennenden Tabaks den Eindruck erwecken, dass ein oder zwei Krüge Bier kaum einer Entschuldigung bedarfen.

Während der Tisch nach vorn geschoben wurde, so dass seine Kante zwischen sie kam, ihre Pfeifen angezündet, ihre Füße bequem zum Kamin ausgestreckt, rauchten die beiden Freunde eine Zeit lang schweigend, bis Jack schließlich seine Pfeife nachfüllte und mit großem Enthusiasmus wieder anzündete Überlegung, brach in eine Rede ein.

„Bevor ich auf die Einzelheiten dieses Auftrags eingehe", bemerkte er, „muss ich noch eines sagen: Es ist eine Verschwendung von Atem für mich, zu reden, bis ich weiß, dass Sie bei mir sind. Ich habe nichts weiter getan als." Ich möchte dich beiläufig fragen, alter Mann. Jetzt möchte ich, dass du ernsthaft sagst, ob du diese Kreuzfahrt mit mir begleitest oder nicht. Ich hasse es, so furchtbar sachlich zu sein, Jerry, vor allem, wenn es um einen Scherz geht; Aber in – ähm – dieser Größenordnung müssen die Dinge auf eine eindeutige Grundlage gestellt werden – man muss sie vollkommen verstehen, wie Sie vor dem Abendessen sagten."

Taberman warf seinem Begleiter einen Seitenblick zu und begann zu lächeln. Das Lächeln verwandelte sich in ein hörbares Lachen; und das wiederum entwickelte sich zu einem Lachen, das sich zu einem fröhlichen Brüllen steigerte.

„Du feierlicher alter Pirat", schrie er, „für was für einen Drückeberger hältst du mich? Ich gebe dir jedes Versprechen, das du willst, vorausgesetzt – semper more equitis, weißt du – ich kann mich nicht dazu *verpflichten* . " Kehlen durchschneiden, Schiffe versenken, die Piratenflagge fliegen lassen und so weiter. Was ist deine Form des Eids, nicht wahr? Trinken wir uns gegenseitig das Blut aus einem Schädel, oder was?"

Taberman hatte einen jungenhaften Überschwang an sich , eine lockere Unbekümmertheit, aus der er nie herauswachsen konnte. Es passte gut zu seinem jugendlichen Gesicht und seiner nachlässigen Miene, die ihn zu einem so deutlichen Kontrast zu seinem Freund machten. Obwohl Castleport impulsiv und zur Fröhlichkeit geneigt war, wie es nur ein gesunder und kräftiger junger Mann von zweiundzwanzig Jahren sein kann, hatte er im Großen und Ganzen ein Temperament, das das Gegenteil von ausgelassen war. Er reagierte offen auf Jerrys Ausbruch.

„Nun, alter Mann", sagte er, „es bedarf nichts weiter als dein Wort, dass du gehst und es bis zum Ende durchhältst. Ich wusste, dass du es tun würdest, Jerry. Verdammt, gib uns deine Flosse!"

In seiner Begeisterung ergriff er Tabermans Hand und drückte sie herzlich, offenbar war er mehr von einem inneren Bewusstsein über die Tragweite des Plans bewegt, den er gerade skizzieren wollte, als von irgendetwas, was tatsächlich zwischen ihnen gesagt worden war. Jerry lachte und erwiderte interessiert den Griff.

„Und jetzt", fuhr Castleport fort, „erzähle ich Ihnen jede Menge Einzelheiten. Ich erzähle Ihnen zuerst den Anfang: Wie mir die Idee kam. Vor etwa drei Wochen beschloss ich, ins Ausland zu gehen , – ich Ich habe dir geschrieben, du erinnerst dich. Nun, ich bin zu Onkel Randolph gegangen und habe ihn um ein Akkreditiv gebeten. Das ist das Ergebnis der angenehmen Vereinbarung, durch die mein gesamtes Eigentum bis zu meinem fünfundzwanzigsten Lebensjahr treuhänderisch verwaltet wird! Abscheuliche Plage!"

„ Natürlich ist es das", stimmte sein Begleiter zu. „Es ist merkwürdig , dass Ihr Vater so ein Testament gemacht hat. Aber", fügte er hinzu, als hätte er das Gefühl, dass er vielleicht heikles Terrain betrat, „das ist weder hier noch da. Heben Sie ab."

„Du weißt, warum ich gehen wollte", fuhr Jack fort, „und so" –

„Machen Sie es etwas langsamer", unterbrach der andere, in seinen Augen glänzte Schalk; „Warum solltest du gerade dorthin wollen?"

„Verwirr dich!" erwiderte Castleport . „Du weißt es ganz genau! Glaubst du, dass es Spaß macht, hier zu sein, wenn – wann" –

„Wenn Miss Marchfield auf der anderen Seite ist", schloss Jerry mit der Miene, als würde er Spaß an einem großen Witz haben.

Jack rutschte unbehaglich auf seinem Sitz hin und her, beugte sich vor, um die Asche aus seiner Pfeife auf den Feuerhund zu klopfen, und sah seinen Freund dann ernst an.

„Ich werde nicht grob behandelt, Jerry", sagte er. „Du weißt ganz genau, dass ich es mit ihr ernst meine, und ich werde dir danken, wenn du nachlässt."

„In Ordnung, Jack. Ich bitte um Verzeihung, aber ich würde gerne etwas fragen. Das ist natürlich nicht unbedingt meine Sache, aber es ist wirklich etwas, was ich im Zusammenhang mit diesem Plan gerne wissen würde."

„Feuer weg", sagte Castleport ziemlich grimmig.

„Nun, was ich dann wissen möchte, ist, warum der Präsident so sehr gegen Ihre Heirat mit Katrine Marchfield ist ?"

„Es ist nicht an der Zeit, übers Heiraten zu reden", erwiderte Jack etwas steif. „Vielleicht hat sie etwas dazu zu sagen."

„Natürlich, alter Junge, aber du weißt, was ich meine. Was hat er dagegen, dass du es versuchst?"

„Ich sehe nicht genau, wie sich das auf die Kreuzfahrt auswirkt, aber es macht mir nichts aus, es dir zu sagen; nur sollte ich natürlich nicht wollen, dass darüber gesprochen wird. Es ist so unvernünftig, und ehrlich gesagt würde ich es hassen, den Eindruck zu erwecken, Onkel etwas zu geben." Randolph hat irgendwie ein blaues Auge.

„Ich sollte es nicht wiederholen, Jack; aber du brauchst nichts zu sagen, wenn du es lieber nicht möchtest."

„Es sieht nur so aus, als ob Onkel Randolph höllisch stur und verschroben wäre, und das ist er wirklich nicht. Er hatte mir keinen Grund zu nennen, das war nichts wert. Er redete davon, dass Katrine kein Geld habe; aber natürlich Das ist alles Blödsinn. Ich habe selbst ein gutes Stück davon, wenn ich dazu komme, und er hat mir immer gesagt, dass ich alles von ihm haben sollte. Natürlich hat Katrine nicht viel, aber ich nehme an, dass sie davon etwas haben wird ihre Tante."

"Tante?"

„Aber, Mrs. Fairhew . Katrine reist jetzt mit ihr. Sie ist die einzige nahe Verwandte, die Katrine hat."

„Aber wenn es kein Geld ist"—

„Nein, das ist es nicht. Die Wahrheit ist – ich habe es einmal von Mrs. Fairhew gehört; ich war mir damals und heute nicht sicher, ob sie genau wusste, wie viel sie mir erzählte, und ob sie es ernst meinte für eine Warnung oder nicht. Ich bin halb geneigt zu glauben, dass sie es getan hat.

„Aber was war es?" fragte Jerry, während Jack eine Pause einlegte, um zu meditieren, während sein Blick fest auf das Feuer gerichtet war.

„Oh, Onkel Randolph hatte eine Art Streit mit Katrines Vater, als sie junge Männer waren. Ich glaube, es ging um ein Mädchen, denn ich weiß, dass es zu dieser Zeit irgendwo eines gab. Ich habe Vater davon sprechen hören, und Sag mal, es hat Onkel Randolphs ganzes Leben verändert. Wie auch immer, es gab eine Art Streit, und Onkel Randolph hat es nie verziehen.

„Hmpf!" war Tabermans Kommentar. „Es ist ziemlich schrullig von ihm, seine Bosheit an Miss Marchfield auszulassen ."

„ Natürlich ist es das", antwortete Castleport , „aber er ist nicht so schlimm, wie es aussieht. Er war mein ganzes Leben lang furchtbar gut zu mir."

Es folgte eine kurze Pause, in der beide wahrscheinlich über den Charakter von Randolph Drake nachdachten, einem der prominenten Männer Bostons,

Präsident einer der größten Banken und Treuhänder eines Dutzend wichtiger Unternehmen; ein Mann, dessen Hauptziel im Leben offenbar darin bestand, Geld zu verdienen, dessen Vergnügen das Segeln war. Im Zusammenhang mit diesem Sport hatte er einige Jahre zuvor die Insel gekauft und das Haus errichtet, in dem jetzt über seine Motive diskutiert wurde. Der Ort diente als Schießplatz oder als Versorgungsbasis und verfügte über einen kleinen Hafen, der genau für die Unterbringung der Yacht des Präsidenten, der Merle, geeignet war.

„Schließlich", sagte Jack schließlich, „sorgt Onkel Randolph wirklich mehr für mich als für alles andere auf der Welt."

„ Als er also vermutete, dass Sie ins Ausland gehen würden, um zu versuchen, die Tochter seines alten Feindes zu heiraten, stellte er die Mittel nicht zur Verfügung."

„Er kann sich sowieso nicht vorstellen, dass ich erwachsen bin", grummelte Jack. „Ich habe mich jetzt entschieden, ihn davon zu überzeugen."

„Warum in aller Welt hast du dir das Geld nicht geliehen, Jack? Das wäre ganz einfach gewesen."

„Nun, als ich erwachsen wurde, habe ich Onkel Randolph eine Art Versprechen gegeben, das ich mir nicht leihen würde. Er hat gesagt, dass es der Absicht des Testaments meines Vaters entgehen würde; und natürlich würde es das tun. Wie auch immer, Onkel Randolph selbst. " brachte mir eine größere Idee in den Kopf. Ich brauchte einen Tag und zwei Nächte, größtenteils ohne Schlaf, um darüber nachzudenken, und dann habe ich dich erreicht."

„Wie hat er es vorgeschlagen?"

„Ich tat ihm wirklich leid, das konnte ich sehen. Nur er hatte das Gefühl, ich sei so jung, dass jeder andere Kuchen genauso gut genügen würde wie der, den ich wollte. An dem Tag, an dem er sich weigerte, mich ins Ausland gehen zu lassen, Er schlug vor, dass ich mit Gonzague und einem Freund hierher komme. Er meinte, wenn ich in der Bucht herumalbern würde, bis er mich auf der Merle abholte, sollte ich meinen Wunsch, ins Ausland zu gehen, überwinden. Er sagte, ich sei geflohen unten, brauchte Abwechslung und so weiter. Er kommt am 5. Juni und plant, weiter in die Provinzen zu fahren . Dann sagte er, dass ich sie nach seiner Kreuzfahrt auf der Merle vielleicht gerne für ein oder zwei Wochen bei mir hätte. Es war ein gewaltiges Zugeständnis, das kann ich Ihnen sagen. Wenn ich daran denke, das Boot zu nehmen, schäme ich mich halb, der alte Herr steht so sehr auf sie."

„Und das hat Sie auf diese Idee gebracht?"

„Ja, nur im Moment nicht. Ich sagte mir, dass ich, wenn ich mit der Merle kreuzen würde, gerne mit ihr hinüberfahren würde; aber das geschah erst in dieser Nacht, als ich gerade einkehrte „Die Idee, sie jetzt zu holen und wegzulaufen, kam mir. Es hat mich ziemlich umgehauen!"

„Das könnte ich mir vorstellen!" lachte Taberman .

„Zuerst schien es die einfachste Sache der Welt zu sein. Dann begann ich über Einwände nachzudenken, und sobald ich einen aus dem Weg geräumt hatte, tauchte ein anderer auf. Ich habe daran gearbeitet wie an einem Preisrätsel. Ich habe Meine Mannschaft hat es ausgesucht, ich habe geplant, wie ich die Yacht in Besitz nehmen und ihre alte Mannschaft loswerden kann; und dann – Hurra für das Mittelmeer!"

„Oh, Jacko, du Teufel!" rief Taberman . „Ich hätte nicht geglaubt, dass du es in dir hast! Glaubst du wirklich, dass wir es schaffen können?"

„Tu es! Natürlich machen wir es. Habe ich dir nicht gesagt, dass ich meine Crew schon habe? Zehn Strappers, Gonzague nicht mitgerechnet ."

„Hat Gonzague getreten?"

„ Gonzague ? Hast du jemals über seine Augen mit dieser Nase und diesem Mund nachgedacht, Tab?"

„Nein", antwortete Jerry, „ich habe seine Gesichtszüge nie besonders kritisch überarbeitet."

„ *Sarazenisch!* ", sagte Jack mit gesenkter Stimme. „Wenn man diese Kombination bei einem Spanier oder einem Provençalesen sieht, bedeutet das jedes Mal, dass es sich um einen maurischen Plünderer handelt. Ich glaube, er weiß es nicht, aber in ihm steckt gutes altes, reifes maurisches Piratenblut, und das kam in dem Moment brodelnd an die Spitze Ich habe den Plan zur Sprache gebracht. Außerdem würde Gonzague jederzeit für mich die Kehle durchschneiden lassen."

„Das ist so, aber er ist eine ehrliche alte Seele, die es über der Erde nur gibt."

„ Natürlich habe ich ihm gesagt, und ich habe auch der Crew gesagt, dass es ein Scherz war. Wissen Sie, dass ich in der Penobscot Bay herumgekrochen bin, seit ich aus dem Kinderzimmer kam. Jeder kennt mich, und auf der Isle au Haut war ich auch schon." So sehr, dass ich für die Eingeborenen fast wie einer ihrer eigenen Freunde bin. Ich konnte meine Männer ziemlich leicht erreichen. Natürlich sehen sie mich als den Sohn des Präsidenten an, und sie waren bereit, das Fischen aufzugeben Bessere Löhne, als sie anderswo verdienen könnten. Sie alle mögen mich, und deshalb nutzen sie mich natürlich alle in Bezug auf die Löhne aus."

„Ich gestehe, ich verstehe nicht, woher deine Wirtschaftlichkeit kommt, Jacky", bemerkte Taberman und stocherte ins vernichtende Feuer. „Ich weiß nicht viel über die Kosten, aber ich denke, es würde genauso viel kosten, eine Crew anzuheuern, wie ohne sie auszukommen."

Castleport wurde ernst und bewegte sich etwas ungeduldig.

„Es gibt eine Frage an einen Kasuisten", sagte er. „Ich entferne diese Männer in der Hoffnung, dass Onkel Randolph mich sie bezahlen lässt, wenn ich nach Hause komme. Es ist ein trügerischer Anblick, der eher einer Kreditaufnahme gleicht, als ich es mir gewünscht hätte, obwohl natürlich mein Taschengeld reinkommt; aber ich bin gebunden dass er sich in den Kopf setzt, dass ich nicht mehr in den Hauptrollen spiele, und"—

Taberman sah ihn liebevoll und verständnisvoll an.

„Das wird schon gut, alter Mann", sagte er tröstend. „Irgendwie kommen wir da raus. Ich würde gerne das Gesicht des Präsidenten sehen, wenn er feststellt, dass er hier unten auf dem Trockenen sitzt und der Merle ohne ihn über den Atlantik gehuscht ist."

„Oh, er wird nicht hier sein. Wir werden die Yacht in North Haven kapern. Ich werde Ihnen den ganzen Plan morgen auf der Karte zeigen. Ich habe mehr als tausend für diese Küste und das Mittelmeer geangelt." ! Jetzt lasst uns ins Bett gehen. Es ist nur noch etwa eine Woche, in der wir mit gutem Gewissen schlafen können."

Taberman erhob sich von seinem Sitz, schlug sich dann ohne Vorwarnung plötzlich mit den Händen auf die Knie und brach in schallendes Gelächter aus.

„Oh, bei George", rief er, „was für ein Schock das für Onkel Randolph sein wird!"

„Das ist die Krönung des Ganzen", antwortete Jack und lachte mit. „Er wird so überrascht sein, wenn er erfährt, dass ich erwachsen bin."

KAPITEL ZWEI
DER NEBEL KOMMT HEREIN

Das Casino in North Haven ist eine seltsame kleine Kiste, die vor Ort — möglicherweise aufgrund ihrer Lage am Ende eines ziemlich langen Kais — als „Fo'c'sle" bekannt ist. Es gibt nur einen Raum, der mit nachgeahmten japanischen Schnitzereien getäfelt ist und über einen attraktiven, diwanähnlichen Sitzplatz in einem breiten Erkerfenster verfügt, wo man sich entspannen und die Schiffe beobachten kann, die durch die Durchgangsstraße fahren. Äußerlich ist das Gebäude sehr schlicht. Seine beiden herausragenden Merkmale sind das Erkerfenster, das nach Süden blickt, und eine Außentreppe im Westen, die zu einem kleinen Balkonnest führt, das halb unter dem Giebel des darüber liegenden Daches verborgen ist dieses Fenster.

Der Balkon ist so von der Dachspitze verdeckt, dass sein Inneres vom Kai aus nicht sichtbar ist und eine Person, die auf der Bank dahinter sitzt, nur von einem Boot in einiger Entfernung auf dem Wasser aus gesehen werden kann.

Das Casino wird wenig genutzt und obwohl der Hausmeister jeden Morgen die Tür aufschließt, ist der Ort im Großen und Ganzen verlassen. Die Abonnenten, die zum Kai kommen, um zu rudern oder zu segeln, kommen manchmal vorbei, warten auf Freunde oder nutzen den Ort als Lager für zusätzliche Wraps; manchmal hält eine aufrührerische Gruppe von Kindern eine kurze, aber lautstarke Besessenheit; aber nach Sonnenuntergang bleibt die Einsamkeit im Allgemeinen ununterbrochen bis zehn Uhr, wenn der Hausmeister kommt, um für die Nacht abzuschließen. Bei schlechtem Wetter ist es nicht ungewöhnlich, dass das Casino den ganzen Tag unbesucht bleibt. Es bietet jedoch einen bequemen Schutz, wenn man ihn braucht, und sein Kai mit einem Schwimmkörper auf beiden Seiten ist ein guter Landeplatz; und es ist, mit einem Wort, eine der zahlreichen Klassen von Dingen, die in dieser Welt nicht ständig nachgefragt werden, die aber, wenn sie überhaupt gebraucht werden, dringend benötigt werden.

Hier saß am Abend des 4. Juni Jerrold Taberman , in einen formlosen Ulster gehüllt — denn von Südosten her zog dichter Nebel — und wartete auf seinen Freund. Eine halbe Stunde zuvor war Jack gegangen, um etwas zu essen, und Jerry hatte zugestimmt, ihn hier zu treffen. Taberman war heute Abend etwas müde und begann, die Anspannung von drei überfüllten und aufregenden Tagen zu spüren, in denen er kaum Zeit für etwas anderes als Action und Schlaf gehabt hatte. Die jungen Männer hatten ihre Vorbereitungen auf der Insel abgeschlossen, hatten Gonzague dort das Kommando überlassen und der künftigen Besatzung mitgeteilt, dass sie sich am Abend des dritten bei den Provençalesen melden und sich sofort nach Ankunft der Merle zur Abfahrt bereithalten solle . Das Paar hatte dann das große Marktboot, ein Whitehall , das zum Transport von Vorräten von der Isle au Haut diente, genommen und war mit ein paar der fähigsten Männer der Isle au Haut, die zuvor ausgewählt worden waren, zu einer wenig besuchten Bucht in Vinal Haven gesegelt , auf der Südseite der Durchgangsstraße. Dort lagerten sie versteckt. Sie hatten ihr Versteck bei Nacht erreicht und hatten am nächsten Nachmittag die Genugtuung, die Merle von Westen her einlaufen zu sehen und direkt im Kanal, vor der „Fo'c'sle", vor Anker zu gehen.

„Bei Gott, ist sie nicht ein schöner Anblick!" rief Castleport begeistert aus; und Jerry stimmte nicht weniger herzlich zu.

Die Merle lief unter vollen Segeln und bei wechselnder Brise ein. Ihr sauberer weißer Rumpf, 84 Fuß über der Wasserlinie, ihre glänzenden Messingbeschläge, die breite Ausbreitung der schneebedeckten Leinwand, der leichte Lauf ihrer langen Theke ergaben zusammen ein Bild, das, selbst wenn man persönliches Interesse beiseite lässt, nicht umhin konnte, es zu sehen Erregen Sie Enthusiasten wie Jack und Tab.

Am Abend der Ankunft der Merle waren zwei Herren und drei Damen an Bord gegangen, offenbar zum Essen, da sie erst gegen zehn Uhr abreisten. Castleport und Taberman , die versteckt zwischen den Büschen lagen, die eine winzige Landzunge auf Vinal Haven überwucherten, hatten das alles durch ihre Nachtgläser beobachtet. Jack, dessen Augen so scharf waren wie die eines Falken, hatte sogar geglaubt, er könne unterscheiden, wer die Besucher waren. Da die Gäste an Bord waren, blieb den Verschwörern offenbar nichts anderes übrig, als zuzuschauen, und als die Sache vorbei war, rauchten sie gemeinsam am Lagerfeuer eine Gute-Nacht-Pfeife und machten sich zum hundertsten Mal daran, über ihre Erfolgsaussichten nachzudenken. Hinter ihnen im Schatten lagen die beiden Matrosen, in ihre Decken gehüllt und schliefen den Schlaf, den nur der echte Seemann kennt; Jack warf ihnen einen Blick zu, als hätte er das Gefühl, irgendwie persönlich für die Durchführung des Unternehmens verantwortlich zu sein, für das sie angeworben worden waren.

„Was zum Teufel sollen wir tun, wenn der Präsident es sich in den Kopf setzt, morgen für die Insel unter Kontrolle zu kommen?" fragte Jerry mit gedämpfter Stimme.

„Oh, das ist alles in Ordnung", antwortete Jack im gleichen Ton. „Das wird er nicht. Er liebt North Haven; es ist ein altes Revier von ihm, und er wird niemals weiterfahren, ohne mindestens eine Nacht hier auf der Brücke verbracht zu haben. Das ist Teil der Kreuzfahrt. Außerdem wird es so sein." dick, oder ich bin ein Idiot.

Dick war es bestimmt am nächsten Tag. Der lebhafte südöstliche Wind, der den ganzen Tag über durch die Durchgangsstraße wehte, schien die weißen Nebelschwaden viel schneller aufzurollen, als er sie am anderen Ende hinaustragen konnte. Die Meerenge fungierte als eine Art Kondensator, in dem der Nebel fast merklich fester wurde, bis er bei Einbruch der Dunkelheit, wie einer von Castleports Männern es ausdrückte, „schwarzer als ein Teereimer" war. Unter dem Deckmantel der Dunkelheit hatte Jack das Marktboot mit dem Nötigsten beladen lassen, das sie für ihr Lager mitgebracht hatten, und war schweigend zu einem der Kasinowagen gerudert. Hier stiegen er und Taberman aus, und dann brachten die Männer auf seinen Befehl hin das Boot zwischen die Pfeiler des Kais, um dort völlig unsichtbar im Nebel auf weitere Befehle zu warten.

Die beiden Erzverschwörer bestiegen den Kai und hielten eine Zeit lang Ausschau, ob jemand von der Merle an Land käme; aber als es halb acht war , kamen sie zu dem Schluss, dass der Präsident an Bord speisen musste. Da Jack sich dessen sicher war, überließ er Jerry die Wache und ging zur Dorfbäckerei, um Essen zu holen, da das Abendessen für sich und seinen Freund inmitten wichtigerer Dinge vergessen worden war. Tab, allein in der nassen Dunkelheit gelassen, war auf den Balkon gestiegen, saß dort in düsterer Verfassung und fragte sich, ob Jack nie zurückkommen würde. Er hatte kein Licht, um seine Uhr zu sehen, aber da er sieben Glocken von der Merle gehört hatte, war er sicher, dass acht Uhr nahe sein musste, als seine Aufmerksamkeit durch den Klang des schnellen *Schlags durch den Nebel gefesselt wurde -Schlag* , *Schlag-Schlag* von Rudern gegen Thole-Pins. In einem Augenblick war er vollkommen wachsam, seine Sinne waren primitiv geschärft und sein wachsendes Gefühl einer vagen Depression war völlig verschwunden. Er hörte, wie jemand hastig zum „Fo'c'sle" zog; das gedämpfte Tuckern der Ruderblätter, während der Ruderer Wasser hielt; das sanfte Klatschen des Bootswaschwassers gegen den Schwimmkörper; und dann das Klappern der Ruder auf den Rudern. Dann sah er im schwachen Licht der Laterne am Ende des Piers einen Mann treibend nach Osten springen und sein Boot sichern; Ruckte kurz und nervös an dem Maler, um sicherzugehen, dass er schnell war, und verschwand aus dem Sichtfeld, das durch die Kante des schrägen Daches begrenzt wurde. Es kam ihm vor, als hörte er ein Murmeln, als ob der Neuankömmling ein aufmunterndes Wort zu den Matrosen im feuchten Versteck unter dem Kai sprach, und hatte dann kaum Zeit gehabt, sich zu fragen, wo Jack in einem Boot gewesen war, als Castleport leichtfüßig die Planke hinaufgerannt war Schweben Sie zum Pier und von dort die Stufen hinauf zu Tabs Versteck.

„Bleiben Sie ruhig!" flüsterte Castleport atemlos.

„Was ist ...", begann Jerry.

„ Sh ! Wir haben die Chance unseres Lebens! „Ich war an Bord, Tab! Komm rein, Mann! Geh zurück, komm zurück!" Er zwang seinen Freund, sich in die hinterste Ecke des kleinen Balkons zu setzen, hielt wieder den Atem an und begann zu kichern. Wieder war das Geräusch der Ruder zu hören, diesmal der gleichmäßige, gemessene Schlag eines schweren, gut gezogenen Bootes.

„Hier ist Onkel Randolph", rief Jack mit einer Art geflüstertem Ruf. „Hier ist Onkel Randolph!" Und er packte seinen Freund an den Schultern, schüttelte ihn und schlug vor lauter Freude seinen Kopf lautlos gegen die Wand.

„Hör auf, Jacko, hör auf! Warte, oder bei Jumbo, ich schreie! Schau mal! Hier sind sie."

Als das Paar vorsichtig eilte, um über den Rand des Balkons hinauszuschauen, tauchte ein großer Kutter, gezogen von sechs Männern, aus dem Nebel in das schwache Licht des Pierlichts auf. In der Heckschote waren drei Herren in leichten Mänteln zu sehen, derjenige in der Mitte steuerte. Etwas entfernt vom Präsidenten und den beiden Männern, die offenbar seine Gäste waren, saß einer der Offiziere der Merle.

„Vielen Dank", rief der Steuermann mit scharfer Stimme.

„Oh, meine Tante!" flüsterte Tab und gab Jack einen Stoß. „Der Präsident hat kaum eine Ahnung, dass er in Merle den ganzen Weg geschafft hat, den er wahrscheinlich für eine Weile erreichen wird."

Der Fräser lief reibungslos neben dem Schwimmer entlang.

„In Verbeugungen! Wehrt ab!"

Auf das Wort hin wurden die Ruder ausgeworfen, und ein paar Matrosen packten das Seil, das die Bühne säumte. Der Kutter blieb stehen. Ein Seemann sprang heraus und hielt das Boot, der Offizier sprang zum Schwimmkörper und reichte dem Präsidenten und seinen Gästen einen Arm, als sie an Land gingen.

„Wir werden um elf unten sein", sagte der Präsident zu dem Beamten. „Wenn Sie ein oder zwei Stunden an Land wollen, gibt es, glaube ich, gegenüber dem Postamt eine Art Party – Tanz oder so. Aber achten Sie darauf, dass Sie für mich pünktlich sind."

„In Ordnung, Sir. Es ist elf Uhr, Sir", erwiderte der Offizier und berührte respektvoll seine Mütze, als die drei Herren sich abwandten.

"Großartiger Scott!" rief Jack aufgeregt in Tabs Ohr. „Glauben Sie, dass der Präsident all diese Männer für mich selbst loswerden wird? War jemals so viel Glück!"

Das Boot lag noch immer am Landungssteg. Die Männer begannen darüber zu diskutieren, an Land zu gehen, und jedes Wort war für die beiden Beobachter auf dem Balkon gut hörbar.

„Ich bin dafür, dass wir gehen", sagte er mit dem Bootshaken. „Es kommt nicht jeden Tag vor, dass uns die alten Kerle die Chance geben , an Land zu kommen."

„Es wird trocken sein, Tom", sagte einer im Boot. „Diesseits von Bar Harbor wirst du nicht einmal einen Schluck Apfelwasser bekommen."

„Na, Jungs, lasst es uns trotzdem versuchen", riet der Beamte. „Wenn es dort trocken ist, ist es hier nass genug."

„Das stimmt", antwortete ein anderer. „Verdammt , deine Sachen, Bill, Alter, die sind so gut wie meine, und alle Klamotten sind gut genug für deinen Jack. Lass uns an Land gehen und einen Blick auf diese Thoryfare werfen." bewties
.

Damit schien die Sache geklärt zu sein. Das Boot wurde festgemacht, und die Männer schlenderten den Pier hinauf und redeten und lachten dabei.

Tab und Jack umarmten einander vor Freude über diese Entwicklung, und dann eröffnete Jerry das Feuer.

„Du hast gesagt, du wärst an Bord gewesen", begann er, „was?" –

„Als ich die Bäckerei verließ", antwortete Jack, ohne das Ende der Frage abzuwarten, „sagte ich mir, dass der Nebel so dicht sei, dass es absolut sicher wäre, ein Boot zu nehmen und hinauszurudern, wenn die Chancen bestehen würden." Finden Sie etwas heraus. Ich hatte vor, mich hinter die Merle zu begeben und dem Wind die Chance zu geben, mir etwas von den Gesprächen an Bord zu bringen. Ich borgte mir eine kleine Erbsenschote vom Pier hinter Staples' und ging hinaus. Als ich ankam Ich stellte fest, dass ich neben der Jacht liegen konnte, da sich niemand an Deck befand. Ich zog meine Jacke aus und hängte sie als Kotflügel über die Bootswand, damit sie keinen Lärm machte, und nahm den Maler mit meine Faust. Dann stellte ich mich auf die Ruderbank und sprang auf die Reling auf der Backbordseite."

„Wenn du es verpasst hättest, hättest du eine riesige Sauerei angerichtet", kommentierte Jerry.

„Aber das habe ich nicht. Ich habe es geschafft, aber, Gott, ich wäre fast über Bord gegangen!"

Er hörte auf zu lachen, diesmal furchtlos laut, während Jerry kicherte.

„Ich lag flach am Schanzkleid", fuhr Jack fort, „bei der Haupttakelung. Die Oberlichtabdeckungen waren natürlich angebracht, aber die Rahmen waren halb hoch, und ich konnte in der Kabine Fetzen des Gesprächs mitbekommen. Die Männer." Onkel Randolph hat sich mit ihm verstanden, dem alten Melford und Tom Bardale . Ich dachte, ich würde sterben, um ihnen zuzuhören. Der alte Melford murrte vor sich hin – er ist immer ein furchtbarer Krächzer, wissen Sie. Er meldete sich einmal zu Wort und sagte, das sei so Es war nur sein Glück, dass er sowohl Nebel als auch Bridge ertragen musste, als er zu einer soliden Kreuzfahrt kam. Onkel Randolph und Bardale haben ihn beide verarscht und ihn gefragt, ob er lieber Slap-Jack spielen möchte. Die alten Jungs werden irgendwo Bridge spielen ,- Ich habe nicht herausgefunden, wo, aber das spielt keine Rolle; sie sind sowieso sesshaft. Ich habe nichts anderes gehört, denn ich hatte kaum Zeit, mich in die Erbsenschote zu stürzen und herauszukommen Weg der Männer vom Vorschiff, die herauskamen, um den Kutter auf dem Bootsbaum einzuholen. Ich stürmte an Land, so schnell ich konnte, und du hast den Rest gesehen. Auch dieses Tanzgeschäft! Wir haben Glück !"

Er blieb stehen, fast atemlos. Einmütig machten sich die beiden auf den Weg zur Treppe und gingen zum Pier, wo die Laterne inmitten des Nebels ein schwaches und wässriges Licht spendete. Castleport packte Jerry am Arm und führte ihn zum Rand des Piers.

„Bei diesem Wind", sagte er mit großer Ernsthaftigkeit, „laufen wir am besten nach Westen und schlagen entlang des Südens von Vinal Haven. Wir werden mehr Seeraum haben, und bei so dichtem Wetter wie diesem Ich leugne nicht, dass selbst das riskant genug ist.

„Es ist eine schreckliche Nacht", stimmte Taberman mit Nachdruck zu. „Sind Sie dafür, Wooden Ball Island zu verlassen?"

„Erzähl das, wenn wir bei Dogfish und den anderen sind " , antwortete Jack kurz. „Das überlasse ich jedenfalls Dave."

„Bist du absolut sicher, dass du es tun willst, alter Mann?" fragte Tab mit der Miene von jemandem, der die Frage nicht gestellt hätte, wenn er nicht sicher gewesen wäre, dass die Antwort positiv ausfallen würde.

„Nur aus Spaß würde ich es zehnmal machen!" schnaubte Jack. „Na dann – Geschäft!"

Sie stiegen die Leiter zum östlichen Schwimmbecken hinab, und Castleport rief vorsichtig den Männern zu, die die ganze Zeit über im Marktboot unter dem Kai verborgen gelegen hatten. Ein leichtes Stoßen, ein gemurmelter Fluch, das Rasseln eines Ruders auf der Ruderbank, und dann tauchte der

Bug des Bootes unter dem Pier hervor. Ein kräftiger Stoß mit dem Bootshaken gegen einen der Außenstringer schleuderte sie neben dem Schwimmkörper nach oben.

"In Ordnung?" fragte Jack.

Ein kräftig gebauter, kleiner Mann, der im Bug des Bootes stand, antwortete.

„Richtig, Sir; aber ein kleiner Schrei.“

„Nun, Dave, wir werden das in Kürze beheben“, sagte Jack. „Zuerst müssen wir aber noch etwas erledigen. Lass uns deine Uhr haben, Tab.“

Während er sprach, zog er sein eigenes heraus und nahm Jerrys in einer Hand. Dann zündete er mit der anderen Hand ein Streichholz an, das er geschickt vor dem Wind schützte.

„Du bist eine Minute schneller als ich, Jerry“, kommentierte er, warf das Streichholz weg und gab die Uhr zurück. „Ich sage acht siebzehn, und Sie sagen acht achtzehn. Sie und Jim nehmen das Marktboot und gehen zum anderen Floß. Nehmen Sie den Kutter der Merle und schleppen Sie sie zu einem der Liegeplätze hier vor dem Club. Um acht Uhr vierzig – Pünktlich acht , gerade mal eine halbe Stunde, rufen Sie die Merle an. Singen Sie wie die Zwei und sagen Sie ihnen, sie sollen ein Boot an Land schicken. Ich werde dafür sorgen, dass sie eines schicken, und wenn sie weg sind, werden sie dort sein Sei niemand an Bord außer mir. In etwa fünfzehn Minuten wird ein Boot an Land kommen, aber du brauchst dich nicht um sie zu kümmern. Dave wird sich um dieses Geschäft kümmern. Du suchst dir einfach einen Liegeplatz etwas luvseitig der direkten Linie aus zwischen der Yacht und dem Casino, damit sie dich nicht entdecken. Wenn du hörst, wie ein Boot auf deinen Ruf antwortet, kommst du selbst heraus und schleppst den Kutter. Dass du achtern der Merle festmachen sollst. Verstanden alles klar?"

„Das denke ich“, antwortete Jerry. „Ich bemerke ein Boot erst um Viertel nach acht, dann rufe ich es, und wenn ich ein Boot als Antwort höre, mache ich mich auf den Weg zur Merle. Gib mir ein paar Streichhölzer, mit denen ich die Zeit ablesen kann. Na ja, viel Glück, Alter.“ Mann, sei scharf, sonst verlierst du das ganze Spiel.

Mit dieser Vorsicht zum Abschied betrat Taberman das Marktboot, während Dave ausstieg. Ruder waren nicht nötig, aber Jerry und der Seemann zogen das Marktboot problemlos an den Spießen herum zum anderen Schwimmkörper, wo sie im wogenden Nebel verborgen lagen.

„Nun, Dave“, sagte Jack, als sie verschwanden, „du und ich sind diejenigen, die diesen Ball eröffnen werden. Du nimmst mich raus, setzt mich an Bord, als ob du so etwas regelmäßig tun würdest – oder ? Sehen Sie? Als ob ich Ihnen einen Vierteldollar dafür bezahlt hätte, dass Sie mich an Bord gebracht haben, wissen Sie. Dann rudern Sie zurück. Hier ist ein Boot, das reicht", brach er ab und zeigte auf ein kleines Whitehall-Boot, das an der Bühne festgemacht hatte . „Steig rein und zieh mich raus."

Das Paar stieg in das kleine Boot, und als Dave mit dem Rudern begann, fuhr Jack mit seinen Anweisungen fort.

„Wenn Sie zurück zum Festwagen kommen", sagte er, „machen Sie einfach dieses Boot fest und verstecken sich im Schatten dieser Treppen außerhalb des Casinos – wissen Sie?"

"Jawohl."

„Warten Sie auf ein Boot von der Yacht mit drei oder vier Männern darin. – Ziehen Sie ein wenig an Ihrem Backbordruder; das ist gut. – Wenn sie an Land kommen und den Kai hinaufgehen, nehmen Sie ihr Beiboot und bringen es zu einem Liegeplatz hinaus das Gleiche wie Mr. Taberman . Verstehen Sie?"

„Schätze schon, Sir", war Daves Antwort. „Soll ich das Gleiche fangen?"

„Jeder tut es, vorausgesetzt, er wird nicht von einem Boot gesehen, das von der Merle an Land zieht. Sie müssen nicht weit gehen, um sich in diesem Nebel zu verstecken .-Wenn Sie Mr. Taberman rufen hören, stehen Sie bereit, und sobald ein Boot als Antwort vorbeifährt, fahren Sie zur Yacht und legen fest nach hinten. Geben Sie ihr reichlich Farbe, alles, was sie hat. Sehen Sie es jetzt? ?"

„Das glaube ich, Sir. Auf diese Weise werden Sie auf jedem Davit ein Boot haben, nicht wahr , Sir?"

„Wenn es funktioniert", antwortete Jack mit leiser Stimme, denn sie befanden sich jetzt unter dem Hafenviertel der Yacht.

Schweigend ging Dave zu den Stufen auf der Steuerbordseite.

„Hier sind wir, Sir", sagte er in ruhigem Ton, während er sich am Leitergitter festhielt.

Die Merle, die im nebligen Schein ihres Rücklichts nur schwach zu erkennen war, schwankte leicht im Kabbelwasser, und das kleine Beiboot schaukelte neben ihr auf und ab wie ein Korken neben einer schwimmenden Spiere. Die Wellen schlugen gegen die Steilwand der Yacht, benetzten ihre Oberseite mit Gischt und plätscherten fröhlich unter der Theke davon. In der dichten Dunkelheit ragten ihre Masten fast übernatürlich hoch auf.

„Hallo an Bord der Merle", rief Castleport .

"Hallo?" antwortete eine Stimme von vorn, und einen Augenblick später erschien eine große, stämmige Gestalt an Deck neben der Leiter.

"Was ist es?" fragte der große Mann. „Was willst du?"

„Hallo, Camper", rief Jack und erkannte, dass es sich um die Stimme des Segelmeisters seines Onkels handelte. „Hallo Camper, kennst du mich nicht?"

Er sprang die Stufen hinauf und erreichte das Deck.

„Warum, Mr. Castleport ", rief der Kapitän in herzlichem Ton, „was machen Sie hier ? Ich dachte, Sie wären auf der Insel. Wie geht es Ihnen, Sir?"

„Kalt", antwortete Jack lachend. „Wie geht es Ihnen? Fit wie immer, nehme ich an. Präsident an Bord?"

„Nein, Sir. Er ist zu einer Art Versammlung an Land gegangen . Ich hätte nie gedacht, Sie hier zu sehen, Sir."

„Oh, ich bin rübergekommen, um mich der Yacht hier anzuschließen. Ich habe das Warten satt. Ich werde dich nicht länger wollen", rief er der Gestalt im Beiboot unten zu. "Herzlichen Dank."

Das Beiboot und Dave verschmolzen mit der Schwärze der Nacht.

„Kommen Sie herunter, Mr. Castleport , Sir. Sie bekommen eine Armschiene?" fragte der geniale Segelmeister. „Eine schlimme Nacht, nicht wahr?"

„Das ist es", stimmte Jack zu, „aber ich hoffe, dass es bald eine Änderung geben wird."

Und lächelnd bei dem Gedanken, wie wahr die Worte seine geheime Absicht zum Ausdruck brachten, folgte er dem würdigen Camper unten.

KAPITEL DREI
ES WEHT NACH SÜDOSTEN

Der Salon des Merle war eine geräumige Kabine, getäfelt mit kubanischer Zeder. An beiden Seiten verliefen mit dunkelgrünem Cord gepolsterte Querbalken, die einen angenehmen Kontrast zum Rot des Holzwerks bildeten. Auf beiden Seiten des Niedergangs befanden sich große Schränke, deren Türen, die große Spiegel einrahmten, nach vorne gegen die hinteren Enden der Spiegel geöffnet wurden. Sowohl an Backbord als auch an Steuerbord war die Kabine mit Schränken für Flaggen, Karten und Flaschen gesäumt, mit Ausnahme der eingelassenen Bücherregale in der Mitte. Große vernickelte Argand-Lampen an Backbord und Steuerbord an der vorderen Trennwand beleuchteten den Innenraum. Das mit Zedernholz ummantelte Ende des Großmastes des Schoners befand sich im vorderen Teil des Salons. und dahinter befand sich ein Mahagonitisch, um den herum einige bequem aussehende Stühle standen. Alles in allem wurde der Eindruck von Kraft und Anmut, den man von außen an der Merle empfand, durch das Gefühl von Behaglichkeit und, ja fast von Luxus, gleichgesetzt, das man hatte, wenn man sie unter Deck betrachtete.

In diesem angenehmen Rückzugsort hatte sich Jack weniger als eine Minute nach seiner Ankunft auf der Yacht niedergelassen. Der gute Kapitän, der den Jungen schon fast väterlich im Auge behalten hatte, seit er alt genug war, um „ein Tau mit der Faust zu schlagen", saß unruhig auf der Kante des Diwans auf der Backbordseite. Jack lag am gegenüberliegenden Heck, zündete sich eine Zigarette an und schaute zum Dachfenster hinauf.

„Meine Tante! Aber ich bin froh, wieder an Bord zu sein", erklärte er. „Wie ist alles? Was für einen heruntergekommenen Zustand hatten Sie?"

„Ganz schön, Sir", erwiderte der Kapitän. „Wir fuhren nach Marblehead und dann nach Portsmouth. Mr. Drake, er verbrachte die Zeit damit, seine Freunde zu treffen. Dann liefen wir nach Portland und dann nach Boothbay. Wir sind gestern hier angekommen. Auf der Kreuzfahrt gibt es nicht viel zu erzählen . " ."

„Du hast deinen Zeitplan eingehalten", kommentierte Jack. „Du bist genau dann hier, als du fällig warst."

„Ja, wir sind hier angekommen", stimmte Camper zu, „obwohl ich nicht ein einziges Mal, als ich die Vorräte sah, die an Bord kommen mussten, daran zweifelte, ob wir eine Woche lang anfangen sollten."

„Mehr Geschäfte als sonst?" fragte Jack mit einem kleinen Funken Interesse im Auge.

„Nun, Mr. Drake, er hat sich darüber geärgert, dass letztes Jahr, als es an der Küste zu einer Flaute kam, einige der Vorräte nicht mehr ausreichend waren, und er hat geschworen, dass er nie wieder in dieser Form erwischt werden würde; also hat er sich dieses Mal für den Alltag eingedeckt der Nordwesten Passage. Er hat alles Mögliche zu essen, was ein Mann jemals in Dosen verpackt hat, darauf können Sie Ihr Leben wetten.

„Verlassen Sie sich darauf, dass er ein Auge auf die Kombüse hat“, lachte Jack und überlegte, wie gut diese umfangreiche Auswahl an erlesenen Esswaren eine gute Ergänzung zu den einfachen Vorräten sein würde, die auf der Insel auf ihn warteten. „Nun, ich bin dafür, an Bord zu schlafen. Können Sie mich mit meinem Gepäck mitnehmen?“

Alles, was er gesagt hatte, seit er an Bord gekommen war, war Vorstufe dazu gewesen. Seine einzige Chance, den Segelmeister in sichere Entfernung zu bringen, bestand darin, Camper zu überreden, mit einem Auftrag an Land zu gehen. Auf diese Frage antwortete der Kapitän in Yankee-Manier mit einer anderen.

„Wo ist es, Herr?“

„Gehen Sie zu Mullin’s und sagen Sie ihnen , dass Sie von mir sind – das machen Sie am besten selbst, Camper – und lassen Sie sich einen Koffer und zwei Taschen geben. Kennen Sie den Ort? Es ist das einzige Boarding -Haus gibt es im Dorf. Jeder kann es dir sagen.

„Ich weiß es, Sir. Etwa eine Kabellänge die Straße hinauf.“

„Ja, das ist es. Ich glaube nicht, dass Sie den Koffer schwer finden werden“, fuhr Jack fort, mit einer heimlichen Neigung, sehr schnell zu sprechen, und dem Bewusstsein, dass er kühl und bedächtig wirken musste. „ Natürlich braucht man ein paar Männer, um es zu tragen, aber ich schicke nicht gern einen gewöhnlichen Seemann dorthin.“

Er fragte sich, was er antworten sollte, wenn man ihn fragte, warum nicht; Aber Camper, der unter Präsident Drake seit langem in Gewohnheiten des bedingungslosen Gehorsams erzogen worden war, antwortete mit vollkommener Einfachheit:

„In Ordnung, Sir, ich werde es in einer halben Stunde an Bord haben. Ich glaube, Ihre alte Kabine ist fertig. Rufen Sie einfach den Steward an, wenn Sie etwas wollen, Sir.“

„Danke“, antwortete Jack und nahm beim Sprechen ein Buch von seinem Platz, als wollte er sich mit dem Lesen zufrieden geben.

Camper zog sich zurück, und Jack lauschte gespannt, bis er Schritte auf dem Deck, das Rasseln des Davit-Tackles, das Plätschern des Bootes nebenan und dann den Rhythmus zurückweichender Ruder hörte. In dem Moment, in dem er sicher war, dass der Kapitän ihn nicht sah, klappte er sein Buch mit einem Knall zu, warf es auf den Tisch, sah auf die Uhr und ging eilig an Deck. Im Lee des Großmastes hielt er inne, um sich eine neue Zigarette anzuzünden, und begann dann, die Abdeckung des Großsegels zu lösen, die Spitzen zu lösen und sie durch die Ösen zu ziehen. Als er sich nach achtern vorarbeitete, glaubte er plötzlich, das Geräusch von Rudern zu hören. Er blieb stehen, um sich zu vergewissern: Daran konnte kein Zweifel bestehen; Jemand zog zum Merle. Im Nu sah Jack, dass sein Plan auf tausend Arten scheiterte. Er biss die Zähne zusammen und ging in seinem Kopf schnell die Möglichkeiten durch, kam jedoch zu keinem zufriedenstellenden Ergebnis. Dann ging er nach achtern, legte seine Hände auf die Reling, beugte sich über die Backbordseite der Yacht und spähte in den Nebel. Mit einem Gefühl der Erleichterung erkannte er anhand des Geräuschs und der Zeit der Schläge, dass das herannahende Boot klein war und nur von einem Ruderpaar gezogen wurde. Er hatte sich kaum dazu entschieden, als er den Grund für seine Beunruhigung erkannte und fast lachte, als er nichts Furchterregenderes sah als eine kleine Erbsenschote, die von einem Jungen gezogen wurde. Der Ruderer kam nebenher und ruhte sich auf seinen Rudern aus, während Jack ihn neugierig beobachtete.

„Ist das Mr. Drakes Schiff?" fragte der Junge.

„Ja", gab Jack zurück. „Was wird gesucht?"

„Der Postmeister sagte: „Wenn ich dir diese Briefe bringe, gibst du mir einen Vierteldollar", antwortete der junge Ruderer.

„Mr. Drake ist jetzt nicht an Bord", sagte Jack.

„Nun, du kannst mir mein Viertel gleich geben " , erwiderte der Junge. „Ich überlasse dir die Briefe, und er wird es später mit dir in Ordnung bringen. Er hat heute Abend das Wort hinterlassen , damit ihm seine Post jedes Mal gebracht wird , wenn sie kommt, und es war so neblig." Sylvy kam zu spät aus Rocklan , und ich konnte es vorher nicht rausholen . Das wurde erst geklärt, nachdem Mr. Staples sein Abendessen gegessen hatte .

„In Ordnung", sagte Jack hastig. „Komm mit."

Er hatte Angst, Verdacht zu erregen, und hatte das Gefühl, dass das Einzige, was er im Moment tun konnte, darin bestand, den Jungen loszuwerden. Er gab dem Jugendlichen einen Vierteldollar und nahm dafür die Briefe entgegen, wobei er sich im Geiste sagte, dass er hoffte, dass sie nicht von Bedeutung seien. Der Junge entfernte sich wie in höchster Hochstimmung, und Castleport , der die Briefe in die Brusttasche seines Mantels steckte, wandte sich wieder seiner Arbeit zu. Er war noch nicht ganz damit fertig, die Weichen zu lösen, als er Jerrys Ruf vom Liegeplatz hörte.

„Merle, ahoi! Ho- ro an Bord der Merle!" dröhnte in Tabermans lautesten Tönen durch den Nebel.

Jack stellte sich in den Niedergang, als käme er gerade aus der Kabine, und wartete auf einen weiteren Ruf.

„Merle ahoi! Aho -ooy an Bord der Merle!" erklang wieder durch die dichte Nacht über dem Rauschen des Windes, des Wassers und des Tauwerks.

„Hallo-oo!" schrie Castleport zurück .

„Schicken Sie ... Boot ... an Land!" kam die Stimme.

Jerry war offenbar in der Lage, alle Bullen von Bashan zu übertrumpfen, und tat sein Schlimmstes.

„Aye – oh!" Schrie Jack als Antwort und ging schnell vorwärts.

Der Steward hatte den Krach gehört und stand im Nebenschiff auf dem Vorschiff. Ohne Mütze und in seiner weißen Jacke starrte er wie ein fragender Seehund umher.

„ Jemand kommt vom Ufer", sagte Jack kurz; „Ich will ein Boot. Ich weiß nicht, was du mitnimmst, es sei denn, du steigst in das Langboot. Sag es den Männern."

„Bitte um Verzeihung, Sir. An Bord sind nur ich, der Koch und zwei Leute. Wir werden alle brauchen, um das Langboot zu ziehen."

Der Steward jammerte langsam und ärgerlich, was Jack immer irritierte.

„Dann musst du ein Ruder nehmen", antwortete Jack grob. „Da wartet jemand an Land, und ich sagte, ich schicke ein Boot. Beeil dich. Ich werde auf das Schiff aufpassen."

Der Verwalter ging murrend nach unten, erschien aber bald wieder mit dem Koch und den beiden Händen. Mit einiger Verspätung stiegen sie in dem Langboot aus, zogen erbärmlich zum Ufer und nörgelten sich gegenseitig an. Als er zum Fuß des Großmastes trat, um die Fallen von den Stiften zu nehmen, dankte Jack inbrünstig seinen Sternen für die Schwere des Bootes und die offensichtliche Tatsache, dass sowohl Koch als auch Steward hoffnungslose Dummköpfe mit einem Ruder waren. Mit nervösen Fingern befreite er die Fallen, entfernte die Abdeckung des Großsegels und öffnete die Segeltuchstopper, mit denen es aufgerollt war. Dann wandte er sich den Vorsegeln zu und hatte alles klar, bevor sein Ohr erneut das Geräusch der

Ruder vernahm. Er rannte nach hinten und rief vorsichtig. Daves Stimme antwortete ihm, und dann hörte er, wie Taberman seinen Begleiter drängte, seinen Schlag zu beschleunigen. Im Nebel konnte Castleport undeutlich die schweren Boote erkennen, die sich langsam der Yacht näherten. Es war alles, was die Männer tun konnten, um sie längsseits zu bringen und sie schnell nach hinten zu bringen. Nachdem dies geschafft war, machten sich alle Hände eifrig an die noch härtere Arbeit, den Merle unter das Gewicht zu bringen.

„Jim", befahl Castleport , „hüpfen Sie nach vorn und nehmen Sie das Fahrlicht ab. Stellen Sie es an Deck, damit es nicht nach außen zeigt. Dave, Sie steigen auf den Bootsausleger. Ziehen Sie es ganz nach oben, „ Ohne auf die Jungs zu achten! Lebhaft, jetzt!"

Als Dave und Jim nach vorn eilten, um diese Befehle auszuführen, trat Jack selbst nach achtern, nahm die Abdeckung des Bunkers ab und brachte die Lampen an ihren Platz.

„Alle Mann vor dem Anker!" Er sang laut und klopfte mit den Schienbeinen auf die Cockpitkämme, während er herauskletterte und über das Deck rannte. „Wir werden die Segel setzen, wenn wir den Schlammhaken herausholen. Wenn wir versuchen, das Großsegel hochzuziehen, werden sie uns überall hören. Wir werden unter den Vorsegeln landen . Halten Sie sich dort fest!"

Die Merle segelte an ihrem Backbordsteg in etwa sechs Faden tiefem Wasser. Sie verfügte jedoch über ein gutes Stück Zielfernrohr, und zwischen den acht Händen, die die Viertelzollkette umklammerten, und dem Anker, an dem sie befestigt war, lagen etwa zehn Klafter, die „übergeben" werden mussten. Im Licht der großen Fresnel-Ankerlaterne auf dem Deck strengten sich die Männer stumm, starr und zurückhaltend an. Eine ganze halbe Minute lang gab es überhaupt keinen Gewinn, doch dann erreichte ein Glied der Kette mit einem scharfen Klopfen den ehernen Rand des Klüsenlochs. Die Männer grunzten und zischten und brachten jeden Muskel zum Einsatz. Taberman stand an erster Stelle der Kette. Mit weit gespreizten Beinen und zurückgeworfenem Kopf stand er direkt vor der Klüse. Selbst im weißen Licht des Fresnelstrahls war sein Gesicht dunkel ziegelrot, und aus dem linken Mundwinkel ragte seine Zunge hervor. Dave war hinter ihm, sein linkes Knie war gebeugt und sein rechtes Bein war von der Zehe bis zur Hüfte gerade. Er hielt hartnäckig fest, sein Gesicht war unnatürlich ausdruckslos; sein vom Nebel und Schweiß feuchtes Haar klebte an seiner braunen Stirn und seinen Schläfen. Der dritte Mann war Jim, der in einer seltsamen Haltung zurücklehnte, als ob sein Kreuz unsichtbar gestützt wäre. Seine Wangen waren weiß; sein Atem war unhörbar.

Mit einer kleinen Salve metallischer Schnappschüsse kam ein knappes Dutzend weiterer Glieder herein. Jack war der letzte an der Kette und war von dem Mann neben ihm durch einen Abstand getrennt, der größer war als der Abstand zwischen jedem anderen Paar, sodass er bei Bedarf eine Wendung nehmen konnte von dem Durchhang um einen der messingbekrönten Poller an seiner Seite. Sein Körper war angespannt und steif, sein Gesicht und seine Stirn voller seltsamer Falten und Falten. Seine Lippen waren weiß und die Mundwinkel waren nach unten gezogen. Seine Nase bewegte sich nervös, fast wie die eines Kaninchens. Es kam noch ein Link rein.

„Nimm es besser mit der Winde", keuchte Jerry.

„Verdammt , – zieh!" rief Jack.

Jim grunzte und Dave atmete mit einem scharfen Pfeifgeräusch durch seine geschlossenen Zähne ein. Plötzlich rasselte die Kette so schnell ein, dass sie fast überhand nehmen konnten. Der Merle bewegte sich endlich.

„Klug!" Jack weinte. „Klug, und wir sorgen dafür, dass sie selbst einen Fehler macht."

Die vier schleppten kräftig.

„Fast auf und ab", rief Jerry.

Jack warf ein paar Schlaufen der Kette über den Poller und hielt ihn fest. Die große Yacht drängte sich langsam dem Wind entgegen, getragen von dem Antrieb, den ihr die Kette gab. Die Teile knarrten ein wenig, die Kette spannte sich sehr und vibrierte. Der Merle schaute nach und begann zurückzudriften.

"Nun dann!" rief Jack. „Leg dich hin!"

Jeder von ihnen packte die Kette mit grimmigem Elan, als würde ein Mann die Kehle seines Feindes ergreifen, während Jerry in einen explosiven Walfanggesang ausbrach und die Männer sich in den Rhythmus einfügten.

„Ziehen Sie den Bug, den Bug, den Bug;

Ziehen Sie die Bugleine, die Bugleine, – *Schleppen Sie!* "

"Hier kommt sie!" schrie er inmitten einer Daube, als mit einem Mal der Anker herausgebrochen wurde.

Jack ließ sein Ende der Kette fallen und rannte nach hinten, um sich um das Rad zu kümmern, während die Männer sich um den Rest kümmern mussten.

Die Vorsegel waren in den Stopps hochgezogen, aber bevor sie ausgefahren werden konnten, musste die Yacht auf Backbordbug gelegt werden. Als sie achtern unterwegs war, drehte Jack die Speichen nach Backbord und drehte so – denn ihre Steueranlage war „ausgeglichen" – den Kopf nach Süden. Als er den Wind auf seiner linken Wange spürte, legte er die Hand vor den Mund und schrie.

„Brechen Sie das Vorstagsegel aus!" er brüllte. „Schneiden Sie es ab ! – Halten Sie sich an der Wetterdecke fest, bis sie ganz abfällt!"

Aufgrund der großen Lattenroste und des dröhnenden Segeltuchs machte sich der Schoner schnell bezahlt.

„Halten Sie sich dort an der Backbordplatte fest!" schrie Jack. „Portwein, sage ich, Portwein! Mach schnell! Nicht zu flach! Gib ihr alles, was sie braucht!"

Die Merle bewegte sich nun langsam vor dem Wind.

„Brechen Sie die Ausleger aus", befahl Jack, „beide Ausleger! Das ist gut. Machen Sie schnell!"

Der Wind hatte so stark aufgefrischt, dass die Yacht sich ernsthaft in Bewegung setzte. Zu diesem Zeitpunkt waren leise, aber hektische Stimmen von achtern zu hören.

„Merle ahoi! Ahoi-oy-oy! Show – Licht! A-hoy-oy-oy – gehen Sie an Bord der Merle!"

„Hören Sie den Steward?" rief Jack zu Jerry, der mit den Kopftuchstollen beschäftigt war.

"Höre ihn!" lachte Jerry. „Seine Musik ist ein fröhlicher Abschied."

„Ahoi-oy-oy!" erklang die Stimme erneut, schwächer und voller bestürzter Verzweiflung, die sie beide erneut in spöttisches Gelächter ausbrechen ließ. „Ahoi! Anker! Anker – Anch " –

Das verzweifelte Jammern verstummte im auffrischenden Wind.

„Ich hoffe, sie stochern nicht die ganze Nacht im Nebel herum und suchen nach dem Merle", sagte Jack fröhlich. „Ich mochte diesen Steward allerdings nie."

Einen oder zwei Augenblicke später, als sich die Yacht der Einfahrt zur Durchgangsstraße näherte, rief Jack nach Dave. Der Mann kam nach hinten.

„Sehen Sie, Dave“, fragte Castleport plötzlich ernst; „Wir haben mehr Wetter, als wir erwartet hatten. Können Sie diese Yacht bei diesem Nebel um Vinal Haven steuern?“

„ Verdammt , Sir“, antwortete Dave mit angenehmer Sicherheit. „ Mensch und Junge, ich habe zwölf Jahre lang an diesen Küsten gearbeitet.“

„Also gut – komm her und nimm sie mit. Ihre Ausrüstung ist ausbalanciert: Stell das Steuerrad so hin, wie du ihren Kopf schwenken möchtest. Sie ist blitzschnell. Wenn du die Karte willst“ –

Aber Dave schüttelte grinsend den Kopf.

„Na ja, jedenfalls“, sagte Jack und drehte sich um, um ihn zu verlassen, „da ist dein Kompass.“

„Das stört mich überhaupt nicht“, antwortete der unerschrockene Dave mit einem zugleich verächtlichen und trotzigen Blick auf die schicke Hütte. „Ich gehe mos‘ „Gin'rally dem Geruch nach“, fügte er erklärend hinzu.

„In Ordnung“, lachte Jack. „Behandle sie vorsichtig.“

„Eines, Sir, wie viel zieht sie?“

„Zwölf Fuß“, erwiderte Jack.

Dann betrat er das Deck, und die Merle raste weiter in die schwarze Nacht.

KAPITEL 4
ES WEHT NORDWESTEN

Mit Dave als Palinurus rannte die Merle gegen den Wind, bis sie weit außerhalb des westlichen Eingangs zur Durchgangsstraße war. Anschließend wurden die Vorsegel eingeholt, die Yacht in den Wind gestellt und das Großsegel gehisst. Das Vorsegel wurde eingerollt gelassen, da der Wind erheblich aufgefrischt hatte, und der Schoner startete auf Südkurs auf Backbordseite.

Woher Dave wusste, wo er war, oder welcher subtile Instinkt ihn veranlasste, der Merle nun ein oder zwei Speichen nach Steuerbord oder noch einmal nach Backbord zu geben, waren ebenso unlösbare wie komplexe Rätsel. Taberman staunte nicht schlecht über Daves kühle Zusicherung; Aber für Jack, der seit jeher wusste, wie wunderbar die einheimischen Fischer ihr Boot im Nebel handhaben, war die Fähigkeit des Steuermanns, wenn auch wunderbar, doch nichts Neues.

Die Fahrt zur Insel verlief jedoch nicht ohne Zwischenfälle. Zweimal, als sie im dichten Nebel kreuzten, rannten sie dicht an gefährliche Felsvorsprünge heran, über die die langsame See einfach hinwegrollte, ohne zu brechen . An einem anderen Punkt kamen sie gerade noch rechtzeitig vorbei, um nicht an einer steilen Klippe an Land zu gehen, die hoch im Nebel aufragte. Gegen Ende der Fahrt gelangten sie in ein seichtes Wasser, wo das unruhige Heben und Stoßen des Meeres den Schoner wild taumeln und taumeln ließ, während um sie herum das Donnern unsichtbarer Brandungen zu hören war. Doch bei jeder einzelnen Gefahr behielt Dave völlig den Kopf und brachte den Merle sicher durch.

Auf der Passage herrschte reges Treiben. Dreimal luvten sie ins offene Wasser und nahmen jedes Mal ein Boot an Bord. Es war eine schwierige, fast gefährliche Operation, aber die Nacht verging und die Boote zogen schwer. Das Focksegel wurde zum Hissen vorbereitet, ein Reff wurde hineingesteckt, ohne dass es angehoben wurde. Die Hafenlaube wurde an Bord genommen; Laternen wurden für die Arbeit vorbereitet, die auf der Insel durchgeführt werden sollte; Es wurde eine sorgfältige Untersuchung der verfügbaren Stauplätze durchgeführt. Jack und Taberman erstellten eine Liste der Männer und teilten ihnen Wachen und Liegeplätze zu. Sie kamen überein, dass Gonzague als Koch, Verwalter und Generalmajor die kleine Hütte, in der früher der Verwalter wohnte, für sich allein haben sollte. Den Männern gaben sie die Kojen der alten Besatzung; und im Allgemeinen alles für die Seereise arrangiert, was noch zur Anpassung übrig blieb, bis sie tatsächlich an Bord sein sollten. Die persönlichen Gegenstände des Präsidenten, seiner

Gäste, der Offiziere und der Besatzung wurden zur Abreise auf der Insel vorbereitet.

„Wie wäre es mit Kleidung für die Männer?" fragte Taberman . „Daran habe ich nie gedacht; und mit einer Besatzung auf Fischerbooten würden wir wie die Zwei aussehen. Die Polizei jedes Hafens der Welt wäre hinter uns her."

„Die Uniformen gehören zur Yacht", antwortete Jack. „Sie sind für die Besatzung gemacht, aber die Männer besitzen sie nie."

„Glauben Sie, dass die Fallen dieser armen Teufel auf der Insel sicher sind?"

„Sicher wie in einer Kirche."

„Aber wie bekommen sie sie ?"

„Oh, morgen früh um neun Uhr wird der Präsident auf dem Weg zur Insel sein, wenn er die Sylvia kaufen muss, um weiterzumachen. Camper'll Sag ihm, dass ich mit dem Merle weggelaufen bin, und er wird sich auf den Weg zur Insel machen, um mich zu finden oder die Spur zu finden."

So unterhielten sie sich, bis die Jacht etwa um zwei Uhr morgens an Hardwood Island vorbeifuhr, den Wind nutzte und weiter nach Südosten fuhr. Plötzlich zeigte sich durch den Nebel ein mattroter Schimmer auf dem Wetterbug.

„Da ist Gonzagues Lagerfeuer", rief Jack. „Du hast uns durchgebracht, Dave, ungefähr so geschickt wie alles, was jemals auf dieser Welt gemacht wurde. Es war auch ein harter Job."

Die Hauptspitze wurde abgesenkt, um den Weg der Yacht zu verringern, und als der rote Glanz deutlicher wurde, wurden die äußeren Ausleger übergossen. Die Merle hielt das Ufer auf der Backbordseite dicht an Bord und lief auf den rötlichen Fleck des Feuers zu, das jetzt am Ende einer Landzunge brannte. Als sich das Boot diesem Punkt näherte, ergriff Jack das Megaphon, setzte den großen Kegel an seine Lippen und blickte zum Feuer, das jetzt querab war.

"Hallo!" er brüllte. „Hallo, da! Gonzague !"

Ein plötzliches und verwirrtes Rufen aus dem Nebel antwortete ihm. Dann rannten schwarze Gestalten, deren Silhouetten sich vor dem roten Schein des Feuers abzeichneten und brennende Fackeln schwenkten, mit seltsamen Possen und Kapriolen hin und her .

„Über Schiff!' rief Dave. „Warenboom! Löscht die Köpfe !"

Die Merle kam auf der anderen Seite rüber und das Stagsegel und die Klüver wurden heruntergefahren. Die Großschot wurde dann so stark in Bewegung gesetzt, dass der Wind aus dem Segel strömte, und der Weg der Yacht wurde schnell verringert. Nachdem er die Landzunge umrundet hatte, bewegte sich der Schoner träge weiter und passierte erneut das Lagerfeuer auf der Backbordseite.

„Stehen Sie vor dem Anker!" rief Dave, als sie am Ende des Stegs rannten.

"Hurra!" schrie ein Chor von Stimmen vom Pier. „Hurra, Dave!"

Dave drehte das Steuerrad nach Steuerbord, und die Merle geriet langsam ins Auge des Windes, wo er sie festhielt, bis sie scheinbar auf Achterbord zusteuerte.

„ Gut genug!" er schrie. "Lasst sie los!"

Und die Ankerkette rasselte dreieinhalb Klafter herab.

Es war nach zwei Uhr und immer noch dick. Der Wind drehte jedoch nach Süden und der Nebel begann sich etwas zu lichten. Kaum war die Großschot nach achtern gezogen, befanden sich bereits einige der Männer in einem Boot längsseits. Jack stand an der Treppe, die während des Laufs nicht betreten worden war, während Tab, der an seiner Seite stand, eine Laterne hielt. Der erste Mann an Bord war Gonzague . Der alte Provenzaler war in all seinen Jahren flink wie ein Affe, rannte die Stufen hinauf und berührte elegant seine Mütze, ganz nach Kriegsmannsart.

„Ich sehe dich in großer Aufregung blättern , Kapitän ", kicherte er zu Jack. „Du hast die Matte oder das Trittgitter gelöst, oder?"

„Ja, eher", lachte Jack. „Steht dort an Bord", fügte er hinzu und wandte sich an die Männer in den beiden Booten, die jetzt längsseits saßen.

Die neue Mannschaft machte ihre Boote am Gitter fest und ging an Bord.

„Also, alle Mann für eine Minute hier hinten", befahl Jack, als sich alle an Deck versammelt hatten.

Er wusste, dass es bei den Männern, die er für diese Expedition hatte sammeln können, unerlässlich war, sie auf irgendeine Weise zu binden. Er hatte daher ein Papier vorbereitet, in dem fünf Artikel zur Unterzeichnung aufgeführt waren, und er war fest entschlossen, den Schoner des Präsidenten nicht ihrer Obhut anzuvertrauen, es sei denn, sie stimmten einer Bindung zu. Die Männer waren angesichts der Gefahr entschlossen, doch an Disziplin nicht gewöhnt; Sie waren von einem groben Gefühl der Loyalität durchdrungen, waren aber widerspenstig und schnell beleidigt; und wenn sie nicht von Anfang an zustimmten, sich seiner Autorität zu unterwerfen, wusste Jack, dass man sich kaum auf sie verlassen konnte.

Er nahm instinktiv eine willkürliche Miene an und verfiel beinahe bewusst in den latenten Tyrannen, der in allen starken Charakteren verborgen liegt. Hätte er es durchdacht, hätte er fast den gleichen Ton angenommen, den er instinktiv gewählt hatte. Diese Männer, wilde Anhänger des Meeres, würden es verschmähen, geführt zu werden, und sollten nur von jemandem beherrscht werden, der sie einschüchtern und dominieren konnte – der, wie sie selbst sagen, sie „menschlich handhaben" konnte. Sie reagierten auf die ursprüngliche Notwendigkeit, in dem Mann, der befehlen soll, Kraft zu sehen; Und indem Jack von Anfang an seine Entschlossenheit zeigte, zeigte er zumindest eine Eigenschaft eines echten Anführers.

Er nahm die Namensliste aus seiner Tasche, forderte die Männer auf, auf die Liste zu antworten, und las sie im Licht von Tabs Laterne vor.

„Elihu Coombs?" er las.

„Hier", antwortete ein untersetzter Junge mit einem rauen, wettergegerbten Gesicht.

„Hier, Herr !" sagte Jack scharf, als er den Namen abhakte .

„Edward Turner?"

„Hier, Sir", antwortete eine leise Stimme im äußeren Ring der Männer.

„Haskell Dwight?"

„Hier, Herr."

Sie waren alle an Bord: zehn Männer, außer Jack, Jerry und Gonzague . Als er mit der Liste fertig war, reichte Jack sie Jerry, und er holte ein zweites Papier aus seiner Tasche – die einfachen Artikel, die er geschrieben hatte –, klopfte mit einem Rückhandklopfen die Falten heraus und machte dann einen kurzen Satz Rede.

„Meine Männer", begann er, „ich möchte Sie nicht mit geschlossenen Augen in ein Spiel hineinziehen, deshalb habe ich Artikel verfasst, die Sie unterschreiben müssen. Natürlich ist diese ganze Geschichte nur ein Scherz, aber sie hat einen Sinn." Es hat auch eine ernste Seite. Das können Sie alle ganz deutlich sehen, und es ist mein und Ihr Interesse, dafür zu sorgen, dass wir nicht aus dem falschen Mund lachen müssen.

„Wenn Sie an dieser Kreuzfahrt teilnehmen, werden Sie für Ihren Lohn schwitzen, das kann ich Ihnen jetzt sagen! Ich bin nicht dafür, einen Mann zu zermürben – die meisten von Ihnen wissen, was ich bin, denn Sie haben gesehen, wie ich als Kind aufgewachsen bin ,-aber die Yacht muss instand gehalten werden, und das bedeutet, dass jeder Mann an Bord äußerst ordentlich sein muss und seine Arbeit nicht vernachlässigen darf.

„Andererseits werdet ihr Männer viel Erfahrung im Umgang mit einem größeren Schiff sammeln, als ihr es gewohnt seid; ihr werdet gutes Essen bekommen und ihr werdet ausländische Häfen sehen. Darüber hinaus werdet ihr zeichnen." Gute Bezahlung und behalten Sie die Kleidung, die Sie sparen können.

„Das sind also die Artikel, auf die jeder, der mit mir segelt, seinen Namen setzen muss."

Er las die ganze Zeitung so deutlich und eindrucksvoll, wie er konnte.

„Nun", schloss er, „wenn irgendjemand hier den Mut für dieses Geschäft hat, soll er verschwinden. Der Rest von euch tritt auf und unterschreibt."

Jack legte das Papier auf die Nebenluke und holte einen Füllfederhalter hervor, den er daneben legte. Jerry war aufgrund seiner Stellung als Steuermann der Erste, der seinen Namen eintrug. Er stellte seine Laterne ab und kritzelte seine Unterschrift unter die Artikel mit einer Handschrift, die die von John Hancock in den Schatten gestellt hätte. Er reichte den Stift an Gonzague weiter , der ihn mühsam in die Hand nahm und mit kleiner, verkrampfter Handschrift seinen Namen schrieb, der sich absurderweise von den darüber stehenden Schriftzeichen unterschied.

Für einen Moment – einen nennenswerten Moment – hielten sich die übrigen zurück. Jacks braune Augen forderten ihre heraus und alle waren sehr still. Dass Castleport von denen unterstützt wurde , die offensichtlich mit ihm verbunden waren, gab den Männern statt Selbstvertrauen eher das unbehagliche Gefühl, eine andere Partei zu sein, und dies löste eine instinktive Vorsicht aus, die fast einer Feindseligkeit ähnelte. Hätte man den Dingen einen Moment Ruhe gegeben, wäre der Tag möglicherweise leicht verloren gegangen. Es hätte zu Diskussionen kommen können, die Streit und Zwietracht hervorriefen, es wurden Erklärungen verlangt, und die Männer haben darum gebeten, sich mit den tatsächlichen Gründen zufrieden zu geben, aus denen Castleport berechtigt sein sollte, sich die Yacht seines Onkels anzueignen und damit davonzulaufen, eine Frage, die durchaus möglich war wurden kaum beantwortet, um alle zufrieden zu stellen. In dieser unerkannten Krise trat der alte Gonzague ruhig zwischen die Männer, scherzte leise mit einem von ihnen und so wurde das Gleichgewicht wiederhergestellt. Er wurde sofort einer von ihnen, und die vage Vorstellung von Parteien und Opposition löste sich in Luft auf, bevor die Männer Zeit hatten, sie überhaupt zu erkennen. Dave trat vor und unterschrieb, Jim folgte ihm und der Rest der Männer folgte ihm. Jack hatte sie alle einzeln befragt, bevor er seine Pläne darlegte, und das Ergebnis war, dass keiner von ihnen jetzt einen Rückzieher machte. Als der Letzte die Feder niederlegte, sprach Castleport .

„Bevor wir uns an die Arbeit machen , hätte wohl niemand etwas gegen ein gutes Glas Grog; und während Gonzague es bekommt, möchte ich nur noch ein Wort hinzufügen. Ich kenne diesen Herrn, Mr. Jerrold Taberman ein guter Navigator, und ich habe ihn zu meinem Gefährten gewählt. Gonzague wird Koch und Verwalter sein, und A1, du wirst ihn finden. Ich werde es bestimmt so einfach wie möglich machen, und das werde ich auch. Ich bin sicher, dass Sie Ihre Pflichten erfüllen werden, und Sie können sich darauf verlassen, dass ich meine erfülle.

Nachdem der Grog gebracht worden war, machte Tab einen Vorschlag über den Gesundheitszustand des Kapitäns, und die Mannschaft trank ihn voller Begeisterung. Jack schenkte der Crew sein Glas aus und wünschte eine gute Kreuzfahrt. Und dann machte sich die gesamte Firma an die Arbeit, verlud und verstaute.

Gonzague und zwei der Besatzung unter Jacks Aufsicht lagerten, was die anderen herausbrachten. Am Fockmast wurden gekaufte Waffenausrüstungen angebracht, um die schwereren Koffer an Bord zu transportieren. Die Männer arbeiteten fieberhaft und fast lautlos, als hätten sie Angst, gehört zu werden. Nach ein paar Stunden brauchte die Merle nur noch ihre Wassertanks zu füllen und schon war sie seebereit. Der Nebel war inzwischen so dünn, dass Jack im schwachen Licht der noch nicht aufgegangenen Sonne, als er in der Takelage stand, vage die Form des Hauses auf der Insel erkennen konnte. Während er über das Wetter nachdachte, kam Gonzague hastig herauf, sein Gesicht war vor Anstrengung gerötet und seine normalerweise makellose Kleidung voller Flecken und zerrissen.

„ Herr „Castleport , Sir “, sagte er, „ich finde keinen großen Trichter für den Wassertank .“ Sie müssen immer das Gefühl haben , dass sie vom Wasserboot aus in die Decksplatte stecken , glaube ich .

"Wie ist das?" rief Jack aus. „Kein Trichter?“

Der Tender mit den ersten Raten der Wasserversorgung hatte den Steg bereits verlassen, und Jack begann hastig darüber nachzudenken, wie das Wasser aus den großen Fässern ohne Deckel in die Tanks gelangen sollte, ohne dass es von der Schöpfkelle hineingetropft wurde.

„Hast du überall gesucht?“ er forderte an.

zu laufen“, antwortete der Steward, „und alles, was ich finde, ist der Trichter im Kerosinfass. Er ist zu klein und stinkt ziemlich stark nach Dampf Öl, Sir

.

„Gibt es an Bord irgendwelche Rohrleitungen? Gibt es einen Schlauch?" fragte Jack. „Wir könnten es absaugen."

Gonzague schüttelte den Kopf, und in diesem Moment kam das mit Wasser beladene Boot längsseits. Jack beugte sich über die Reling.

„Ich sage, Jerry", rief er, „es gibt keinen Trichter, um die Tanks zu füllen. Wie zum Teufel können wir Wasser stauen?"

„Durchsuchen Sie mich", erwiderte Jerry mit fröhlicher Uneleganz. „Woher soll ich das wissen? Könnte das Megaphon benutzen."

"Du bist ein Genie!" brüllte Jack. „Das reicht einem!"

Die Schlüssel wurden gefunden, die Kappen von den Deckplatten abgeschraubt und der große Pappmaché- Kegel des Megafons mit dem großen Ende nach oben über die Öffnung gesetzt. Zwei Männer hielten es am Rand fest, während andere dafür sorgten, dass es mit Eimern voll Wasser gefüllt war, die aus den Fässern geschöpft wurden. Nach einer weiteren Stunde waren beide Tanks gefüllt und die Verschlüsse festgeschraubt.

Die Merle war bereit für ihre lange Kreuzfahrt. Jack war mit der Fülle ihrer Vorräte sehr zufrieden, da die Yacht zusätzlich zu den einfachen Proviant, die er und Taberman bereitgestellt hatten, vom Präsidenten für ihre Sommerkreuzfahrt reichlich mit Lebensmitteln versorgt worden war.

„Denken Sie an alles, was uns noch geblieben ist, Jerry?" fragte Jack.

"Der Präsident?" Tab vorgeschlagen.

Jacks offizielle Ernsthaftigkeit geriet bei diesem Vorschlag völlig ins Wanken, aber er wandte sich mit geschäftsmäßiger Miene an den Steward.

„Hast du alles, Gonzague ?"

„Ja, Sir . Ich glaube , de leest ist Gefühl", antwortete der alte Mann, während er das schmutzige Papier, auf dem er seine Bestandsaufnahme gemacht hatte, genau betrachtete und jeden Artikel abhakte, der an Bord kam. Neben jedem Eintrag in der Liste befand sich ein schwarzer Kratzer.

„Na dann", sagte der Kapitän mit einem Funken in den Augen, „wir gehen los!"

Er gab den Befehl, das Deck zu räumen und sich unter Wasser zu setzen.

Der Wind war auf West gedreht und wehte frisch. Sie setzten jedoch alle Segel und riskierten die böigen Sturmböen, denen sie wahrscheinlich vor dem Hochland der Isle au Haut ausgesetzt waren, das sie an Steuerbord zurücklassen wollten. Der Nebel war vollständig verschwunden, bis auf lange gespenstische Kränze, die sich an die dunkelgrünen Schluchten der Haut schmiegten oder die fernen Berggipfel des Mt. Desert umgaben; und als die Sonne klar und schön aufging, schienen alle Vorzeichen höchst erfreulich günstig.

Jack brach vom Eastern Ear of the Haut auf, als dieser drei Meilen westnordwestlich verläuft. Als er und Jerry um vier Uhr nachmittags zu Zeitbesichtigungen an Deck kamen, war kein Land zu sehen.

KAPITEL FÜNF
LAND HO!

Ungefähr drei Wochen nach dem Morgen, als die Merle die Insel verließ, saßen Jack und Tab im Saloon und berechneten die Sehenswürdigkeiten, die sie gerade als Längengrad aufgenommen hatten. Es war kurz nach acht Uhr morgens; Die Luft war warm und hatte einen Hauch von Süden. Durch das offene Oberlicht fiel ein Lichtstrahl, der einen strahlenden Fleck auf die grünen Kissen an der Backbordseite der Kabine warf. Während die Jacht leicht über die lange See rollte oder schwankte, bewegte sich der Lichtfleck hin und her – nach oben, unten, vorn, hinten; bald blickte es auf die satte rote Verkleidung, bald auf den Spiegel und wieder auf den großen Tisch.

Auf der Leeseite dieses Tisches saßen die beiden Männer, gekleidet in Segeltuchhosen und blaue Flanellhemden, und ihre Arbeit lag vor ihnen. Zwischen ihnen lagen mehrere Blätter Papier, Parallellineale, das Logbuch in seinem braunen Entendeckel, ein auf den Tischen aufgeschlagenes Exemplar von Norie und die amerikanische „Ephemeride". Eine große Blattkarte des Nordatlantiks, beschwert mit einem Fernglas, lag vor Jack ausgebreitet. Eine dicke Linie voller Zickzacklinien und spitzer Winkel, die fast quer über diese Karte verlief, stellte die Spur der Merle dar. Jetzt legte Jack den Bleistift nieder, mit dem er berechnet hatte, griff nach dem „Epitome" und wandte sich der Tabelle mit den Funktionen zu.

"Durch?" fragte Tab, ohne aufzusehen.

„Am meisten", erwiderte Jack und fuhr mit einem Finger über eine Zahlenspalte, während er zuerst auf seine Arbeit und dann auf das Buch warf. „Jetzt habe ich es", fügte er hinzu, und nachdem er eine Nummer notiert hatte, schob er die Lautstärke zu Tab, ging zu einem Schrank auf der Backbordseite und holte einen Koffer mit Instrumenten zurück. Er holte ein Paar langbeiniger Teiler heraus und beugte sich mit diesen und den parallelen Linealen eine oder zwei Minuten über die Karte, bis Jerry das Schweigen erneut brach.

„Was hast du bekommen?" er hat gefragt.

„Neunzehn-achtzehn-fünfzehn", antwortete Jack. "Welches ist deines?"

„Neun-sechzehn- null ", antwortete Tab. „Warten Sie mal, ich werde sie mitteln." und er begann schnell zu rechnen. „Der Mittelwert liegt bei neun-sieben-sieben plus. Schauen wir mal, wo wir uns befinden – der Breitengrad der DR liegt bei sechsunddreißig und achtundvierzig."

Sie beugten sich gemeinsam über die Karte. Jack manipulierte sorgfältig Lineale und Teiler, fand den Punkt und markierte ihn mit roter Tinte.

„Sie macht jetzt etwas mehr als sechs Knoten", sagte er. „Wir sollten in Kürze das alte Kap St. Vincent erreichen. Lasst uns diese Fallen aufstellen und an Deck gehen."

Sie verstauten die Sachen in ihren verschiedenen Schließfächern und gingen gemeinsam hinaus. Die Merle segelte mit einer wechselhaften Brise unter allen unteren Segeln dahin und glitt leicht über die lange Dünung auf Backbordbug.

„Wie wäre es, wenn du oben einen Aussichtspunkt aufstellst, Jack?" fragte Tab. „Wir werden das Land bald anbauen – wenn wir mit unserer Einschätzung irgendwo richtig liegen."

„In Ordnung", stimmte Jack zu. „Kommen Sie runter und holen Sie sich eine Brille. Ich denke, Hunter hat von allen Männern die besten Augen. Ich werde ihn besorgen."

Jerry verschwand unten und Jack ging auf der Luvseite entlang. Das Meer, das in langen, gemessenen Wellen nach Osten rollte, reflektierte die Sonne in einer Vielzahl flüchtiger Wellen, die im Morgenlicht glänzten und glitzerten. Der Himmel, hellblau und wolkenlos, sah aus wie blasses Feuer. An Bord des Schoners blitzte und glänzte das Messingwerk, als es in die Täler der langen Meere stieg und eintauchte, wie poliertes Gold. Das weiße Segeltuch fing das Sonnenlicht ein, während auf den Decks, die vom letzten Schrubben noch nicht getrocknet waren, der Kitt in den geschwungenen Nähten deutlich weiß hervortrat. Die vier Boote befanden sich innenbords, waren von unten nach oben gedreht und kreuzweise an der Reling festgezurrt.

Castleport fand die vier Männer der Wache auf der Spitze versammelt und blickte über den Bug. Er kam herauf und sah, dass sie eine Schule Delfine beobachteten, die sich vor der Yacht hielten. Der große Fisch schien zu vibrieren. Sie ertönten und sprangen aus dem Wasser hervor, blitzten und tropften von funkelnden Tropfen. Tausend Farben kräuselten sich über ihren Rücken, als sie sich drehten und schwankten, und sie schwangen vorwärts wie die Inkarnation des Spaßes.

Der Kapitän sah den Mann, den er wollte, auf der Backbordseite stehen und rief ihn zu sich.

„Hunter", sagte er, „gehen Sie nach achtern zu Mr. Taberman ; er wird Ihnen eine Brille geben. Gehen Sie nach oben und halten Sie scharf Ausschau nach Land. Wir sollten es am Backbordbug anlegen."

Der durch diesen Befehl hervorgerufene Effekt war elektrischer Natur. Die vier Männer wirbelten herum und starrten Jack und einander an.

"Land!" rief einer mit einem dummen Grinsen. "Land!"

Hunter berührte seinen Entenhut und flog nach hinten; Jack folgte gemächlicher. Nach ein paar Minuten saß Hunter im Vorschiff und suchte eifrig den östlichen Horizont ab. Castleport ließ sich in der Sonne auf der Leeseite des Cockpits nieder und stopfte seine Pfeife. Er hatte es kaum angezündet und ein halbes Dutzend daran gerochen, als von oben der magische Schrei „Land!" erklang.

„Wohin?" schrie der Kapitän und sprang auf, als Tab im Niedergang erschien.

„Haben wir es erhöht, Jack? Haben wir es erhöht?" fragte Tab aufgeregt.

„Noch nicht, Tab. Wurde gerade gesichtet", erwiderte Jack, spähte zu den Vorderkreuzbäumen hinauf und wartete auf die Antwort des Ausgucks auf seinen Ruf.

„Etwa zwei Punkte vom Wetterbogen entfernt", sang Hunter von oben. „Nur ein niedriges Ufer. Sieht durch die Brille aus wie Klippen!"

„Komm mit, Tab!" rief Jack. „Lass uns nach oben gehen und es uns ansehen."

Sie gingen schnell über das Deck, erreichten die Wetterschutzhüllen und rannten hinauf. Die Wache unten war genauso da, wie sie war, halb bekleidet und barhäuptig. Zwei der Männer waren zum Ende des Bugspriets gerannt, hielten sich am Topmaststag fest und blickten über das Vorliek des fliegenden Auslegers. Der alte Gonzague , ehrwürdig wie Vanderdecken , dessen weißes Haar vom Wind zerzaust war – denn er trug wie immer keine Mütze –, hatte bereits die Hauptbäume erreicht, wo er stand und mit einer Hand die Augen beschattete, während er mit der Hand die Leichentücher umklammerte andere.

"Wo ist es?" fragte Jerry, als er und Jack die Bäume erreicht hatten.

„Da weg, Sir", antwortete Hunter und zeigte, während er dem Kapitän die Brille reichte.

Mit bloßem Auge konnten Jack und Jerry tief am östlichen Rand des Horizonts einen schwachen bräunlichen Streifen erkennen. Mit einem Arm um den Topmast gestützt blickte Jack durch die Brille auf das Land. Aufgrund der Schwingungen des Mastes konnte er zunächst den braunen Streifen nicht im Blickfeld behalten, aber in einem Augenblick überwand er diese Schwierigkeit und konnte ein Stück Klippe von nahezu gleichmäßiger Höhe, wenn auch gespalten, erkennen durch zahlreiche fjordartige Buchten. Anhand der unterschiedlichen Farben – denn er konnte erkennen, dass das Uferband mit Rot- und Blautönen gesprenkelt war – kam er zu dem Schluss, dass die Landung in der Nähe von Cape St. Vincent erfolgte.

"Guck mal?" fragte er und reichte Tab die Brille. „Es ist das Painted Cape, schnell genug – oder nah dran."

„Welches Land ist das bitte, Sir?" fragte Hunter in einem fast ehrfürchtigen Ton.

„Portugal", antwortete der Kapitän. „Südwestlicher Punkt des Landes. Wir werden Spanien heute Nachmittag vor acht Glockenschlägen an Bord haben."

„Bei Grab, Sir! Bitte um Verzeihung, Sir, aber kommen die Portigee- Fischer, die Sie in Boothbay und Boston betreuen , von hier?"

„Hier oder von den Inseln – Kap Verde, den Kanaren oder den Azoren; größtenteils hier. Du kannst nach unten gehen, wenn du willst, Hunter."

Der Mann ging und blieb immer wieder stehen, um über die Schulter auf die Küste zu blicken, die man nun vom Deck aus zwischen den Rollen erblicken konnte.

Nach einer kurzen Beratung folgten der Kapitän und der Steuermann Hunter und gingen nach achtern, um die Karte zu konsultieren. Als sie über das Deck gingen, bemerkten sie, dass alle Hände sehr aufgeregt waren. Diese Männer, die an das Meer gewöhnt waren, waren Fischer rein einheimischer Art gewesen, und es war zweifelhaft, ob einer von ihnen außer Gonzague jemals außer Sichtweite des Hochlandes seiner Heimat gewesen war; und hier waren sie, angesichts eines fremden Landes, in dem die Leute ausgefallenes Geschwätz sprachen und, soweit sie das Gegenteil wussten, in ebenso lächerlichen Kleidern herumliefen wie die der chinesischen Wäscher in Green's Landing. Die Diskussion wurde noch hitziger, als Hunter herunterkam und ihnen sagte, dass das Land einer der unzähligen Besitztümer des „ Portigee- Königs" sei. Häufige Appelle wurden an Gonzague gerichtet , der herabgestiegen war und der Mittelpunkt einer aufgeregten Gruppe war. Wie Tab bemerkte, war es ein unvergesslicher Anblick, diese in sich geschlossenen Neu-Engländer in einem solchen Zustand zu sehen.

Unten unterhielten sich Jack und Tab kurz über die Karte. Sie rechneten damit, bei Anbruch des Windes die Meerenge bei Einbruch der Dunkelheit zu durchqueren und mit Hilfe der Lichter am Kap Spartel und Tariffa durchzufahren . Nachdem sie diesen Punkt geklärt hatten, gingen sie an Deck und ließen den Kurs leicht ändern.

„Bei Jumbo!" rief Jerry und schlug mit der Faust auf das Deck, als er im Cockpit stand. „Bei Jumbo, ich kann kein Auge zudrücken, wenn dieses Land in Sicht ist. Portugal auch! Bei Jupiter, es ist alles sehr gut", fuhr er fort. „Für einen *blasierten* alten Weltenbummler wie dich, um einen kühlen Kopf zu bewahren, aber ich bin mit allem ziemlich trocken."

Jack lachte und erinnerte seinen Freund daran, in England und Frankreich gelebt und viel in Nordeuropa gereist zu sein.

„Puh!" schnüffelte Tab. „Das bringt eigentlich nichts; das macht jeder. Und zu denken", platzte er heraus, „dass wir es geschafft haben! Gott segne mich, Jacko, ich habe kaum darüber nachgedacht, als du mich in den Urlaubstagen an Bord der alten Luna mit Navigation vollgestopft hast, dass ich Ich würde es jemals ganz nutzen; das heißt wirklich, so wie wir es in den vergangenen drei Wochen genutzt haben.

„Nun, ich hoffe, du bist gebührend dankbar", lachte Jack. „Es könnte sich als Brot- und Butterquelle erweisen, falls Sie jemals gestrandet sind."

Den ganzen Tag über lief die Merle galant über das helle Meer und passierte gelegentlich Schiffe verschiedener Nationalitäten, die in die Meerenge ein- oder ausfuhren. Bei Sonnenuntergang, obwohl die kühne Küste Marokkos noch nicht in Sicht war, wurde ein Ausguck in die Luft geschickt, um nach dem Licht am Kap Spartel Ausschau zu halten .

Kurz vor neun Uhr abends hatte die Brise so nachgelassen, dass die Jacht kaum noch einen Steuergang hatte. Jack schlief unten; Tab war für das Deck verantwortlich. Die Luft dort war weich und warm. Es war ein paar Punkte gegen die Sonne herumgewirbelt und duftete nun mit einem schwachen tellurischen Geruch, der für einen Landmann nicht wahrnehmbar gewesen wäre, der aber für diejenigen, die dem Meer folgen, voller Bedeutung war. Über ihnen leuchteten die großen Sterne in strahlender Klarheit. Ihre Bilder erschienen und verschwanden immer wieder auf der nun glatten und öligen Oberfläche des unruhigen Meeres. Die einzigen Geräusche waren die des Wassers und des Tauwerks – das plötzliche Schlagen einer großen Welle unter der Theke, als die Yacht ihre Nase sternwärts warf ; das gelegentliche Krachen der großen Ausleger und Traveller-Blöcke, als sie sich nach einer heftigen Rolle nach Backbord oder einem Ruck nach Steuerbord plötzlich aufrichtete; das Prasseln der Riffspitzen auf der Leinwand; und die scharfen Geräusche, die das Schlagen der Lazy-Jacks gegen die Segel machte.

Im Westen schimmerte schwach das schwindende Hecklicht eines italienischen Dampfschiffs, das in der Ferne immer kleiner wurde. Taberman beobachtete es noch lange, nachdem es außer Sichtweite gesunken war und in der tosenden See wieder aufgestiegen war, bis es schließlich wie erloschen verschwand. Er ging bestimmten düsteren Spekulationen über die Gefühle eines verlassenen Schwimmers nach, der zusehen sollte, wie sich dieser Stern seiner Hoffnung unaufhaltsam in den Westen bewegte und jedes Mal schwächer wurde, wenn er aus den Wellen auftauchte, als –

„Licht ho!" schrie der Ausguck aus der Dunkelheit hoch. „Da ist – Licht; ‚Bout – Point – Off – Star'd – Bow!'"

"Welche Art?" rief Jerry vom Deck aus und richtete seinen Blick darauf, dass man, als schwacher Fleck vor den Sternen, die Gestalt des Ausgucks erkennen konnte, der an der Takelage auf den Querbäumen stand.

„Weißer, roter Blitz behoben", rief der Mann.

„In Ordnung", rief Jerry; und fügte in seinem gewöhnlichen Befehlston zu den Händen an Deck hinzu: „Legen Sie sich jetzt hin! Trimmen Sie die Großschot ein wenig – gut genug. Nun denn, Vorder- und Kopfschot. Gut. Das wird reichen. – Wir wollen Holen Sie sich die Luft, die da ist", fügte er hinzu.

Obwohl der Wind schwach war, herrscht in der Meerenge immer eine starke Strömung. Die Oberflächenströmung strömte kontinuierlich ins Mittelmeer und brachte die Merle stetig voran. Als Taberman schätzte, dass das Licht nicht mehr als fünf oder sechs Knoten entfernt war, schickte er nach unten, um den Kapitän zu wecken, der schlief. Als Castleport an Deck kam, wurde die Peilung des Lichts gemessen, die Karte konsultiert und eine leichte Kursänderung vorgenommen. Es war jetzt ruhig und die Yacht, die nicht mehr vom Wind gehalten wurde, rollte heftig.

„Wir sollten bald sehen, wie es ausgestrahlt wird", bemerkte Jack nach einem kurzen Schweigen. „Jetzt ist es so tierisch ruhig. Wenn es auf der einen Seite der Meerenge ruhig ist, weht es auf der anderen immer. Ein italienischer Kapitän sagte mir, dass es hier immer so viel Luft gibt, und egal wie viel oder wenig auf der einen Seite ist, das Gleichgewicht schwankt immer auf der anderen Seite."

„Dann werden wir ihr die Knüppel aus der Tasche ziehen, sobald wir durch die Meerenge sind", antwortete Jerry überzeugt.

Als der Schoner in die Meerenge einfuhr, wurde der blauschwarze Himmel im Osten schwach albern, und kurz darauf ging hinter der tintenschwarzen Masse des Monkey Mountain langsam ein blutroter Mond auf. Der riesige Felshaufen, die beeindruckendere, wenn auch weniger berühmte der Säulen des Herkules, ragte gewaltig, geheimnisvoll und unvergänglich in der sanften

Dunkelheit auf. Als das Gesicht des Mondes klarer wurde, wurden die Wellen von einem grauen Licht erleuchtet.

Plötzlich, als eine lange, sanfte Dünung die Yacht über den Rand einer kleinen Landzunge hinaustrieb, öffneten sich am Steuerbordbalken die Lichter von Tanger. Der Mond beleuchtete bisher nur die westliche Hälfte der steilen Senke, in der die kleinen Villen liegen, die die Stadt umgeben. Die verstreuten Lichter auf der Ostseite des Tals wurden durch die umgebende Dunkelheit verstärkt.

„Da ist Tanger", rief Jack. „Es gibt alte Tanger."

„Diese Lichter?" fragte Jerry. „Was ist das für ein Ort?"

„Lustiges kleines Loch. Tagsüber ganz weiß und rosa, mit roten Ziegeldächern. Aber heiß wie Tophet. Da ist Tariffa , Junge! Das ist Tariffa da drüben."

Sie diskutierten aufgeregt über die Punkte auf ihrem Weg. Für Jerry war alles neu, aber Jack war viel im Mittelmeer herumgereist und konnte den Mentor gut spielen. Eine Stunde lang unterhielten sie sich, und der Merle trieb mit der Strömung; Aber sie hatten den Schatten des Monkey Mountain noch nicht verlassen, als ein schwacher Lufthauch die Vorsegel bewegte. Es strömte heiß und trocken aus der oberen Leinwand.

"Von Jove!" rief Jack, „wir werden in Kürze so viel Wind haben, wie wir wollen. Wie stark er außerhalb der Meerenge weht, kann man an den Entfernungen erkennen, die er hineinreicht."

Dann erhob er seine Stimme und rief zur Wache:

„Hallo! Die Marssegel eingeholt! Dichtungen dran!"

Die Männer, die ein hundeartiges Vertrauen in den Kapitän hatten, gehorchten schnell, obwohl aus den Bemerkungen, die sie *sotto voce wechselten* , leicht zu erkennen war, dass der Befehl sie verwirrte. Als alles in der Luft festgemacht war, ließ Jack ein Reff im Groß- und Vorsegel einstecken und die äußeren Vorsegel verstauen.

Immer noch kein Wind. Der Schoner bewegte sich langsam am Rande des großen Schattens des Berges entlang, nur seine Topmastmasten und die Spitze seines Großsegels glänzten im Mondlicht.

Ein dumpfes, heiseres Flüstern, schwach und kontinuierlich, war jetzt vor uns zu hören. Es wurde ganz langsam lauter, und Jerry, der das mediterrane Wetter nicht gewohnt war, erkannte es am Brüllen eines mächtigen Windes. Im Mondlicht vor uns schien das Wasser aufgewühlt zu sein, die heftige See unterschied sich seltsam und fast unheimlich von der Ruhe, in der die Merle träge vorwärts rollte. Plötzlich, als die Yacht aus der Dunkelheit des

Bergschattens auftauchte, traf sie plötzlich und ohne Vorwarnung ein warmer Luftstoß und drückte ihre Leereling nach unten.

„Harter Runter!" brüllte Jack.

Jerry sprang ans Steuerrad, und es erforderte seine ganze Kraft und die des Steuermanns, das Ruder hart in Lee zu bringen. Der Merle richtete sich auf, war ungewöhnlich schnell und flog ins Auge des Windes. Von den fegenden Segeln kam eine donnernde Salve heftigen Dröhnens . Die Blechblöcke wurden mit solcher Heftigkeit hin und her geschleudert, dass Jack zweimal sah, wie rote Funken von der Wache des Vorläufers sprühten. Dann, so plötzlich, wie er gekommen war, ließ der Wind nach, und nur durch die Art und Weise, wie sie es erfasst hatte, konnte der Steuermann die Yacht abbezahlen.

„Wir werden es fair fangen", sagte Jack. „Ich denke, es ist am besten, das Focksegel ganz einzuhängen. Geben Sie die Nachricht an Gonzague weiter , damit sich unten alles wohlfühlt. Jerry, gehen Sie in die Kabine und stellen Sie sicher, dass der Kurs von Ceuta nach Port Mahon stimmt."

„Okay", antwortete Jerry energisch und tauchte ab.

„Geh runter zum Vorschiff !" rief der Kapitän den Männern zu.

„Steigen Sie dort ein wenig hoch – ruhig! Das ist die Rede! Legen Sie alle Stopps ein. – Nun denn – machen Sie die Schot dort fest."

Kaum war die Merle wieder auf Kurs, wurde sie von einem zweiten Sturm erfasst. Da ihr Segel jedoch verkleinert war , behielt der Steuermann ihre Breitseite darauf. Die größte Stärke der Yacht war die Schnelligkeit, mit der sie sich vorwärts bewegte, und bei dieser Gelegenheit, als neun Zehntel ihrer Klasse einfach nur vornübergelegen und gezittert hätten, stürmte sie mit der Wut einer rächenden Göttin voran. Als der heiße Makel sie verließ, befand sie sich am allerletzten Rand des ruhigen Wassers.

„Stellen Sie sich an die Großschot, um sie abzuwehren, wenn sie darauf trifft!" schrie Jack.

Die Männer hatten kaum Zeit, ihre Positionen zu erreichen, als ein dritter Sturm die Merle erfasste und sie in voller Stärke des Windes über die Linie schleuderte. Die Luft, heiß von der Wüste und mit feinem, sengenden Staub beladen, sang in den Wanten und dem laufenden Gut. Es schnitt den Salznebel in die schmerzenden Gesichter der Männer. Die Meere wurden plötzlich verwirrend groß; Riesige, wogende Massen – Tonnen – grünschwarzen Wassers wälzten sich ohne Rhythmus rund um die Jacht, bis hinauf zu den Leuchtbrettern. Einem Landmann wäre es unmöglich erschienen, dass der Schoner, so vom Schirokko über diese wilden Meere gepeitscht, der Zerstörung entgehen könnte.

Die Schoten wurden gestartet, die Yacht wurde vor dem Wind abbezahlt und begann die letzte Strecke ihrer Fahrt. Tab kam mit dem Kurs an Deck, taumelte und hielt sich fest und schrie es Jack ins Ohr. Jack nickte und gab den Befehl, es aufzustellen. Das Licht an der Mole in Ceuta zeigte einen neuen Aufbruch.

Der Merle verlief dicht an der Ostseite von Gibraltar. Der große Felsen, durchsichtig und silbergrau im Mondlicht, erhob sich aus der tosenden See, die ihn von einer Zone tosender Brandung umgab. Mit grimmiger Selbstständigkeit stand es großartig, still, gewaltig und unangreifbar inmitten des Aufruhrs und Aufruhrs. Während die Jacht vorbeiraste und unter ihrem gerefften Segeltuch schwankte, betrachtete Taberman den Felsen, vor dem ihr Boot nur noch ein Splitter auf der Explosion zu sein schien, mit einem Gefühl, das so ehrfurchtsvoll war, wie es für einen lebensfrohen Jugendlichen nur möglich ist. Er sagte kein Wort, bis der Merle an der Felsenfestung vorbeigefegt war. Dann holte er tief Luft und beugte sich vor, damit Jack ihn inmitten des Zischens des Schirokko hören konnte.

„Das ist immens, Jack, nicht wahr?" er sagte.

Ohne den Blick von der Kehle des Großsegels abzuwenden, das er beobachtete, wie ein Arzt in einer Krise den Puls eines Patienten überwacht, nickte Jack tief zustimmend.

Manchmal schien die Merle auf ihrem nordöstlichen Flug geradezu wie ein fliegender Fisch von einem Wellenkamm zum nächsten zu springen.

KAPITEL SECHS
ABENDESSEN AN LAND

An einem Donnerstagnachmittag Mitte Juli ging die Merle hinter der inneren Mole von Nizza vor Anker. Auf ihrem Kurs von der Meerenge nach Norden war sie östlich der Balearen passiert, hatte den Golf von Lyon überquert und war vor dem gleichen starken Wind, der sie bei ihrer Einfahrt ins Mittelmeer so heftig begrüßt hatte, sanft in den Hafen eingelaufen.

Der Moment, als der Hafenoffizier an Bord kam, war ein nervöser Moment gewesen, aber der elegante kleine Beamte hatte nur einen Blick auf die Papiere der Yacht geworfen, dem Kapitän ein Kompliment für seine Seemannschaft gemacht und war dann ohne ein Anzeichen von Misstrauen an Land gegangen.

Kaum war die Jacht in Schiffsform gebracht worden, waren ihre Segel mit der „Hafenrolle" angehalten, die Planen aufgesetzt, die Boote entzurrt und auf den Davits geschwungen, die laufende Takelage aufgerollt und die für das Einlaufen erforderlichen Details erledigt Als Jack sich um den Hafen kümmerte , gab er der Mannschaft den Befehl, in ihrer besten Kleidung an Land zu gehen. Dann ging er mit Taberman nach unten, um sich für das Land vorzubereiten. Für Castleport war die Idee, Mrs. Fairhew und Miss Marchfield aufzusuchen , von denen er wusste, dass sie jetzt in Nizza sein sollten, wichtiger als alles andere. Er würde Mrs. Fairhew sehen , er würde Katrine sehen, und dann – nun ja, dann wäre es Zeit zum Nachdenken.

Unten angekommen begannen Jack und Jerry damit, ihre Kleiderschränke zu überarbeiten, wobei sie sich halb in ihren Kabinen und halb in der Kabine umzogen, damit sie gleichzeitig mit dem Nachmittagstee fortfahren konnten. Während der Reise waren sie die meiste Zeit in Flanellhemden und Entenhosen unterwegs gewesen, die einzigen zwei Regeln in Bezug auf die Toilette bestanden darin, dass sie sich regelmäßig rasieren sollten und dass sie nicht mit Ölern zum Abendessen kommen sollten, egal bei welchem Wetter . Die erste Regel war von Jack aufgestellt worden; und Tab, der Autor des zweiten Artikels, hatte erklärt, dass er lieber im Pyjama Hardtack essen würde, als ein Sechs-Gänge-Menü in seinen Oilers. Als sie nun in den Türen ihrer Kabinen standen und ihre Küstenkleidung begutachteten , wobei jeder, wie der Hutmacher beim Prozess gegen den Knave of Hearts, eine Teetasse in der Hand hielt, wirkten sie fast überrascht, sich selbst zu finden so viele Kleidungsstücke zu besitzen oder nicht genau zu wissen, was man damit machen soll.

„Hast du noch mehr Enten -Trow-Trows , Jack?" fragte Jerry. „Wir haben einen großen Fehler gemacht, keine Wäscherin zusammen mit den anderen Geschäften zu schicken."

„Wenn man sie zum Trocknen an der Takelage aufhängt, bekommen sie keinen besonders feinen Glanz“, erwiderte Jack. „Ich habe zwei Paare, die ich für die Küste aufgehoben habe, und ich schätze, eines davon kann ich auf dem Altar der Freundschaft opfern.“

„Das ist wirklich edel von dir“, sagte Tab, als er nach den sauberen Enten zu Jacks Hütte kam; „Aber es ist in Ordnung. Wenn wir an Land gehen , nehmen wir Gonzague und eine Tüte voller Sachen mit und lassen an Land richtig waschen. Was ist das für ein offiziell aussehender Umschlag?“

Aus der Manteltasche, die Castleport auf der Suche nach dem gewünschten Kleidungsstück beiseite geworfen hatte, war ein langer blauer Umschlag, noch versiegelt, auf den Boden gefallen. Mit einem Ausruf der Bestürzung stürzte sich Jack darauf.

„Tolle Waffen!“ er rief aus. „Es ist Onkel Randolphs Post!“

"Es ist was?"

„Warum“, erklärte der Kapitän, kramte in der Tasche, aus der der Brief gefallen war, und holte ein paar andere hervor, „ich habe Ihnen erzählt, dass der Junge die Briefe zur Merle herausgebracht hat, als sie in North Haven die Besatzung wechselte.“

„Du meinst die Briefe, die der Junge für den Präsidenten mitgebracht hat?“

„Ja, verdammt!“ antwortete der andere und betrachtete die Briefe mit besorgter Stirn. „Das ist ein hübscher Kessel voller Fische. Die Briefe von Onkel Randolph sind wahrscheinlich wichtig, und dieser hat einen abscheulichen offiziellen Look. Es ist sicher etwas, das nicht warten konnte. Es ist wahrscheinlich das, wonach er gesucht hat, als er Befehle gab.“ um sich seine Post bringen zu lassen.

„Wenn die Lieferung nicht innerhalb von fünf Tagen erfolgt, kehren Sie zu RB Tillington , 57 State Street, Boston‘ zurück“, las Jerry über seine Schulter. „ Tillington ist der Mann aus der Zinkmine, nicht wahr?“

„Zink, Kupfer, Gold – alles Mögliche, aus dem man eine Bergbauspekulation machen kann. Ich halte ihn für einen schlüpfrigen alten Betrüger, aber er ist eng mit Onkel Randolph verbunden; oder besser gesagt, sie haben viel miteinander zu tun. Onkel Randolph denkt, dass Tillington es nicht wagen würde, ihm etwas vorzuspielen, aber er ist ein scheußlicher alter Bettler. Jedenfalls kann dieser Brief, soweit ich weiß, bedeuten, dass man ein Vermögen macht oder verliert. Gott! Mit seiner Yacht davonzulaufen, ist kein gutes Zeichen seine Briefe!“

„Ich glaube nicht, dass es genügen würde, sie hierher zu schicken?" schlug Jerry vor.

„Das würde uns alle in Ordnung bringen", antwortete Jack. „Der Poststempel würde uns verraten. Onkel Randolph wird wahrscheinlich nicht daran denken, dass wir vorbeikommen. Er kann nicht wissen, dass wir versorgt wurden, und er denkt sehr wahrscheinlich, dass wir immer noch auf der anderen Seite des Atlantiks unterwegs sind. "

„Vielleicht erfährt er etwas über die Geschäfte, indem er in den Expressbüros nachfragt und so etwas."

„Warum sollte er, es sei denn, irgendetwas bringt ihn auf die Idee?"

„Ich nehme an, das würde er nicht", stimmte Jerry nachdenklich zu. „Wie wäre es, diesen Brief an Tillington zurückzuschicken ?"

„Genauso schlecht, als würde man es direkt an Onkel Randolph schicken. Sag ihnen zu Hause einmal Bescheid, wo wir sind, und wir sind schnell genug erledigt."

„Nun", sagte Taberman nach einer kurzen Pause, in der er offenbar die Situation in seinem Kopf zusammengefasst hatte, „der Schaden ist inzwischen sowieso angerichtet; und ich sehe nicht, dass uns etwas anderes übrigbleibt, als uns daran zu halten." Unsere Waffen, blasen Sie hoch, blasen Sie tief. Wir schicken ihnen die Post , wenn wir bereit sind, zurückzukehren.

Castleport betrachtete ernst die Briefe in seiner Hand.

„Ich nehme an, es gibt nichts anderes zu tun", sagte er langsam. „Der Merle ist natürlich bei Lloyd's registriert, und er müsste nur telegrafieren, um uns überall an der Küste zu schnappen."

„Ich denke, er könnte die Ankunft in den Versandlisten so sehen, wie sie ist", bemerkte Jerry ziemlich düster.

„Natürlich; aber wir müssen unsere Chancen darauf nutzen. Soweit ich weiß, hat er nicht die Angewohnheit, die Segellisten zu studieren, aber vielleicht wird er es jetzt tun. Wie auch immer, wir müssen dafür kandidieren . " Glück."

„Das Glück war bisher ziemlich gut", war Jerrys tröstende Bemerkung; „Und ich werde jetzt nicht anfangen, ihm zu misstrauen."

Das Ergebnis des Gesprächs war, dass die Briefe sorgfältig verstaut wurden und die beiden Abenteurer beschlossen, sich keine Sorgen um sie zu machen. Castleport gab zu, dass ihn die Angelegenheit nicht wenig beunruhigte, aber er war unter den gegebenen Umständen bereit, die sehr vernünftige

Bemerkung seines Kameraden zu akzeptieren, dass die Briefe schließlich doch von keiner besonderen Bedeutung sein könnten.

„Sehen Sie", sagte Jerry lachend, während er den Rest seines Tees hinuntertrank, der völlig kalt geworden war, „wir sind wirklich Piraten, und hier bringen Sie das Gewissen eines Gentlemans in das Geschäft ein." . Keines davon."

Castleport lachte, und ihre Aufmerksamkeit richtete sich erneut darauf, sich für den Strand vorzubereiten.

Niemand an Bord verstand die Sorgfalt und Handhabung der kleinen Dampfbarkasse, die der Präsident bei Staatsanlässen einsetzte, also gingen sie mit dem großen Kutter an Land, mit sechs Männern zum Ziehen und dem alten Gonzague am Kommando.

Sie landeten an den Kais und überließen Gonzague die Aufgabe, als Dolmetscher und Mentor für die Männer zu fungieren, während sie über den Kai Rosaglio und die schmale Rue Paglione gingen . Bald gelangten sie auf die Promenade des Anglais , die trotz der Jahreszeit voller Ausländer vieler Nationalitäten war. Zarte französische Damen in der neuesten Pariser Mode wurden hier von anämischen Herren begleitet, die in ihrer Abendkleidung absurd fehl am Platz wirkten; vulgäre Germanen in weiten Hosen mit unglaublich heruntergekommenen Frauen, legitime Weiterentwicklungen von Generationen von Sauerkraut und Bier; hin und wieder ein unverkennbarer „Remittance-Mann" aus England mit geschwollenen Augenhöhlen und brutalem Gesicht, begleitet von dem Begleiter, der von einer Adelsfamilie bezahlt wurde, um sich um den verlorenen Sohn zu kümmern, bis er sich in ein entehrtes Grab betrank; auch der britische Geistliche, mit der unvermeidlichen Reihe hoffnungslos langweiliger Töchter, die ihm wie Bobs auf einem Drachen nachjagen; dunkelhäutige Rumänen oder Schwaben; Die Russen blickten tief in die Augen und waren von einer fast spürbaren Atmosphäre des Hochmuts umgeben; mit einem Wort, das kosmopolitische Publikum einer modischen Promenade Südeuropas. Durch eine solche Menschenmenge gelangten Jack und Jerry ins Zentrum des fremden Elements der besseren Sorte, dem Hôtel des Anglais .

Als sie ihr Ziel erreichten, war Jack sichtlich aufgeregt und machte sich mit einer Entschlossenheit auf den Weg ins Büro, die für seinen Begleiter äußerst amüsant war. Er wollte gerade nach Mrs. Fairhew fragen , als ihn eine Stimme hinter sich erschreckte.

„Warum, Mr. Castleport !"

Ihre Stimme! Jack wirbelte herum wie ein Abstinenzler.

„Katrine – Miss Marchfield !“ er weinte. „Wie geht es dir? Ich – ich – weißt du, ich bin gerade hierhergekommen – ich wollte dich nur fragen, ob du hier wärst.“

„Nun“, lachte die Dame, deren erhöhte Farbe und leuchtende Augen von angenehmer Erregung zeugten, „Sie sehen, das bin ich. – Oh, Mr. Taberman , wie geht es Ihnen? Ich freue mich, Sie zu sehen.“

"Wie geht es dir?" antwortete Jerry und nahm ihre schlanke Hand in seine eigene harte Pfote. „Es ist furchtbar lustig, Sie hier zu sehen. Wie geht es Mrs. Fairhew ? Nun, ich hoffe.“

„Ja, danke“, antwortete Katrine. „Sie ist nie besser als auf Reisen, wissen Sie.“

Miss Katrine Marchfield war eines dieser Mädchen, die zwar nicht schön, aber mehr als hübsch sind. Sie war zu attraktiv, als dass man ihr bloße Schönheit zuschreiben konnte; Dennoch hatte sie nicht ganz die erhabene und undefinierbare Qualität, die dem glücklichen Besitzer wahre Schönheit verleiht. Sie war etwas überdurchschnittlich groß und konnte sich jetzt, nachdem sie einige Winter draußen verbracht hatte, hervorragend benehmen. Eine schöne Figur hätte ihr auch die neidischste Rivalin nicht verweigern können; und ihre ziemlich breiten Schultern, die immer weit nach hinten gezogen waren, verliehen ihr den bezaubernden Eindruck zart athletischer Kraft. Ihr Gesicht, zunächst nur pikant, vielleicht wegen der leichten Hochbiegung ihrer Augenbrauen und der ganz entzückenden Art, wie sie ihren Kopf trug, zeigte auf den zweiten Blick durch die Höhe der Stirn die deutlich gemeißelten Gesichtszüge. und das intelligente Mitgefühl der grauen Augen, eine wahre und einfühlsame Vornehmheit der Natur, die ihrem Gesicht einen Charme verlieh, der zugleich schön und bleibend war. Ihre Augen hielten Jack – und übrigens auch ein Dutzend bewundernder Jugendlicher – für ihre größte Schönheit. Manchmal waren sie nachdenklich, manchmal sprühten sie vor Lebhaftigkeit. Hin und wieder überraschten sie vielleicht mit einem schnell verschwindenden wehmütigen oder sogar fast traurigen Gesichtsausdruck, als ob ein tieferes Selbst herausschaute, aber nicht gesehen werden wollte. Ein kleiner Mund, die Oberlippe etwas voller als die Unterlippe; eine fast griechische Nase; und über der hohen Stirn eine Wolke dunkelbraunen Haares – diese körperlichen Eigenschaften, mit einem sympathischen Temperament und einem vernünftigen, aber köstlich weiblichen Geist, einer angenehmen Stimme und einem entzückenden Lachen, hatten Katrine Marchfield mehr Eroberungen beschert, als sich viele rühmen konnten eine ältere Frau von wirklich ausgeprägter Schönheit.

Ihre Beziehungen zu Jack Castleport waren, ob sie es sich eingestanden hatte oder nicht, schon seit einiger Zeit ganz anders als die, die sie zu irgendjemand anderem hatte. Sie hatten sich bei einem Abendessen kennengelernt, kurz nachdem Katrine, seit zwei Jahren doppelte Waise, aus Philadelphia gekommen war, um bei ihrer verwitweten Tante, Mrs. Fairhew , in Boston zu leben . Nachdem er Katrine kennengelernt hatte, hatte Castleport angefangen, bei Mrs. Fairhew vorbeizuschauen , zunächst nominell, um die Tante zu sehen, später ganz offen, um die Nichte zu sehen. Zu dieser Zeit war er Junior in Harvard und ein beliebter Mann auf beiden Seiten des Flusses; Aus der Bekanntschaft während seines Abschlussjahres war eine Freundschaft geworden, und das wichtigste Merkmal des Unterrichtstages war für Jack die Anwesenheit von Miss Marchfield ; Er hatte mehr an sie im Publikum gedacht als an die Würdenträger auf dem Podium, als er am Eröffnungstag seinen Abschluss gemacht hatte; und nachdem er mit Katrine getanzt hatte, mit Katrine Auto gefahren war und für den Winter, der zwischen Harvard und diesem Sommer lag, von Katrine geträumt hatte, war er dazu gekommen, den Nutzen des Lebens vor allem danach zu beurteilen, wie er dazu beitragen konnte, dass sie sich um ihn kümmerte oder es ihm offenbarte ihm, welche Gefühle sie für ihn hatte.

Einen Moment lang standen die drei Amerikaner und unterhielten sich in der Nähe der Hotelrezeption. Dann trat Miss Marchfield vor und warf einige Briefe, die sie bei sich trug, in den Briefkasten.

„Wenn du mich kurz entschuldigen würdest", sagte sie, „dann schicke ich Tante Anne und kümmere mich um das Abendessen. Natürlich bleibst du zum Essen?"

„Erfreut", sagte Jack. „Das heißt", fügte er hinzu, „wenn es uns in diesen Klamotten recht ist. Sehen Sie, wir sind dummerweise ohne Abendkleidung ausgekommen."

„Das ist alles in Ordnung", erwiderte Katrine; und ging lächelnd weg.

Jack blickte ihr mit einem Gesichtsausdruck nach, der Jerry zum Lächeln brachte.

„Gad! Sie sieht zehnmal besser aus als damals, als sie das Haus verlassen hat", sagte Tab mit leiser Stimme.

„Das tut sie immer", antwortete der Kapitän mit glühender Albernheit. „Sie kann nicht anders, wissen Sie. Gott segne mich", fügte er mit ebenso viel Inbrunst und Absurdität hinzu, „es lohnt sich, über das Zwischendeck zu kommen, nur um ihre Stimme zu hören!"

„Na, du *bist* getroffen!" kommentierte sein Freund; und dann, als er sah, wie sich ein Schatten über Jacks Gesicht legte, legte er seine Hand auf die Schulter seines Freundes und fügte hinzu: „Kümmere dich nicht um meine Spreu, alter Mann. Ich wünsche dir wirklich viel Glück."

Jack zeigte ihm einen Anflug von Mitgefühl und Verständnis und drehte dann den Kopf zur Seite.

„Schade, dass wir keine Abendbrote haben", bemerkte Jerry, um das Gespräch abzulenken; „Aber ich denke, wir werden es schaffen, wenn man bedenkt, wie wir hergekommen sind und so weiter."

„Um die Kleidung mache ich mir keine Sorgen", entgegnete der Kapitän der Merle. „Männer tragen auf Reisen alles Mögliche. Ich denke darüber nach, was Mrs. Fairhew dazu sagen wird, dass wir ohne Onkel Randolph hier auf der Yacht sind."

„Was ist Ihr Spiel, wenn wir über den Präsidenten befragt werden?"

„Ich werde gehängt, wenn ich es wirklich weiß", erwiderte Jack; „Aber ich muss es irgendwie durchziehen, und du musst meinem Beispiel folgen."

Er hatte Zeit, nichts mehr zu sagen, denn Katrine trat vor, um sich ihnen wieder anzuschließen, und bevor sie die Freunde erreicht hatte, erschien Mrs. Fairhew .

Mrs. Fairhew war eine beeindruckende Frau von etwa vierzig Jahren, mittelgroß, mit flinker und aufmerksamer Haltung und dem unverkennbaren Auftreten einer wohlerzogenen Frau von Welt. Als Witwe seit etwa sechs Jahren trug sie, außer bei besonderen Anlässen, noch immer Schwarz – aus hingebungsvollem Gefühl, wie ihre Freunde sagten, und, wie die Engstirnigen sagten, weil es ihr so gut stand. Zwischen ihr und ihrer Nichte bestand eine subtile und verwirrende Ähnlichkeit, aber was sie ausmachte, hätte man kaum sagen können. Sie war von guter Geburt, perfekter Erziehung und umfassender sozialer Erfahrung und verfügte auch über einen von Natur aus guten Intellekt, der durch sorgfältiges Training verbessert wurde. während sie ihren seltenen guten Geschmack vielleicht gleichermaßen der Natur und einer etwas altmodischen Ausbildung in den besten englischen Klassikern verdankte. Mit diesen guten Gaben und Anmut und einer perfekten Haltung vereinte sie das Bewundernswerteste an der besten Art amerikanischer Gentlewoman.

„Mr. Castleport ", sagte sie und reichte diesem Herrn mit anmutiger Herzlichkeit die Hand, „das ist ein unerwartetes Vergnügen! Wie geht es Ihnen, Mr. Taberman ? Ich freue mich sehr, Sie beide zu sehen."

Es wurden Begrüßungen ausgetauscht, und dann, nach einem kurzen Gespräch, übergaben die Männer ihre Hüte einem Diener, und die Gesellschaft begab sich in den Speisesaal. Aufgrund der Jahreszeit war die Anzahl der Gäste im Hotel vergleichsweise gering, und der riesige *Salle à Manger* mit seinen schlanken Pilastern und seinen langen französischen Fenstern sowie seinen Wannen voller Palmetto- und Oleanderkübel hätte auf

Jack und Jerry eher wie eine Scheune gewirkt haben können -ähnliche und verlassene Menschen waren entweder in der Stimmung gewesen, irgendetwas in ihrer Umgebung als unbefriedigend zu empfinden. Die vier gingen zu einem kleinen quadratischen Tisch in einer Nische, hinter dem ein großer, rundschultriger Kellner in einem vorsintflutlichen Frack stand. Jack setzte Katrine auf ihren Stuhl und wurde neben sie gesetzt, und unter vielen angenehmen Gesprächen begann die Party mit dem Abendessen.

Der Fisch wurde serviert, bevor der Präsident überhaupt erwähnt wurde. Dann befand sich Jack aufgrund einer zufälligen Bemerkung von Mrs. Fairhew plötzlich in gefährlichen Gewässern .

„Und Mr. Drake?" Sie fragte. „Schade, dass er nicht mitgekommen ist. Ich nehme an, er konnte nicht entkommen."

„Nicht auf dem Merle", antwortete Jack. „Die Überfahrt mit einem so kleinen Boot dauert lange."

Jerry beobachtete seinen Freund genau, um Anzeichen von Verlegenheit zu erkennen, konnte aber nichts weiter als eine leichte Rötung in den braunen Wangen wahrnehmen. Er erinnerte sich an die Worte des Kapitäns, seinem Beispiel zu folgen, und an diesem Punkt, in seiner eigenen malerischen Ausdrucksweise, „schob er sein Ruder ein."

„Außerdem", sagte er leichthin, mit einer heimlichen, schelmischen Freude darüber, Jacks besorgten Blick auf sich zu spüren, „ist es so schwer, den Präsidenten von seiner ewigen Brücke wegzubekommen – *Pons Asinorum* , wie ich sie nenne. Als wir North Haven verließen, war er es." Er war so in sein Spiel vertieft, dass er uns nicht einmal verabschiedete.

„Ich wusste nicht, dass er so an Karten interessiert ist", kommentierte Mrs. Fairhew mit einem Lächeln. „Da Sie die Yacht haben, Mr. Taberman , sollten Sie zumindest gut über die Brücke sprechen, die Sie herübergebracht hat."

„Hat Mr. Drake Sie beide mit der Leitung seines Segelmeisters, Mr. Taberman, beauftragt ?" fragte Katrine mit einem argwöhnischen Blick auf Jack, als wollte sie ihn ärgern.

„Nein", erwiderte Jerrold. „Jack und ich haben die Navigation übernommen; er ist ein Meister der Vergangenheit, das versichere ich Ihnen."

„Ja", entgegnete Katrine, „aber ich hätte mir vorstellen können, dass er jemanden hätte, der – nun ja, jemanden mit Berufserfahrung, wissen Sie."

„Wenn ihm die Idee kam , hat er sie nicht erwähnt", warf Jack ein. „Ob es ihm nach unserer Abreise aufgefallen ist, kann ich nicht sagen, da ich nichts von ihm gehört habe."

„Hab nichts von ihm gehört!" rief Mrs. Fairhew leicht überrascht aus. „Waren Sie noch nicht bei Ihrer Bank?"

„Ich war nirgendwo anders als in diesem Hotel", erwiderte Jack energisch; und fügte dann hinzu: „Es war nach Bankschluss, als wir an Land kamen."

„ Natürlich haben Sie ihm Ihre Ankunft per Telegramm mitgeteilt?"

„Gnade! Das hätte ich doch tun können, nicht wahr? Auf mein Wort, es ist mir nie in den Sinn gekommen."

„Ich bin rücksichtsvoll für dich", kommentierte Katrine zurückhaltend.

„Nun, ich habe ein paar Briefe vorbereitet, die ich ihm schicken kann", protestierte Jack, während Jerry breit grinste.

„Habe sie fertig! Wie ein Mann!" lachte Frau Fairhew . „Eine Frau hätte sie fertig gehabt, bevor sie Land gesehen hätte, und hätte sie verschickt, als der Anker gefallen wäre."

„Ja, Jack hatte sie auch bereit", warf Jerry unbeirrt ein.

„Dann ist es doppelt schrecklich, dass sie nicht veröffentlicht werden", erwiderte Mrs. Fairhew .

Jack beugte sich vor und stellte einen rosafarbenen Kerzenschirm auf, der einen Flächenbrand drohte, und durch einen Kommentar zur Entflammbarkeit dieser Tischdekoration gelang es ihm, das Gespräch in sicherere Bahnen zu lenken.

Im Laufe des Gesprächs stellte sich heraus, dass die Damen keine genauen Pläne hatten, außer dass Mrs. Fairhew trotz der Hitze des italienischen Sommers beschlossen hatte, eine alte Schulfreundin zu besuchen, deren Mann Vizekonsul in Neapel war.

„Ich glaube", sagte sie, „dass wir direkt nach Genua fahren. Ich werde Katrine arbeiten lassen und dafür sorgen, dass sie ihre Pflicht bei den Galerien und anderen Dingen erfüllt – Florenz und alle toskanischen Städte, wissen Sie . " . Dann Rom und die Campagna. Es wird furchtbar schwer für uns beide sein, wage ich zu behaupten, aber wir werden von dem stolzen Bewusstsein getragen sein, unser Bestes zu geben."

Sie machte eine kleine Geste komischer Verzweiflung, und ihre Nichte lachte.

„Ohne den anderen wäre es für einen von euch zweifellos unerträglich", sagte Jerry in einem seiner jungenhaft-eleganten Versuche, galant zu sein.

Mrs. Fairhew betrachtete ihn mit einem wohlerzogenen, wenn auch fragenden Blick, merkte aber offenbar, dass er mit seinem Wunsch, etwas Angenehmes zu sagen, völlig aufrichtig war, und lächelte, wenn auch weniger breit als Katrine, die in ihrer Belustigung eine Reihe wunderschöner Zähne zeigte.

„Wird es im Süden nicht ziemlich heiß sein?" fragte Jack. „Ich war im Sommer noch nie in Neapel und auch nicht südlich von Rom; aber mir wurde immer gesagt, dass es für Ausländer zu heiß sei."

„Oh, wir sind daran gewöhnt", erwiderte Mrs. Fairhew . „Außerdem sind es schließlich die Engländer, die die Geschichten darüber verbreitet haben, dass es in Italien so heiß sei. Sie wurden ihr ganzes Leben lang durch ihren schrecklichen Nebel auf einer so niedrigen Temperatur gehalten, dass sie die großartigsten Klimababys sind, die man sich vorstellen kann."

„Ich glaube, du hast recht", stimmte Jack zu. „Auf jeden Fall, da Sie an alle Klimazonen gewöhnt sind und Miss Marchfield aus Philadelphia kommt" –

„Oh, aber ich war noch nie im Sommer dort", unterbrach Katrine sie. „Und außerdem lebe ich schon so lange in Boston, dass" –

„Dass du alles aushältst?" unterbrach Jerry der Reihe nach.

„Ich glaube, ich kann", lachte Katrine.

Mrs. Fairhew spielte einen Moment nachdenklich mit ihrem Kaffeelöffel; dann sah sie zu Jack auf.

„Wohin geht es, Mr. Castleport ?" Sie fragte.

„Ich weiß es nicht", antwortete Jack ganz offen. „Ich denke, wir werden wahrscheinlich an der Küste entlang fahren – Monaco, Bordighera und Mentone, wissen Sie – und dann nach Genua fahren. Dann werden wir vielleicht Elba und Neapel und Capri sehen. Danach müssen wir uns auf den Heimweg machen. Für uns ist noch nichts geklärt." ."

„Ich verabscheue Monaco", sagte Mrs. Fairhew mit einiger Belanglosigkeit.

"Warum?" fragte Jack mit einem Lächeln. „Beleidigt das Glücksspiel den Puritaner, der in jedem Bostoner steckt?"

„Das stimmt", war die Antwort, „obwohl meine Abneigung nicht nur eine Frage des Gewissens ist. Ich habe es auf der Stelle für tausend Franken gekauft."

„Das war furchtbar teuer", bemerkte Jerry. „Es wäre viel billiger gewesen, damit geboren zu werden."

„Wie in deinem Fall?" fragte die Dame, hob leicht die Augenbrauen und lächelte.

„Oh, man kann nicht alle Tugenden erben!" antwortete Taberman mit größter Ernsthaftigkeit.

„Mit Sicherheit nicht", lachte Mrs. Fairhew . „Zumindest hatte ich nicht so viel Glück."

„Die Natur hat dir eins überlassen, weil sie wusste, dass du es so leicht schaffen würdest", sagte Tab galant.

„Wirklich", rief die Dame, „Sie sind offensichtlich entschlossen, mich zu überwältigen, Mr. Taberman . Komplimente fallen Ihnen von den Lippen wie der traditionelle Perlenregen."

„In diesem Märchen gibt es auch Frösche", schlug Jack vor.

„Oh, Mr. Castleport ", erklärte Katrine und kam Jerry zu Hilfe, „das ist einfach brutal."

„ Natürlich ist es brutal", erwiderte Jack und verdrehte damit absichtlich ihre Bedeutung, „aber er macht trotzdem weiter."

Jerry versuchte, sich zu verteidigen, indem er Jack vorwarf, er könne ein Kompliment nie zu schätzen wissen, wenn er nicht selbst das Thema sei, und so schwankten sie leicht von einem gutmütigen Spott zum nächsten. Ab und zu wurde ein ernsterer Ton angeschlagen, und dadurch war der Geist der Partei freundlicher und freundschaftlicher, als es mit irgendwelchen Worten ausgedrückt werden könnte.

Als das Abendessen vorbei war, machten sie einen kurzen Spaziergang an der Promenade. Es kam natürlich vor, dass Mrs. Fairhew mit Taberman ging und dass Jack und Katrine gemeinsam ein Stückchen dahinter weitergingen.

„Du weißt nicht", sagte Jack zum vierten oder fünften Mal an diesem Abend, aber mit einer offensichtlichen Aufrichtigkeit, die noch mehr Wiederholungen hätte entschuldigen können, „wie schön es ist, dich wiederzusehen."

„Ja", antwortete Katrine mit einer Nachlässigkeit, die zu vollkommen war, um ganz aufrichtig zu sein. „Ich nehme an, dass es für Sie angenehm sein muss, jemanden zu sehen, nachdem Sie fünf oder sechs Wochen lang in einem Boot eingesperrt waren."

„Das habe ich überhaupt nicht gemeint", erwiderte er spitz und ein wenig verärgert.

„Vielleicht nicht; aber es ist praktisch das, was Sie gesagt haben."

„Ich sagte, es hat mir eine Freude gemacht, dich zu sehen", beharrte Jack mit einer gewagten Betonung des Endpronomens.

„Oh, ein Kompliment!" rief sie aus, als wäre ihr dieser Gedanke gerade erst gekommen.

„Sie können es als solches betrachten", antwortete er ziemlich mürrisch. „Es ist die weibliche Einstellung zu allem."

Katrine schwieg einen Moment und untersuchte mit einem Ausdruck äußersten Interesses den Boden zu ihren Füßen.

„Wie seltsam du heute Abend bist", sagte sie schließlich.

„Bin ich?" erwiderte er. „Nun, ich schätze, wenn ich obendrein noch amüsiere, ist das alles, was nötig ist."

Es folgte eine weitere kurze Pause des Schweigens, und dann bemerkte er unbeholfen:

„Ich nehme an, es macht für Sie kaum einen Unterschied, ob Sie jemanden sehen, während Sie hier sind."

„Was für eine schreckliche Widerspiegelung meiner Bemühungen, unterhaltsam zu sein", lachte sie.

„Oh", sagte er wütend, „das ist eine nette Interpretation meiner Worte! Du weißt, dass ich das nicht so meine."

„Sie scheinen heute Abend einige Schwierigkeiten zu haben, zu sagen, was Sie meinen", kommentierte Katrine spöttisch.

Jack lachte unbehaglich, mit dieser absurd tragischen Miene, die nur einem jungen, sehr verliebten Mann möglich ist.

„Sehen Sie", fragte er explosiv, „warum glaubst du, dass ich hierher gekommen bin?"

„Das kann ich sicher nicht sagen, Mr. Castleport ", antwortete sie mit einem Anflug von Kühle. „Ich war nie gut in Rätseln. Glaubst du nicht, wir sollten uns besser mit Tante Anne und Mr. Taberman unterhalten ?"

Und sehr zu seinem eigenen Ekel und vielleicht, hätte er die Wahrheit erfahren können, zu Katrines heimlicher Enttäuschung, folgte Jack ihrem Vorschlag, ohne ein weiteres Wort zu sagen.

Als sie sich wenig später im Hotel von den Damen verabschiedeten, brach Jerry mit einer ungeschickt formulierten Einladung aus, dass sie morgen eine Segelfahrt auf der Merle machen sollten.

„Sie sind wirklich sehr gut, Mr. Taberman ", sagte Mrs. Fairhew , „aber ich fürchte, es ist nur eine halbe Einladung, denn Mr. Castleport folgt ihr nicht."

„Das tue ich auf jeden Fall", antwortete Jack. „Ich habe nur gezögert, weil ich der Meinung war, dass die Yacht, die gerade von einer Seereise zurückgekommen war, nicht genau in Ordnung war. Ich war mir nicht sicher, ob es fair wäre, Sie einzuladen."

„Ich denke, wir können alles ertragen, was in dieser Hinsicht nicht stimmt", antwortete Mrs. Fairhew lächelnd. „Was sagst du, Katrine? Möchtest du gehen?"

„Sehr gern, Tante Anne", sagte ihre Nichte mit einem kurzen kurzen Blick auf Jack, einer Art Vogelaugenzwinkern, „wenn wir nicht zu aufdringlich sein wollen."

"Hauptstadt!" rief Jack, dessen Gutmütigkeit zurückgekehrt war und der darauf bedacht war, seinen Verärgerungsanfall wiedergutzumachen. „Wenn es Ihnen passt, rufe ich Sie morgen früh gegen Mittag an. Wir brauchen etwas Zeit, um die Yacht in Ordnung zu bringen."

„Jeder Zeitpunkt nach zehn reicht für uns", antwortete Mrs. Fairhew . „Ich bitte Sie, machen Sie sich nicht zu viele Gedanken darüber, die Dinge in Ordnung zu bringen. Ich weiß, wie notwendig Unordnung für das wahre Glück von euch Männern ist."

KAPITEL SIEBEN
MITTAGESSEN AN BORD

Mittag.

Die berühmte Promenade war verlassen, und alle Ausländer, die es konnten, waren in der kühlsten Abgeschiedenheit ihrer kleinen rosa-weißen Villen sicher. Eine warme Brise von der Küste wehte durch die stillen Straßen von Nizza, kam zum Ufer und wurde dort lebhafter, als wären sie vom Lärm und der Hektik der wenigen Seeleute und Fischer beunruhigt, die die Hitze nicht von den Kais vertrieben hatte und floh südwärts über das Meer.

Eine der kleineren Straßen zwischen dem Hôtel des Anglais und der Porta Vecchia entlang gingen Mrs. Fairhew und ihre Nichte, begleitet von Jack. Miss Marchfield , gekleidet in ein schlichtes weißes Kleid, sah unter ihrem roten Sonnenschirm herrlich rosig aus. Mrs. Fairhew ging in dem schmalen Schattenstreifen neben der Wand; Katrine befand sich zwischen ihr und Jack, der sich aufgrund der Enge des Bürgersteigs – zur offensichtlichen Belustigung von Miss Marchfield – seinen Weg entlang der Hundehütte bahnte. Da Katrine ihn liebte, hatte sie paradoxerweise ungebrochene Freude daran, ihn gedemütigt zu sehen, vorausgesetzt natürlich, dass niemand außer ihr die Ursache für das Unbehagen war. Die drei näherten sich gerade dem Ufer, als die ältere Dame ein minutenlanges Schweigen brach.

„Ich hoffe, die Yacht ist nicht mehr weit entfernt, Mr. Castleport ", wagte sie es.

„Nein", antwortete Jack, „sie ist am Fuße der nächsten Straße. Es war furchtbar dumm von mir, keinen Fiaker erwischt zu haben, aber der Weg zu Fuß scheint für mich so kurz zu sein, dass ich nicht nachgedacht habe." "

„Ich frage mich, warum eine Yacht immer nur *sie* und *sie ist* ", bemerkte Katrine. „Warum nicht *?* "

„Oh, der Grund ist klar", war Jacks Antwort. „Yachten haben zwei Eigenschaften, die durch und durch weiblich sind: Launenhaftigkeit und Schönheit."

„Es ist nett von dir, die Verunglimpfung meines Geschlechts mit einem Kompliment zu mildern", erwiderte Katrine.

„Es ist zuvorkommend in mir", stimmte Jack zu; „Aber die Höflichkeit erfordert, dass ich einen Punkt herausstreiche, da Sie mein Gast sind."

„Es tut mir leid, Ihnen die Unannehmlichkeiten bereiten zu müssen", sagte sie.

„Von Höflichkeit? Danke!"

„Wissen Sie, es tut mir leid, dass Ihr Onkel nicht hier ist, Mr. Castleport ", sagte Mrs. Fairhew , als sie um die Ecke bogen. „Es ist schön und gut, eine alte Frau als Anstandsdame zu haben, aber es ist ziemlich hart für Sie und Mr. Taberman , keinen älteren Mann zu haben, der mit mir redet."

„Oh, du darfst deinen Charme nicht auf Kosten deines Alters schmälern", rief Jack.

„Sehr hübsch", lachte Mrs. Fairhew ; „aber dein Onkel"—

"Autsch!" rief Jack und stieß dabei mit der Spitze seines Schuhs mit der Gummisohle gegen einen hervorstehenden Pflasterstein.

"Was hast du gesagt?" fragte Katrine mit einer Miene milden Interesses.

„Nichts. Ich habe mir den Zeh an diesem scheußlichen Stein gestoßen", antwortete Jack mit einem Gefühl der Genugtuung darüber, dass der Präsident erneut auf Eis gelegt wurde. „Jetzt", fügte er hinzu, „ist das Boot einfach hier."

Eine kleine, aber bunte Menschenmenge war am Ufer verstreut: sonnengebräunte Fischer mit kurzgeschnittenem Haar und langen Ohrringen, die Weidenkörbe mit glänzenden Sardinen von ihren Booten zu ihren kleinen Karren trugen; dicke Frauen mit rauer Stimme und roten oder gelben Schals, die über ihre Brüste gesteckt waren; hagere Hafenarbeiter, zu alt für das Meer, so oft; braune Seeleute, die sich ihren Weg zwischen den Haufen schillernder Fische bahnen – leberfarbene Tintenfische und schlaffe Kraken; halbnackte Jungs, unverschämt und schön; mit einer Mischung aus menschlichem Treibgut und Strandgut, als hätte das Meer sie zerschlagen und beschädigt weggeworfen. Über allem herrschte ein verwirrender Trubel, bestehend aus dem Klappern der Wagenräder auf den Fahnen, den schrillen Schreien der Verkäufer, den Rufen der Jungen, den Liedern der Fischer und einem Gemisch aus Flüchen, Scherzen, Flüchen und Anweisungen , Fragen und allerlei lautstarkes Geschrei .

Beide Damen näherten sich Jack, der sie meisterhaft durch die Menschenmenge bahnte und sie über den Kai steuerte. An den Landungsstufen fanden sie Jerry und den Kutter der Merle, der Gegenstand der starrenden Neugier und Bewunderung der Kairatten und der Liegestühle am Hafen.

„Guten Morgen, Mr. Taberman . Haben wir Sie lange warten lassen?" fragte Frau Fairhew .

Tab schmorte schon seit einer halben Stunde, war aber zu höflich, um es zu sagen. Er antwortete fröhlich, half dann den Damen an Bord und legte sie in die Laken. Jack übernahm die Pinnenleinen, die Nachricht wurde gegeben und die Männer machten sich ans Ziehen. Auf dem Wasser war die Brise frischer und kühler; es ließ die Wellen im Sonnenschein tanzen und glitzern und drehte die Flagge am Heck des Kutters immer wieder spielerisch um Jacks Kopf. Den vorherigen Anweisungen zufolge ging die Wache der Merle vor Anker, als sie sah, wie der Kutter den Kai verließ, und hielt die Yacht nun im Windauge. Als das Boot längsseits kam, wurden die Damen an Bord übergeben, der Gastsalut abgefeuert, der Kutter auf die Davits gehoben und die Yacht abbezahlt.

Sie rannten an der alten Batterie und dem Leuchtturm auf der äußeren Mole vorbei und segelten weiter nach Westen. Im hellen Sonnenlicht sahen die zahlreichen Wohnhäuser – Villen, Hotels und *Pensionen* –, die sich zwischen dem grünen Laub der Bäume abzeichneten, sehr fröhlich und attraktiv aus. Das Meer war voller Lachen. Obwohl die Brise Auffrischung versprach, war sie jetzt gerade so stark, dass sie den Schoner, der alle Segel trug, elegant krängen ließ, während er dahinglitt. Der Tag war perfekt für leichtes Segeln.

Um ein Uhr servierte der alte Gonzague , dessen weiße Leinenjacke glänzte und dessen schneeweißes Haar aus der hohen Stirn zurückgekämmt war, das Mittagessen. Jack saß an Steuerbord neben Mrs. Fairhew , Katrine und Jerry gegenüber. Gonzague hatte sich für diesen Anlass selbst übertroffen. Als gebürtiger Provenzaler kannte er den kulinarischen Wert aller Waren, die auf den Märkten des Mittelmeerraums angeboten wurden und für fremde Augen so rätselhaft nutzlos und hoffnungslos ungenießbar waren. Die Gerichte, die auf dem Tisch erschienen, ließen Jack und Tab staunen: frische Sardinen, gebraten und serviert mit einer geheimnisvollen Soße, deren Zutaten sie vergeblich zu erraten versuchten; etwas, das Katrine köstlich fand, bis sie herausfand, dass es sich um Tintenfisch handelte, und sich dann nicht dazu durchringen ließ, es weiter zu probieren; ein Salat, dessen offensichtliche Grundlage Salat war, der aber nach einem Dutzend seltsamer und pikanter Kräuter duftete; reife Zitronen und Limetten; Feigen und Bullaceen; und ein wunderbar fruchtiges Sorbet zum Nachtisch.

„Geht es Ihnen an Bord der Merle im Allgemeinen so?" fragte Mrs. Fairhew . „Wenn ja, würde ich gerne hierher kommen, um an Bord zu gehen, während Sie im Hafen sind."

„Nicht viel", erwiderte Jerry unverblümt. „Das ist Gonzagues Galanterie gegenüber euch Damen. In der Regel gibt er uns nur Schweinefleisch und Bohnen."

„Meine Güte", kommentierte sie. „Das ist ziemlich harte Kost."

„Muss man auf einer Kreuzfahrt wirklich von Schweinefleisch und Bohnen leben?" fragte Katrine.

„Jerry hat nur im übertragenen Sinne gesprochen", erklärte Jack lachend. „ Natürlich machen wir es besser. Das einzige Mal, dass wir wirklich gelitten haben, war eine kleine Erschütterung auf dem Weg dorthin. In der zweiten Woche hatten wir einen Schlag und mussten drei Tage lang von Hardtack und Kaffee leben Tage."

„Und Gonzague muss sich auch auf den Kopf gestellt haben, um den Kaffee zu kochen", fügte Tab hinzu.

„War es wirklich so schlimm?" fragte Katrine. „Ich meine", erklärte sie, während die anderen lachten, „hat es wirklich so heftig geblasen, dass er nichts kochen konnte?"

„Nun", antwortete Taberman , „vierzig Stunden lang hatten wir es so schwer, dass wir dachten, wir müssten es schneiden."

"Schneiden?" fragte Frau Fairhew .

„Ja, die Stöcke, wissen Sie", erklärte Jack.

Aus ihrem Gesichtsausdruck war deutlich zu erkennen, dass die Dame es nicht wusste, aber sie sagte nichts . Sie war mit nautischen Angelegenheiten nur sehr oberflächlich vertraut und erhob keinen Anspruch darauf, die Sprache der Seeleute zu verstehen; und sie war immer bereit, eine Angelegenheit dieser Art auf sich beruhen zu lassen, anstatt sich einer langwierigen Auseinandersetzung hinzugeben.

Katrine hingegen beherrschte die Kunst des Umgangs mit Yachten natürlich nicht, wusste aber genug, um zu erkennen, dass die Dinge an einem Pass wirklich gefährlich gewesen sein mussten, als man darüber nachgedacht hatte, die Masten abzuschneiden. Jetzt äußerte sie sich nicht weiter, warf aber einen schnellen Blick auf Jack, in dem viel von der Bewunderung zum Ausdruck kam, die Desdemona bei der Schilderung der Gefahren empfand, denen Othello tapfer standgehalten hatte. Jack fiel ihr zufällig auf; Sie errötete und drehte sich zu Jerry um.

„Hast du das nicht satt?" Sie fragte. „Ich denke, es wäre furchtbar ermüdend, wenn die Monotonie nur durch die Gefahr unterbrochen würde, in der man weder Ruhe noch Trost finden kann."

„Oh, das ist ein toller Sport!" rief Tab herzlich. „Außerdem gibt es, wissen Sie, unendlich viel zu tun."

„Zum Beispiel was?" fragte Frau Fairhew . „Ich fand die Seereise immer am langweiligsten am Reisen, obwohl ich ein absolut guter Segler bin."

„Oh", sagte Jerry und schwenkte seine Zigarette, denn der Kaffee war serviert worden und die Damen hatten das Rauchen erlaubt, „es gibt Seilenden, die man sich kümmern muss, und das Auswechseln der

Ausrüstung und all diese Dinge." außer dafür zu sorgen, dass die Männer jeden Tag die Messingarbeiten richtig durchgehen ; und es werden Sehenswürdigkeiten gemacht, Abrechnungen angestellt und alles Mögliche."

„Aber ich dachte, die Männer hätten die ganze Arbeit an den Seilen und so gemacht."

„ Das tun sie", sagte Jack mit einem Lächeln; „Aber es ist unsere Aufgabe, ihnen zu sagen, was sie tun sollen, und dafür zu sorgen, dass sie es tun. Sie müssen bedenken, dass wir die Schiffsoffiziere sind."

„Wir müssen die Dinge ständig überprüfen", fügte Jerry hinzu. „Kurz bevor wir heute an Land gingen, habe ich etwas gesehen, um das wir uns kümmern müssen, sobald wir wieder vor Anker liegen. Die Fallen der Vorpiek sind dort am meisten durchgescheuert, wo sie durch den Block an der Kappe ragen. "

"Liebe mich!" sagte Frau Fairhew . "Ist es gefährlich?"

„Nicht im Geringsten gefährlich", gab Jack beruhigend zurück. „Ist es wirklich schlimm, Tab?"

„Na ja, ich gehe davon aus, dass es halten wird. Zumindest wenn es nicht plötzlich belastet wird. Das Seil ist neu genug, aber es hat sich neulich dort verklemmt, wie Sie sich erinnern."

„Nun, lasst uns an Deck gehen", schlug der Kapitän vor. „Es ist so ein wunderschöner Tag, es ist eine Schande, etwas davon zu verpassen."

Als sie ankamen, stellten sie fest, dass der Wind so aufgefrischt hatte, dass das Vormars- und Stagsegel sowie der äußere Ausleger beschädigt worden waren.

„Wir können bis etwa vier Uhr weiterlaufen", sagte Castleport , „und haben bei diesem Wind genügend Zeit, um zurückzulaufen."

Sie hielten sich immer noch westwärts, hielten sich etwa eine Meile vom Ufer entfernt, kamen ab und zu an Fischerbooten vorbei und machten sich auf den Weg nach Nizza, wobei ihre großen lateinischen Segel im Sonnenlicht glänzten. Jack, der Katrine aufmerksam beobachtete, las ihre Freude und Freude in ihren Augen und konnte sehen, wie sie auf die Schönheit des Tages, die malerische Küste, die Heiterkeit des Windes und das glitzernde Meer reagierte. Bei acht Glockenschlägen gab es Tea *au Russe* an Deck, und bevor sie ihn getrunken hatten, wurde die Merle in Bewegung gesetzt und steuerte auf den Hafen zu.

Sie hatten kaum einen Knoten gemacht, als sie mit einer großen schwarzen Jolle zusammenstießen, die unter den englischen Farben und dem Burgee der Royal Yacht Squadron wehte. Sie segelte mühelos unter dem gesamten unteren Segeltuch dahin, ihr schwarzer Rumpf erhob sich anmutig über die abfallende See, etwa zwei Kabellängen voraus. Sie hatte eine Fahrtensegelausrüstung und hatte keinen Ausleger am Großsegel, war aber dennoch so groß, dass die Spannweite ihres Segeltuchs auf den ersten Blick viel größer war als die der Merle. Sie kreuzte den Bug des Schoners und wartete dann, gelegentlich luvend, bis die amerikanische Yacht auf ihrem Balken war.

„ Sieht so aus , als ob sie etwas von uns wollte", bemerkte Jerry. „Würden Sie sie sich noch einmal ansehen, Miss Marchfield ?" Und er reichte ihr die Brille.

„Sie ist eine Schönheit!" rief Katrine aus und betrachtete die Jolle durch das Fernglas. „Jetzt kann ich ihren Namen sehen. Is- i -s Isis, aus – aus Plymouth. Willst du sie nicht ansehen, Tante Anne?"

Mrs. Fairhew nahm das Glas mit der Miene einer Person entgegen, die einen Gefallen tut, und starrte die Jolle oberflächlich an.

„Was für ein absurdes Bobtail-Segel, das weit zurückgesetzt ist", bemerkte sie. „Es sieht ganz nach einer Deformation aus."

„Das dient dem Gleichgewicht bei schwerem Wetter", sagte Jerry begeistert. „Müssen wir nicht besser salutieren, Jack?"

„Das nehme ich an", war die Antwort. „Sehen Sie, er ist heruntergefallen. Das bedeutet wohl, dass wir davonlaufen, schätze ich."

Die Merle tauchte ihren Fähnrich ein, und der Engländer erwiderte den Gruß in gleicher Weise.

„Ich sage", rief Jerry, „sie setzen ihr Marssegel. Sie wollen unbedingt ein Rennen."

„Sie haben ein leistungsfähiges Boot, das alle Segel tragen kann, wenn es so windig ist", kommentierte Jack und warf der schwarzen Jolle einen kritischen Blick zu.

"Kommen!" drängte Tab. „Lasst uns einen Doppelpack holen und ihnen Konkurrenz machen. Wir können sie auf jeden Fall schlagen, auf beiden Seiten des Atlantiks."

Jack sah zuerst Katrine und dann ihre Tante an.

"Würde es dir etwas ausmachen?" er hat gefragt.

"Geist?" rief Mrs. Fairhew , „es würde mir überhaupt nichts ausmachen — vor allem, wenn wir sie schlagen."

„Alles klar", rief Tab und sprang jungenhaft aus seinem Korbstuhl. „Wir zeigen es ihnen ! Schaut mit!" brüllte er der Crew zu.

„Steigen Sie dort an den Fallen des Hauptgipfels hoch", rief Jack, der ebenfalls schnell aufgestanden war. „Das ist gut! Jetzt Vorpiek – das reicht! Dann wandte er sich an den Steuermann. „Ich nehme sie", sagte er. „Du stehst mit den anderen auf Luv."

Der Mann übergab ihm das Ruder und das Rennen begann.

Die Jolle befand sich auf dem Luvbalken, und sowohl sie als auch der Schoner trugen so viel Segel, dass sie hin und wieder an der Lee-Reling unter der Reling hängenblieben. Nach zwanzig Minuten schien das amerikanische Boot voranzukommen, obwohl der Engländer, dessen rote Flagge von seinem Hauptdeck wehte, immer noch zu luvwärts war .

Katrine und ihre Tante hatten ihre Stühle zugunsten des Wetterspiegels im Cockpit aufgegeben. Katrine war sich der Aufregung dieses spontanen Wettbewerbs durchaus bewusst, während Mrs. Fairhews wohlerzogenes Gesicht ein Lächeln zeigte, das entweder ihre Überlegenheit gegenüber einer so jugendlichen Art des Vergnügens oder ihr Vertrauen in die Macht der Merle, sie zu übertreffen, auffassen könnte Rivale.

Jack, dessen kräftige, wohlgeformte Hände die Speichen des Steuerrads umklammerten, blickte nur von den Segeln in der Luft zur Jolle und wieder zurück. Katrine beobachtete ihn verstohlen. Seine scharfsinnige, eifrige Haltung, die völlig frei von Selbstbewusstsein war und Macht und wachsame Aktivität suggerierte, sein meisterhafter Umgang mit seinem Handwerk – sie alle bemerkten sie und empfanden eine gewisse Freude daran, als ob sie in gewisser Weise dafür verantwortlich wäre ihnen.

„Ich denke, wir kommen vorbei, Jerrold", sagte der Kapitän.

Er gab eine schnelle Folge von Befehlen, während er die Speichen nach Backbord drehte. Die Merle kam auf der anderen Seite zustande, die Männer erreichten Stationen auf der Wetterseite und die Damen wechselten ihre Plätze.

„Jetzt werden wir sehen, wie viel wir mit ihnen gewonnen haben", sagte Jerry halb zu den Gästen und halb zu sich selbst.

Sie fuhren in der rauen See auf die Küste zu, und die Landebahn des Hafens war jetzt mit einer dünnen Schicht zischenden grünen Wassers bedeckt. Vorn schlug hin und wieder eine Welle mit einem Geräusch wie ein Gewehrschuss gegen die Schulter der Yacht. Die Isis kreuzten ihren Bogen in einer Entfernung, die so wenig vor ihnen lag, dass ihr Name und ihr Ruf ohne Hilfe eines Glases leicht gelesen werden konnten.

„Wir überholen sie, Jack. Wir werden sie in zwanzig Minuten kalt machen!" rief Tab begeistert.

„Zählen Sie Ihre Hühner nicht, bevor sie geschlüpft sind", lachte Katrine.

„Oh, aber wir können nicht anders " , antwortete er. „Wir werden sie so verprügeln, dass sie einen Monat lang im Trockendock landen."

„Sie schlagen besser auf Holz, Mr. Taberman ", warnte Mrs. Fairhew mit einem Lächeln. „Ich möchte kein krächzender Rabe sein, aber sie haben jetzt sicherlich die Nase vorn."

Mrs. Fairhew war im Laufe des Rennens immer aufmerksamer geworden. In ihren Augen lag der Funke einer echten Sportliebhaberin, und die ganze weibliche Liebe zu Wettkämpfen und Eroberungen zeigte sich in der Begeisterung ihrer Haltung und Miene.

„ Natürlich sind sie vorne", antwortete Jerry; „Aber wir haben einen guten Wind von ihnen."

„Ich hoffe, das bedeutet etwas", kommentierte die Dame mit einer halb eifrig, halb humorvollen Kopfbewegung, „aber ich gestehe, dass das alles für mich griechisch ist."

Jerry begann zu erklären, aber bevor er dem unnautischen Verstand der Dame die Dinge klar machen konnte, kam die Yacht wieder auf Backbordbug. Die Merle war dann so weit von der Jolle entfernt, dass Jack befahl, die Schoten ein wenig zu starten.

„Nun, Jerry, hier überholen wir sie", rief Jack jubelnd. „Stellen Sie einfach den Ballonausleger außerhalb des Vorsegels auf. Ich denke, sie wird das aushalten."

„Willst du das Stagsegel?" fragte der Kumpel.

„Nein – das würde ihr den Helm verderben", entgegnete der Kapitän. „Spring mit, alter Mann."

Der Wechsel erfolgte so schnell wie möglich und die Geschwindigkeit der Yacht wurde sichtbar erhöht.

„Diese Jolle ist bei Wind besser als bei Wind", kommentierte der Kapitän. „Wir nehmen sie jetzt auf wie Rauch."

Nach einer Stunde Verfolgungsjagd und einer halben Stunde Jockeying vor der Hafenmündung wollte die Merle gerade einlaufen, als die englische Yacht anlegte und den Bug des Schoners kreuzte. Beide Boote waren am Wind, aber der Amerikaner war auf Steuerbordbug und hatte Vorfahrt. Der Steuermann der Isis ließ Jack vor die Wahl, die Jolle herunterzufahren oder selbst anzuluven. Jack entschied sich für die letztere Alternative; Obwohl er von Natur aus wütend über solch einen unsportlichen Trick war, konnte er mit der Yacht seines Onkels kein Risiko eingehen, schon gar nicht mit den Damen an Bord. Der Engländer verschonte ihn nicht, sondern deckte ihn zunächst zu und zwang dann den Schoner, indem er seinen Helm hob und die Merle mit einem kleinen, nach Lee schäumenden Felsvorsprung zurückließ, umzudrehen. Unter seiner braunen Haut wurde Jack weiß vor empörter Wut. Er war nicht der Mann, der bei seinen Freizeitbeschäftigungen die Beherrschung verlor, aber er hatte einen ausgeprägten Gerechtigkeitssinn, eine tiefe Verachtung für Betrug und empfand schnell eine vorsätzliche Freveltat dieser Art. Der Auftritt war vonseiten der Isis so offensichtlich vorsätzlich geplant, dass er einer eklatanten Beleidigung gleichkam, einem kaltblütigen Stück sportlicher Frechheit. Das einzig mögliche Heilmittel unter den gegebenen Umständen war ein verzweifeltes Mittel, aber in seinem Gemütszustand zögerte er nicht.

„Halten Sie sich bereit, um zu halsen!" er brüllte. „Wirf die Fallen des Obersegels ab! Jetzt achtern auf die Schoten!"

Der Wind wehte zu stark, um selbst unter reduziertem Segeltuch sicher zu halsen, und abgesehen von Stag- und Marssegeln befand sich die Merle unter vollem Segeltuch.

"Mein Gott!" rief Jerry in alle Winde, als er sich nach hinten stürzte, um auf der Schot zu helfen, „er wird die Stöcke aus ihr herausziehen! Da muss bestimmt etwas verschwinden!"

Jack hielt das Steuerrad fest hoch, und der Schoner schwang gleichmäßig davon. Die Ausleger rauschten über die Decks, wurden krachend hochgeholt und schwangen dann aus, während die Männer die Laken abbezahlten . Die Leereling ging sauber unter, und ein oder zwei Sekunden lang erfüllte unangenehmes und unheilvolles Knarren und Ächzen die Luft. Die Männer flogen mit wunderbarer Geschicklichkeit umher, während die beiden Damen sich aneinander festhielten, um nicht kopfüber geworfen zu werden.

„Ist einer deiner Zähne ausgeschlagen, Katrine?" fragte Mrs. Fairhew , als sie sich wieder aufsetzen konnten. „Alle meine wurden durch diesen schrecklichen Ruck gelockert."

„Sie sind alle in Sicherheit, Tante Anne", rief Katrine, ihre Stimme vibrierte vor entzückter Aufregung. „Ist es nicht großartig?"

Ihr Haar wehte ihr ins Gesicht, ihre Augen leuchteten, ihre Wangen waren gerötet; und obwohl sein schneller Blick sie nur erblickte, als sie zu den Segeln aufblitzte, trug Jack das verführerische Bild viele Tage lang im Kopf. Als er die Takelage erblickte, verdrängte er den Gedanken daran vorerst sofort. Als die Merle vorausgesprungen war, hatten sich die Vorpieksfalle, die vor dem Halsen der Yacht noch nicht in Betrieb genommen worden waren, geöffnet. Die Gaffel hing fast im rechten Winkel zum Baum, und das Segel wurde durch Spannungen aus der Form gebracht. Der Kapitän war so verärgert, dass er in seiner Wut vor den Damen fluchte.

"Was sollen wir tun?" sang Jerry.

Jacks Schrei hatte ihn auf das Missgeschick aufmerksam gemacht und er war vorwärtsgerannt.

„Das wird wirklich spannend", bemerkte Mrs. Fairhew , als wäre sie im Theater.

„Oh, was für eine Schande! Was für eine Schande!" jammerte Katrine und schaute verzweifelt zu der herabhängenden Gaffel hinauf.

„Machen Sie einen Zentimeter drauf!" schrie Jack, fast außer sich darüber, dass er in diese missliche Lage hineingezwängt worden war. „Nehmen Sie es so weit wie möglich heraus! Ziehen Sie es zuerst durch den Kappenblock. Bewegen Sie sich dort entlang! Clever!"

"In Ordnung!" rief Tab; und im selben Moment lief er mit einer Rolle neuen Seils über der Schulter und gefolgt von einem der Männer die Wettertakelung hinauf.

Als er die Querbäume erreichte, führte Tab das Ende seines Seils durch den Block an der Masttoppkappe und befestigte es an seinem Gürtel. Dann schwang er sich zu den Backen der Gaffel hinab und legte sich an der Spiere entlang. Der große Stock schlug wild hin und her und drohte, ihn bei jedem Wurf ins Meer zu stürzen. Langsam und mühsam arbeitete er sich heraus. Er klammerte sich verzweifelt fest, so dass es wie ein bewusster Kampf zwischen ihm und der herabfallenden Spiere schien, ob er abgeschüttelt werden sollte. Es war, als würde ein Mann versuchen, ein bockendes Pferd zu zähmen, nur hundertmal aufregender, und Katrine wurde blass, während sie zusah, während sogar Mrs. Fairhew ihre Lippen fest aufeinander presste. Die drei Minuten, die Jerry brauchte, um den Gipfel-Fall-Block zu erreichen, schienen jedem auf der Merle nahezu endlos. Zweimal wäre er beinahe gestürzt, einmal am Anfang, als er ausrutschte, und noch einmal, als er zwischen den Rollen um die Kehlfalle herumkriechen musste. Beim zweiten Mal wurde er tatsächlich von der Spiere geschleudert, konnte sich aber glücklicherweise an den Fallen festhalten. Beim nächsten Ruck der Yacht wurde er spielerisch in die Luft geschleudert, und er hatte das Glück, seine Position auf der Spiere wiederzugewinnen.

Als er zum Gipfelblock kam, löste er das Seil von seinem Gürtel, legte es um den Holm und nahm eine „Holzkupplung". Dann arbeitete er sich langsam zurück und erreichte schließlich sicher die Kreuzungsbäume. Die nervöse

Anspannung war so stark gewesen, dass die Männer, als sie ihn die Rattenleinen herunterkommen sahen, lautstark jubelten. Gonzague , dessen weißes Haar vom Wind zerzaust war, wedelte mit den Armen und schrie alle anderen laut an. Sie ergriffen schnell das Geschworenfall, und noch bevor Jerry das Deck erreicht hatte, war die Gaffel wieder gut angehoben und das Marssegel gesetzt.

Inzwischen war auch die Isis in Schwierigkeiten geraten. Es ist ein schlechtes Geschäft, zwischen Riffen zu joggen, und die Jolle war gezwungen worden, umzudrehen, anzuluven und nach hinten zu driften, bis ihre Chancen, die Merle zu schlagen, völlig verschwunden waren. Tatsache war, dass der englische Kapitän damit gerechnet hatte, dass die Merle es nicht wagen würden, zu scherzen, und daher um die Hälfte zu klug vorgegangen war.

Jerry kam achtern, sehr rot im Gesicht und mit dem üblichen Funkeln in den Augen. Die Damen waren offensichtlich sehr beeindruckt von seiner Leistung, und Jack, der natürlich klarer als sie verstand, wie gefährlich die Aufgabe gewesen war, nahm eine Hand vom Lenkrad und drückte Jerrys Hand aus.

„Tut mir leid, alter Mann", sagte er. „Aber ich war so scharf auf diesen Engländer, dass ich für eine Minute den Kopf verlor."

„Oh, geh lange!" antwortete Jerry grinsend. „Glauben Sie nicht, dass ich selbst heiß war?"

Fairhew nieder , um zu Atem zu kommen.

„Mr. Taberman ", sagte diese Dame, „ich bin eine alte Frau" – es war eine von Mrs. Fairhews Eigenheiten, die Aufmerksamkeit so skurril auf die Tatsache zu lenken, dass sie kaum älter als dreißig aussah – „Ich bin eine alte Frau, und deshalb missbillige ich Unbesonnenheit; aber es macht mir nichts aus zu sagen, dass ich deinen Mut mag."

Sie blickte ihn neugierig an, als wäre er ein amüsanter Fall von aufgehaltener Entwicklung, aber ihr Blick war voller Freundlichkeit.

„Danke", antwortete Tab mit einem Lächeln, das zu verwirrt war, um nicht fast ein Grinsen zu sein. „Es ist eher ein gesunder Wind als ein Mut, das versichere ich Ihnen."

„Es war absolut großartig!" Katrine weinte. „Du bist ein perfekter Held!"

Sie alle lachten, vielleicht mehr wegen der nervösen Reaktion nach der Anstrengung als wegen irgendeiner besonderen Belustigung, und Jerry errötete mehr denn je.

„Ich fürchte, Sie neigen dazu, aus einem Maulwurfshügel einen Berg zu machen", sagte er. „Wir erlauben hier keine Heldentaten an Bord, wissen Sie. Jack hat das Einzige getan."—

„Das reicht, Jerry", rief Jack vom Lenkrad aus.

„In Ordnung, Kapitän", gab Tab lachend zurück. „Auf Befehl."

„Oh, aber das ist nicht fair", rief Katrine. „Wenn Mr. Castleport auch den Helden gespielt hat, wollen wir alles darüber wissen."

„Ich werde diesem Maat ein Lob aussprechen, wenn er weiterhin über seinen Vorgesetzten redet", drohte Jack. „Sehen Sie, der Isis hat die ganze Sache aufgegeben."

„Das wäre besser für sie", kommentierte Jerry, „obwohl ich nicht sehe, dass sie noch etwas zu geben hätte."

Die Jolle war jetzt weit achtern. Ihr Segelführer hatte in dem vergeblichen Versuch, seinen Rivalen zu überholen, eine Zeit lang sein Boot unbarmherzig eingeklemmt, so dass seine Segel, mit der Nase im Auge des Windes, von Zeit zu Zeit zitterten. Jetzt hatte sie offenbar das Unvermeidliche akzeptiert und machte sich leise auf den Weg zu einem Ankerplatz.

„Erzählen Sie uns von Mr. Castleport ", sagte Katrine leise zu Jerry.

„Oh", entgegnete Tab, „er blieb über achtundvierzig Stunden am Steuer, als wir den Schlag erlitten, von dem wir gesprochen haben. Es war eine großartige Sache, und ich denke, er hat uns vor dem ewigen Zusammenbruch bewahrt. Natürlich hat er geschissen ." „Ich finde die Idee scheiße, aber Jack lässt sich nie sagen, dass er etwas Großes geleistet hat. Er ist ebenso bescheiden wie umwerfend", endete er herzlich und warf dem Kapitän einen Blick voller Bewunderung und Zuneigung zu.

Katrine machte keinen hörbaren Kommentar, aber ihr Blick folgte seinem, und wenn Jack ihren Blick in diesem Moment abgefangen hätte, hätte er vielleicht gespürt, wie sein Herz schneller schlug.

Die überlegene Geschwindigkeit der Merle, unterstützt durch die schlechte Taktik des Kapitäns der Isis, der den Kopf zu verlieren schien, als er feststellte, dass er geschlagen war, verschaffte dem Amerikaner einen so großen Vorsprung, dass der Schoner ein oder zwei Minuten lang den Anker fallen ließ bevor die Yawl die innere Mole umrundete.

„Ich hatte noch nie in meinem Leben ein so prächtiges Segel", sagte Katrine.

„Ich war mir sicher, dass Sie das andere Boot schlagen würden, Mr. Castleport", sagte Mrs. Fairhew zu ihm, „und ich gestehe, es hat mir Spaß gemacht, Ihnen dabei zuzusehen."

„Ich könnte nicht so unhöflich sein, euch Damen in einem Rennen schlagen zu lassen", antwortete der Kapitän lachend.

„Natürlich nicht", warf Jerry ein; „Kein Herr würde zulassen, dass eine Dame geschlagen wird."

„Was für ein grausames Wortspiel!" rief Katrine; „Und Mr. Taberman sieht tatsächlich wehmütig aus, aus Angst, wir könnten es nicht sehen."

„Nun", sagte ihre Tante und ging zur Leiter, wo der Kutter wartete, „es war ein herrlicher Tag, und wir sind ihnen sehr dankbar."

Während die Damen an Land gezogen wurden und bevor Jack und Jerry zurückgekehrt waren, wurde auf der Merle alles in Ordnung gebracht. Gerade als sie nach unten gingen, um sich für den Landgang zum Abendessen umzuziehen, kam ein Boot von der Jolle mit einem Zettel für den „Kapitän der Merle; sch. Y't " längsseits. Gonzague brachte es zu Castleport, der es sich ansah und es dann Jerry vorlas.

YAWL YACHT ISIS, RYS

, der die Merle heute Nachmittag so meisterhaft gehandhabt hat, seine Komplimente und bittet ihn um die Ehre, heute Abend um sechs Glocken beim Abendessen an Bord der Isis anwesend zu sein. Es wird Lord Merryfield eine zusätzliche Freude sein, wenn Der Herr, der sich so beherzt der Situation gewachsen zeigte, als er das Fall teilte, wird den Kapitän der Merle begleiten.

RSVP

NIZZA, 17. Juli 1902.

"Verrotten!" sagte Jerry unelegant. „Lass mich antworten."

"Aussteigen!" antwortete Jack. „Ich denke, ich kann ihn beruhigen."

Er holte das aufwändigste Briefpapier des Präsidenten heraus, und nach einigem Nachdenken und der Vernichtung von ein oder zwei Briefen, die ihm nicht ganz gefielen, überreichte er Jerry Folgendes :

SCH. YT . MERLE , EYC

Kapitän John Castleport und Herr Jerrold Taberman überbringen Lord Merryfield ihre Komplimente und bedauern, dass es ihnen aufgrund einer früheren Verlobung unmöglich ist, die ihnen so freundlich entgegengebrachte Einladung anzunehmen. Kapitän Castleport möchte außerdem ernsthaft seine Meinung dazu äußern, dass er von der Y. Yt. gezwungen wurde . Isis heute Nachmittag, als er Vorfahrt hatte; und zu sagen, dass er ein solches Manöver für so unsportlich und beleidigend hält, dass es bei einem Gentleman-Rennen unmöglich sein sollte. Als Geschädigter wagt er es, Lord Merryfield daran zu erinnern, dass die einzige Wiedergutmachung, die geleistet werden kann, die strengste Zurechtweisung des Kapitäns oder derjenigen ist, die für dieses unentschuldbare Mittel verantwortlich war.

NIZZA , 17. Juli 1902.

„Sehen Sie", erklärte Jack, „wir haben ihn wissen lassen, was wir von diesem Caddish-Trick halten, ohne selbst im geringsten unhöflich zu sein. Natürlich besteht die Möglichkeit, dass er selbst für die Sache verantwortlich war, und da haben wir ihn auf der Hüfte." ."

„Ich nehme an, es ist alles in Ordnung", grummelte Jerry. „Du weißt es am besten. Aber wenn ich es geschrieben hätte, hätte ich ihm direkt sagen sollen, dass ich ihn für einen verdammten Idioten halte!"

KAPITEL ACHT
EINE ÄNDERUNG DER TAKTIK

Als sie an diesem Abend im Garten des Hotels saßen und ihren After-Dinner-Kaffee tranken, den die Herren mit Zigaretten begleiteten, besprachen sie die Neuigkeiten aus der Heimat, die in einem Stapel Briefe enthalten waren, den Mrs. Fairhew und ihre Nichte bei ihrer Rückkehr vorgefunden hatten von der Yacht. Die Ankündigung einer Verlobung, Gerüchte über Flirts, die in anderen enden könnten, der neueste Klatsch über Leute, die sie alle kannten, vermischten sich mit Gesprächen über ein außergewöhnliches Yachtrennen in Northeast Harbor, eine russische Prinzessin in Nahant, einen Autounfall in Lenox und vieles mehr eine neue Scheidung in Newport.

„Alles andere", sagte Mrs. Fairhew schließlich, „ist einfach überhaupt nichts im Vergleich zu einer Wirtschaftsnachricht, die ich erhalten habe. Haben Sie von der Tillington- Pleite gehört?"

"Was!" rief Jack. „RB Tillington ?"

„Ja. Ihre eigene Mitteilung war heute Nachmittag mit der anderen Post", antwortete sie. „Verbindlichkeiten etwa eine Drittelmillion und ihr Vermögen nichts."

„Wie in aller Welt ist das passiert?" fragte Tab. „Ich wusste, dass sie viel mit Minen zu tun haben, und natürlich sind diese immer riskant; aber Tillington galt schon immer als furchtbar schlau."

„Vielleicht war er zu schlau", schlug Jack vor.

„Clever oder nicht", sagte Mrs. Fairhew , „er ist ins Unglück geraten, und ich schäme mich zu gestehen, dass er etwas Geld für mich verloren hat."

„Das tut mir sehr leid", antwortete Jack. „Ich wette, Sie werden jede Menge vornehme Gesellschaft haben. Ich habe schreckliche Angst, dass sich Onkel Randolph die Finger verbrennt. Er hat schon so lange mit Tillington zu tun . Ich habe den Mann selbst nie freundlich behandelt, aber Onkel Randolph hatte einen große Meinung von seinem geschäftlichen Scharfsinn."

„Ich wette, dass Mrs. Fairhew selbst im Unglück in guter Gesellschaft ist", erklärte Jerry mit seiner üblichen etwas ungeschickten Galanterie.

Mrs. Fairhew lächelte und machte eine kleine ausladende Geste mit ihrem Fächer, als wäre das Thema ein unangenehmes Thema und sollte beiseite geschoben werden.

„Selbst das", sagte sie, „beruhigt meine verletzte Eitelkeit nicht. Das Geld, das ich verloren habe, ist zum Glück nicht sehr viel, aber ich bin stolz auf

meinen Geschäftssinn und habe diese Investition trotz meines Rats getätigt."
Bankier. Stellen Sie sich vor, wie er lachen wird! Ich hätte lieber dreimal so
viel bei einer von ihm gewählten Investition verloren."

„Wie durch und durch weiblich!" Jack lachte.

„ Natürlich kannst du das nicht verstehen", warf Katrine ein. „Ich stimme
Tante Anne voll und ganz zu. Natürlich würde man lieber Geld verlieren, als
einem Mann die Chance zu geben, sich über sie lustig zu machen."

Der Vortrag wurde so in die unerschöpfliche Diskussion weiblicher und
männlicher Merkmale hineingezogen, jenes Thema, um das sich zwei Drittel
aller Smalltalks dieser Welt drehen. Dann wandte ich mich wieder den
persönlichen Nachrichten der Briefe zu.

„Ich glaube nicht, dass man Billy Rafton gratulieren muss", verkündete Tab
mit Nachdruck und bezog sich dabei auf eine kürzliche Hochzeit. „Edna
Leighton hat natürlich viel Geld und ist ein umwerfendes Mädchen und so
weiter; aber sie ist so furchtbar ehrgeizig, dass sie dem armen Billy keine
Minute Ruhe gönnen wird."

„Und Billy ist einer der ruhigsten Männer der Welt", warf Jack ein.

"Ehrgeizig?" fragte Katrine. „Wie? Ich kenne sie ziemlich gut und auf mich
kam sie immer nett vor. Sie ist auf jeden Fall schlau."

„ Sie ist also klug", stimmte Jerry zu; „Aber das wird es für Billy natürlich
schwieriger machen, sich gegen sie durchzusetzen."

„Sie hätte von Natur aus den Instinkt, in der Welt voranzukommen",
kommentierte Castleport . „Ihre Mutter war eine Farquhar."

„Mr. Castleport ", entgegnete Mrs. Fairhew , „diese Bemerkung ist zu
weiblich, um Ihrer würdig zu sein."

„Bedauern Sie, dass ich es Ihnen nicht überlassen habe, es zu sagen?" fragte
er frech. „Ich weiß, dass du mir voll und ganz zustimmst."

„Ihr Vater, Stephen Leighton", fuhr Mrs. Fairhew fort und gab keine
Antwort, sondern ein kaum wahrnehmbares Lächeln auf seine Aussage, „war
ein durch und durch charmanter Mann und stammte aus einer sehr guten
Familie. Das können Sie nicht leugnen, Mr. Castleport ."

Rafton , zu überfallen ."

„Das habe ich immer gedacht", begann Katrine. Dann blieb sie stehen, mit
einer unwillkürlichen Augenbewegung in Richtung Taberman .

„Oh, da wurde ich einmal getroffen", sagte Tab fröhlich, „falls du das meinst.
Ich habe es bei einem Bootsrennen überstanden."

Sie alle lachten und das Thema schien erschöpft zu sein, als die ältere Dame sagte:

Foscagni sein . Sie gehört den Raftons ."

„Wann werden Sie voraussichtlich dort ankommen?" Erkundigte sich Tab nachlässig.

„Florenz? In fünf oder sechs Tagen."

„Fünf oder sechs Tage!" rief Jack. „Warum, wann gehst du hier weg?"

„Morgen Nachmittag", antwortete Katrine in einem Tonfall, dessen Gleichgültigkeit Jack vielleicht etwas übertrieben vorgekommen wäre, wenn er nicht zu beunruhigt gewesen wäre, um es zu bemerken.

„Warum – aber –", begann Jack; "Ich hatte keine Ahnung"-

„Hatten Sie gedacht, wir wären den Sommer hier?" fragte Katrine mit zurückhaltendem Interesse.

Der Anflug von Neckerei in ihrem Ton brachte Castleport zu sich. Die Hälfte seines gesellschaftlichen Erfolgs beruhte darauf, dass er sich nicht so leicht aus der Fassung bringen ließ.

„Da Mrs. Fairhew so freundlich war, mir ihre Pläne mitzuteilen", erwiderte er kühl, „habe ich natürlich verstanden, dass Sie hier bald abreisen würden, aber ich gebe zu, ich hätte nicht gedacht, dass Sie so bald gehen würden."

„Sehen Sie", erklärte Mrs. Fairhew , „wir müssen wirklich weitermachen. Katrine muss sich mit Museen und anderen Dingen befassen, wie ich Ihnen schon sagte. Als ich ein Mädchen war , wäre es für ein Mädchen nicht respektabel gewesen, sich zu outen." sie hatte die Pitti und Uffizzi gesehen ; aber jetzt ist alles anders.

„Was für ein Unsinn, Tante Anne! Ich glaube nicht, dass du die Galerien selbst gesehen hast, als du rauskamst."

„ Das hatte ich tatsächlich . Wenn Sie unverschämt sind, lasse ich Sie die besten Drucke in den Reiseführern lesen. Wir nehmen", fügte sie hinzu und wandte sich an Castleport , „den 3.08 für Genua."

Jack war von Natur aus schnell und entschlossen; und bevor Mrs. Fairhew zu dieser Bemerkung kam, hatte er sich einen Plan ausgedacht und beschlossen, ihn in die Tat umzusetzen. Der Kapitän blickte ernst auf das Oleanderdickicht hinter Miss Marchfield , doch den Blick aus den Augen auf Jerrys Gesicht gerichtet, das abwechselnd erleuchtet und verdunkelt wurde, je nachdem seine Zigarette glühte oder erlosch, bemerkte der Kapitän kühl :

„Das ist ein merkwürdiger Zufall."

"Zufall?" wiederholte Frau Fairhew fragend.

„Es scheint so", sagte Jack fast gedehnt. „ Du hast die 3.08 gesagt, nicht wahr? Wie weit gehst du? Bis nach Genua?"

„Ja. Was ist daran so außergewöhnlich?"

„Na ja, nicht viel", erwiderte Jack in einem forscheren Ton und warf die Kippe seiner Zigarette weg; „Nur – ja – das ist genau der Zug, mit dem ich selbst fahre. Auch das gleiche Ziel, es sei denn, ich beschließe, in Bordighera anzuhalten ."

Diese unerwartete Ankündigung sorgte natürlich für Aufsehen. Katrine holte hörbar Luft; Gerade noch rechtzeitig ertappte sich Jerry dabei, wie er profan sagte, was er sein würde; Mrs. Fairhew schloss schnell ihren Fächer, aber sie war zu sehr Herrin über sich selbst, um ihre Gefühle außer einem kleinen kurzen Lachen auch nur irgendwie zum Ausdruck zu bringen.

„Ich hatte mich nicht daran erinnert, dass Sie davon gesprochen haben, zu gehen", sagte sie.

"NEIN?" Sagte Jack höflich.

„Aber", keuchte Jerry, „ich sage – wissen Sie, ich sage" –

Offensichtlich waren seine Gefühle zu viel für ihn und er brach zusammen. Eine so plötzliche Bewegung von Jacks Seite würde seinen langsameren Kameraden mit Sicherheit aus der Fassung bringen, und der Kapitän war glücklicherweise durch frühere Erfahrungen auf einige geistige Verwirrung seitens des Maaten vorbereitet.

„Ja, Jerry?" er hat gefragt.

„Nichts – ich – ich weiß nicht mehr, was ich sagen wollte", murmelte der verwirrte Tab.

„Wirklich", bemerkte Mrs. Fairhew , „es war mir nicht in den Sinn gekommen, dass Sie die Yacht verlassen könnten oder würden. Was wird aus ihr?"

„Oh, du zweifelst nicht an Jerry, oder? Er wird ihr die Verantwortung übertragen."

Sobald Jack sich für seinen Plan entschieden hatte, hielt er es für das Beste, die Sache mit überheblicher Hand in die Tat umzusetzen. Es war ihm völlig egal, ob Mrs. Fairhew und Katrine vermuteten, dass sein Entschluss, auf dem Landweg weiterzureisen, sofort gefasst worden war oder nicht; aber es gefiel ihm, das Spiel gut zu spielen und den Dingen ein gutes Gesicht zu geben. Er sprach, als hätte er sich schon lange entschieden, obwohl sein Gehirn die ganze Zeit über mit rasender Energie arbeitete, während er versuchte, den Plan gründlich auszuarbeiten und alle möglichen Eventualitäten vorherzusehen. Jerry die Betreuung der Jacht des Präsidenten zu übertragen, war ein mutiger Schachzug, aber er sagte sich, er sei zuversichtlich, dass sein Freund durchaus in der Lage sei, sie für die vergleichsweise kurze Strecke nach Neapel zu verwalten; und sein Denken beseitigte geschickt einen Einwand nach dem anderen, als sie ihm in den Sinn kamen.

So schnell seine Entscheidung auch gewesen war, sie war weniger wild, als es scheinen mag; und als er wieder sprach, beherrschte Jack alle Einzelheiten ziemlich gut.

„Lassen Sie die Merle hier?" fragte Frau Fairhew .

Jack bemerkte, dass Katrine nichts gesagt hatte, aber er hatte diesen schnellen, angezogenen Atemzug gehört und er glaubte nicht, dass ihr Schweigen aus Gleichgültigkeit herrührte.

„Oh nein; Jerry wird sie nach Neapel mitnehmen", war Castleports kühle Antwort.

Es war Tabs Verdienst, dass er bei dieser erstaunlichen Nachricht keine gewalttätige Demonstration an den Tag legte; Aber er war nicht ungewohnt an die Schnelligkeit, mit der Jack eine Entscheidung traf, und er hatte zuvor gelernt, die Worte seines Kapitäns zu akzeptieren. Jetzt ließ er nur noch seine Zigarette fallen, und als er sie wieder aufhob, steckte er das brennende Ende zwischen seine Lippen, stotterte und unterdrückte einen profanen Kommentar und schleuderte die beleidigende Kippe so weit er konnte.

"Noch ein Haben?" fragte Jack ruhig, während er seinen Koffer über den kleinen Tisch schob, an dem sie saßen.

„Danke, nein!" antwortete Tab mit völlig unnötiger Betonung.

„Sie müssen Ihre Lippen nicht mit Feuer berühren, Mr. Taberman ", bemerkte Mrs. Fairhew und öffnete und schloss ihren Fächer auf eine Art und Weise, wie sie es tat, wenn sie sich amüsierte; „Sie haben seit Ihrer Ankunft ausreichend Komplimente gemacht. Können wir also hoffen", fuhr sie fort und wandte sich an Castleport , „zum Vergnügen Ihrer Begleitung auf der Reise?"

„Wenn Sie und Miss Marchfield nichts dagegen haben, würde ich mich freuen."

„Es wird mir eine große Freude sein. Natürlich kann ich nicht für Katrine sprechen."

Jack drehte sich zu Katrine um. Auf ihr Gesicht fiel das sanfte Licht einer japanischen Laterne zwischen ein paar Bäumen, aber sie bewegte sich sofort, so dass die Schatten ihren Gesichtsausdruck verdeckten.

„Nichts könnte mich mehr erfreuen, Tante Anne, als dass du zufrieden bist", antwortete sie.

Taberman und Ihr Gepäck besser an Land und kommen morgen zum Mittagessen", sagte die Tante und stand auf. „Auf diese Weise können wir uns Zeit lassen und es uns bequem machen. Passt das zu Ihren Plänen, Mr. Castleport ?"

Jack bemerkte den Verdacht der Fröhlichkeit in ihrer Stimme, aber er hatte das Gefühl, dass sie, wenn sie missbilligt hätte , nicht nur keine Belustigung gezeigt hätte, sondern auch klug genug gewesen wäre, seinen Plan zu vereiteln.

„Ich möchte Ihre Gastfreundschaft nicht missbrauchen", sagte er.

„Oh, wir werden dich als Eskorte nützlich machen und auf der Reise genug Service von dir bekommen, um das zu bezahlen", sagte Katrine mit der Miene, als hätte sie das Gefühl, zu merklich geschwiegen zu haben.

„Wir freuen uns natürlich sehr, zu kommen", sagte Jerry mit jungenhafter Begeisterung. „Jeder würde sich freuen, mit Ihnen zu Mittag zu essen, Mrs. Fairhew ."

„Ihre Komplimente sind ziemlich direkt, Mr. Taberman ", antwortete diese Dame lachend. „ Dann sagen wir 1.30 Uhr. Das gibt uns viel Zeit. Ich hasse es, in Eile zu sein; das ist so unwürdig."

Als Mrs. Fairhew aufgestanden war, waren die anderen natürlich aufgestanden, und als Jack zur Seite trat, damit Katrine an ihm vorbeigehen konnte, nahm die ältere Dame seinen Arm. Dadurch hielt sie ihn einen Moment lang zurück, bis ihre Nichte und Jerry nur noch wenige Meter entfernt waren. Als sie sich der Tür des Hotels näherten und es hell genug war, dass er sie deutlich sehen konnte, ließ sie seinen Arm sinken; und als er ihr bei dieser Bewegung sein Gesicht zuwandte, betrachtete sie ihn durch ihre Lorgnette hindurch mit einem fragenden, wenn auch freundlichen Blick.

„Du bist ein kluger Junge", sagte sie nach einer Weile und mit einer seltsamen, schwachen Betonung des Adjektivs. „Willst du meine Nichte heiraten?"

Jack erkannte natürlich, dass die Frage nie gestellt worden wäre, wenn es Zweifel an der Antwort gegeben hätte, und selbst in der Verwirrung des Augenblicks hatte er die vage Ahnung, dass Mrs. Fairhew ihm aus freundlicher Laune dabei half, ihre Zustimmung zu erbitten zu seinem Werben. Er spürte, wie seine Wangen heiß wurden, aber er blickte seinen Inquisitor offenherzig an und sprach mit einer Art, die zwar instinktiv gedämpft, aber voller Energie und Gefühl war.

„Du weißt, dass ich es tue", sagte er. „Du weißt, dass ich für sie den schlimmsten Tod sterben würde. Ich – Da Gott über mir steht", platzte er heraus, brach ab und spürte, wie er von seinen Gefühlen erstickt wurde, „Ich werde sie gewinnen oder bei dem Versuch sterben! Ich – ich – Natürlich möchte ich sie heiraten! Warum bin ich wohl nach Europa gekommen?"

Mrs. Fairhews Gesicht wurde weicher, denn keine echte Frau hätte die Leidenschaft seiner Stimme ungerührt hören können; aber sie lachte über die plötzliche Veränderung, mit der er endete.

„Ich hoffe, dass es dir gelingt", sagte sie leise. "Ich denke du wirst." Dann nahm sie wieder seinen Arm und sprach mit ihrer gewöhnlichen Stimme: „Komm, wir müssen hinein."

„Also, Jack, im Namen des Himmels", forderte Jerry, sobald er und der Kapitän außer Hörweite der Damen waren, „was soll das für ein schrecklicher Scherz von dir, die Jacht zu verlassen?"

„Das sage ich dir, wenn wir an Bord sind", antwortete sein Freund. „Stör mich jetzt nicht, ich denke nach."

Tab schnaubte verächtlich, und schweigend hielten die beiden durch, bis sie den Kai erreichten. Der Kutter erwartete sie, und noch immer wurden sie schweigend zum Merle hinausgezogen. Es wehte jetzt kein Windhauch; Die Sterne leuchteten hell über ihnen, und kein einziger Wolkenfleck war zu sehen. In einer Stille, die nur durch die rhythmischen Ruderschläge unterbrochen wurde, beobachteten die beiden die unzähligen Sternpunkte, die den Himmel übersäten, wie sie ihn vor Jahrhunderten geschmückt hatten, als das alte Nizza das neue Nicäa war und irgendein braunhaariger sizilianischer Pilot zu ihnen aufgeblickt und sie gemacht haben könnte Zuflucht durch ihre treue Führung.

Kaum waren sie an Bord, kam Gonzague und fragte, ob sie zu Abend essen wollten.

„Oh, ich weiß nicht", antwortete Jack, immer noch im Traum vom Bann von Mrs. Fairhews Worten.

„Nun ja, das tue ich", warf Jerry ein. „Wir essen ein paar Kaviarsandwiches , Gonzague , und ein Glas Sherry."

Das Abendessen wurde fast schweigend eingenommen, und erst als Gonzague die Sachen weggenommen und sie mit angezündeten Pfeifen zurückgelassen hatte, kam man zu der unvermeidlichen Erklärung.

"Nun dann?" sagte Tab ungeduldig.

Sein Gesicht hatte einen nüchternen Ausdruck, voller Erwartung, aber nicht ohne einen Hauch von Verärgerung und Vorwurf. Jack blies einen großen Rauchring nach ihm und lachte, als er sah, wie Jerry, indem er ihm auswich, seine Feierlichkeit unverändert bewahrte.

„Nun, Tab", begann er, „ich denke, es ist nicht nötig zu sagen, dass mir die Idee, die Jacht zu verlassen, erst in den Sinn kam, als ich wusste, dass Mrs. Fairhew und Katr – Miss Marchfield morgen abreisen würden . "

„Hebe vorwärts", erwiderte Jerry mürrisch. „Mach mir nichts aus. Natürlich freue ich mich, wenn ich allein auf der Yacht bin."

„Komm, Kopf hoch, alter Mann", ermahnte Jack. „Seien Sie nicht griesgrämig. Es tut mir furchtbar leid, Sie zu verlassen; aber natürlich ist es nur für eine kurze Zeit, und wir werden beide eine Entschädigung erhalten. Ich hoffe, dass ich etwas Bestimmtem näherkomme. Sie wissen schon; und Sie werden den Merle haben, mit dem Sie tun können, was Ihnen gefällt."

„Das ist natürlich alles sehr gut", antwortete Tab und sein Gesicht entspannte sich ein wenig; „Aber was ist Ihr Spiel? Wir haben verdammt wenig Geld, wissen Sie, und Ihre Landkreuzfahrt wird bestimmt eine Menge Zinn verschlingen."

„Wir haben genug Geld, um durchzukommen", erklärte Jack. „Ich werde natürlich nach Genua gehen. Ich kenne Italien ziemlich gut und kann mich nützlich machen – eine Art ‚Führer, Philosoph und Freund' und Kurier in einem. Wenn sie nach Neapel weiterfahren , – Nun ja, nach etwas, das Mrs. Fairhew heute Abend gesagt hat, glaube ich, dass ich keine Schwierigkeiten haben werde, mit ihnen nach Neapel weiterzureisen. Ein Mann ist ein geschickter Experte im Reisen, wissen Sie, besonders wenn er die Sprache beherrscht."

Jerry betrachtete den Kapitän, als ob es seinem langsameren Verstand schwerfallen würde, den schnellen Gedankengängen seines Freundes zu folgen.

„Aber der Merle?" er widersprach. „Es ist schon schlimm genug, dass Sie mit der Jacht des Präsidenten um die Welt herumtollen, aber wenn es darum geht, sie mir zu übergeben … Na ja, der alte Herr würde bei der bloßen Idee fünfhundert Anfälle bekommen."

„Oh, da vertraue ich dir", sagte Jack leichthin und versuchte bewusst, sein Selbstvertrauen so schmeichelhaft wie möglich zu machen. „Sie können es schaffen und den nächsten Monat lang tun, was Sie wollen. Wer hat jemals von einem Steuermann gehört, der eine Zeit lang nicht die Chance ergriffen hat, das Kommando zu übernehmen? Ich würde Ihnen raten, zum Beispiel auf Elba anzuhalten, wenn … " Sie sind dafür, die Sehenswürdigkeiten zu besichtigen. Wenn Sie möchten, können Sie dann, während Sie auf dem napoleonischen Kurs sind, nach Ajaccio laufen. Es ist eher ein abgelegener Ort, aber es ist lustig, wenn man dort ankommt dort. Was Elba betrifft, ich war dort noch nie an Land, obwohl ich daran vorbeigekommen bin und den Kerl kenne, dem es gehört. Ich werde dir einen Brief geben, falls du an Land gehen willst."

„Aber, Jack – verdammt!" brach Jerry aus, als wäre er verärgert über die Machbarkeit der plötzlichen Änderung der Taktik seines Freundes: „Ich kann kein Wort von ihrem gesegneten Jargon sprechen!"

Gonzague zurückgreifen. In Naples spricht man überall Englisch."

„Jack Castleport , du bist auf jeden Fall der Mann, mit dem ich am besten umgehen kann", sagte Jerry in verzweifeltem Tonfall. „Ein Kerl könnte genauso gut versuchen, eine Seekuh zu tyrannisieren, als dich von einem deiner scheiternden Pläne abzubringen."

„Das liegt daran, dass sie so gut sind", lachte Jack. „Sie sehen, ihre tiefe Weisheit reißt mich so völlig mit, dass Einwände mich nicht berühren können." Dann streckte er seine Hand über die Tischecke und ergriff Jerrys Hand. „Es tut mir verdammt leid, Ihnen so entwischt zu sein", sagte er, „aber Sie kennen den Grund."

Der gutmütige Tab schmolz sofort dahin. Er erwiderte den Handdruck seines Freundes und versuchte zu zitieren

„Aber wenn eine Frau im Fall ist,

Alle anderen Dinge weichen, wissen Sie,;"

aber er hat es so hoffnungslos durcheinander gebracht, dass er nur in eines seiner ausgelassenen, fröhlichen Gelächter ausbrechen konnte.

„Nun, bei George", rief er, „wenn sie nur wüsste, wie hingebungsvoll du bist, Jack, würde sie dich ein Hundealter warten lassen, nur um dich auf die Probe zu stellen."

Sie verbrachten ungefähr eine Stunde damit, Details zu regeln, Diagramme durchzugehen, ihre Mittel aufzuteilen und so weiter. Jack gab Tab Adressen in Genua, Florenz und Rom, unter denen er erreichbar sein könnte, und sagte ihm, dass er in Neapel zum Hôtel du Vesuve gehen sollte . Am 20. August sollte Jerry dort nach ihm fragen. Nachdem diese und andere Angelegenheiten geklärt waren, rauchte das Paar eine letzte Pfeife und gab nach.

Jack war sehr wach. Er lag da und dachte über dies und das nach, wälzte sich ruhelos in seiner Koje hin und her. Gerade als er endlich einschlief, wurde er von der Stimme Jerrys geweckt, der leise über den Flur rief:

„Ich sage, Jack, – bist du wach?"

„Fast", antwortete Jack; „Aber das hätte ich nicht tun sollen, wenn du mich in Ruhe gelassen hättest."

„Ich sage, Jacko, glauben Sie, dass der Präsident bei diesem Zusammenbruch in Tillington eine Pleite erlitten hat ?"

„Weiß nicht", antwortete Jack. „Er ist ziemlich schlau, und ich glaube, Mrs. Fairhew hätte wahrscheinlich davon erfahren, wenn er ernsthaft gescheitert wäre."

„Nun, wissen Sie, mir kam der Gedanke, dass dieser abscheuliche Brief von Tillington vielleicht etwas Wichtiges gewesen sein könnte, und" –

„Oh, nimm eine Leberpille!" unterbrach Jack. „Sie haben einen Anfall von *Conscientia Novanglicana* .

"Was ist das?"

„Vorläufer nervöser Profis", antwortete der Kapitän lachend. „Geh schlafen, sonst kriegst du es."

"Ok, Gute Nacht."

"Gute Nacht, Junge."

Wieder herrschte Stille, aber Jack, erneut erregt, zappelte unbehaglich bis tief in die Nacht herum. So entschlossen er sich auch entschloss, nicht an die möglichen Folgen der Entführung dieses großen blauen Briefes zu denken, konnte er doch nicht verhindern, dass ihm immer wieder Zweifel in den Sinn kamen, und etwas, das nicht so weit von Reue entfernt war, vermischte sich mit seinen Gedanken an Katrine und an Katrine die Freude, in ihrer Begleitung zu reisen. Er war so lange wach, dass Mrs. Fairhew am nächsten Nachmittag , als er sie und ihre Nichte bequem in einem Abteil der ersten Klasse im Zug 3.08 untergebracht hatte, die Olivenhaine und Villen malerisch an ihm vorbeiziehen sah Fenster, bemerkte die Schatten unter seinen Augen und lächelte diskret und unsichtbar.

KAPITEL NEUN
DIE FLAUTE

Zwei Wochen lang lag die Merle vor Neapel vor Anker. Von Nizza war sie zunächst nach Elba gelaufen; von dort war sie erneut nach Norden geflogen und hatte Korsika umrundet; sie hatte Calvi und Ajaccio berührt ; und schließlich hatte sie sich durch die Straße von Bonifacio in Ost-Südost-Richtung bis zu ihrem jetzigen Ankerplatz vor der Burg gehalten.

Trotz der neuartigen Freuden, die das Kommando mit sich bringt, empfand Taberman Jacks Abwesenheit so sehr, dass er zeitweise fast unglücklich war, manchmal sogar ein wenig geneigt, nachtragend zu sein. Er war immer noch zu jung, um nicht das Gefühl zu haben, dass es der Gipfel des Wahnsinns, wenn nicht der Idiotie sei, eine Jacht für ein Mädchen zu verlassen; Und obwohl er Jack gegenüber zu loyal war, um sich selbst dieses Gefühl nicht einzugestehen, kam es ihm manchmal in den Sinn, besonders wenn er sich einsamer als sonst fühlte. Bei seiner Ankunft in einem beliebigen Hafen erlebte Jerry in vollem Umfang die Aufregung, die selbst der älteste Reisende in gewissem Maße empfindet, wenn er eine neue Stadt betritt. Immer wenn der Hafenbeamte in seiner offiziellen Würde erschien, kam noch eine weitere Sensation hinzu: die Angst vor Entdeckung und Festnahme. Mit dem Weggang des leicht zufriedenzustellenden Beamten setzte eine Reaktion ein, und Jerry ging mit den Händen in den Taschen umher und pfiff eine geistlose Melodie, bis die Zeit gekommen war, vor Anker zu gehen und erneut zu segeln.

In Neapel lief es für Jerry jedoch etwas besser als in jedem seiner vorherigen Häfen. Erstens konnte sich selbst Jerry, so unästhetisch er auch war, dem Zauber der wunderschönen Bucht und der Umgebung nicht entziehen, die sich im Morgenlicht vor ihm öffnete, als er sich der Stadt näherte. Er sagte sich, halb wie als Entschuldigung dafür, dass ihm die bloße Landschaft so sehr gefiel, dass es so aussah, wie es sollte. Es hatte ihm gewissermaßen die Treue gehalten; und seine Schönheit war für ihn eine ehrliche Erfüllung seines Ruhmes. Der graue Kegel des Vesuvs, fühlbar und erfreulich wie auf den Bildern, stand an der Spitze der Bucht, gekrönt von einer tintenschwarzen Rauchwolke. Davon im Süden erstreckten sich die Klippen des blauen Sorrento und des noch blaueren Capri, die auf magische Weise mit einem Hintergrund aus Hügeln oder dem azurblauen Himmel verschmolzen. Im Norden des rauchenden Kegels ein Stück schattiges Ufer und dann Neapel selbst, von der alten spanischen Festung am Ufer bis zum Schloss St. Elmo, lang und grau, das den Gipfel des dahinter liegenden Bergrückens krönt, und die Pinien zeichneten sich wie Palmen gegen den saphirblauen Himmel ab. Neapel mit seinen großen viereckigen Häusern in Rosa, Weiß und Gelb, die sozusagen übereinander gestapelt waren; seine roten Ziegeldächer, seine mit Weinreben oder Feigenbäumen geschmückten Terrassen; Neapel mit seinen Kirchendächern aus bunten Ziegeln, seinen langen gelbgrauen Kais am Ufer – Jerry hätte sich durchaus in eine verzauberte Bilderstadt glauben können, eine Stadt, von der man fast erwarten konnte, dass sie plötzlich verschwindet, wenn man das Buch, das sie schmückte, zuschlagen würde.

Hinter der Regierungsmole lagen fünf italienische Schlachtschiffe, über deren Heck große rot-weiß-grüne Flaggen wehten, und überall im flüssigen Blau der Bucht segelten Fischerboote und kleine Boote, vergoldet im Morgenlicht.

Kaum hatte die Merle den Anker gelichtet, wurde die Jacht von einer bunten Flottille von Booten umringt, alle beladen mit Obst- und Gemüsehaufen und mit ebenso lauten wie malerischen Mannschaften besetzt. Dort lagen Körbe voller Feigen, große Haufen grüner Melonen, Zitronen, Zitronatzitronen, Pflaumen und frisches Gemüse aller Art; und jede Ware wurde von den Verkäufern mit lautstarker Geschwätzigkeit gepriesen, bis die Ohren von Jerry förmlich mit dem Lärm sangen. Aus den überfüllten Booten schrien schrille, dunkeläugige Frauen mit braunen ovalen Gesichtern und Gewändern in Rot- und Gelbtönen; Jungen mit griechischen Gesichtern und schlanken, nackten Armen schrien mit schriller Stimme; schwankende alte Männer, die im Heck der Boote saßen, die von schelmischen Jugendlichen gezogen wurden, winkten kraftlos mit den Händen und bewegten zahnlose Münder, deren Geräusche in dem fieberhaften Aufruhr untergingen; tapfere Marktleute mit braunen, faltigen Gesichtern und entblößten behaarten Brüsten kämpften sich durch das Gedränge, ohne Rücksicht auf Alter, Geschlecht und Zustand, in ihrem Bemühen, den möglichen Käufern auf der Merle am nächsten zu sein; Rund um die Jacht sorgten die Piraten-Wasserhändler für ein schwimmendes Pandämonium, auf das die Yankee-Besatzung nicht nur überrascht, sondern auch mit dem Anschein nicht unnatürlicher Besorgnis starrte.

Als Bollwerk gegen diese Flut südländischer Lebhaftigkeit fungierte allein der alte Gonzague als Sprecher der Yacht. Jerry forderte ihn auf, die Verkäufer dazu zu bringen, „die Kinnlade hochzuziehen", und umgab ihn rechts und links mit einer profanen Redseligkeit, die sogar die der Angreifer übertraf. Der alte Mann hatte schon so lange kein Italienisch mehr gesprochen, dass man leicht davon ausgehen konnte, dass er es vergessen hatte, aber die Gelegenheit ergab, dass er allen Erfordernissen der Situation hervorragend gewachsen war. Die Neapolitaner tobten und flehten, verfluchten und senkten ihre Preise und appellierten an die Madonna und alle Heiligen, ihre Ehrlichkeit und Großzügigkeit zu bezeugen; Aber sobald sich die Schleusen von Gonzagues Italienisch öffneten, ging er so eloquent und rundherum mit ihnen um, seine Beschwörungen waren so viel malerischer und nachdrücklicher als alle anderen, die sie ertragen konnten, dass sie sich einer nach dem anderen verblüfft zurückzogen und den hohen Himmel anriefen die heilige Jungfrau, um sie zu beschützen, wenn der Vesuv einen Feuerstrom ausstoßen sollte, um diesen blasphemischen und gottlosen *Vecchiastro zu überwältigen* .

Gonzague wurde möglicherweise durch die Fluchsalven, die die besiegten Bumboat-Männer und -Frauen auf ihn zurückschleuderten, durch die Bewunderung gestützt, mit der er von der Besatzung der Merle betrachtet wurde. Sie waren gekommen, um den alten Mann zu vergöttern und ihn mit fast zärtlicher Verwunderung zu betrachten. Die Schönheit der Szenen, die sie im Mittelmeer erlebt hatten, hatte sie natürlich ästhetisch wenig beeindruckt , und Neapel mit seiner unvergleichlichen Bucht sahen sie nur mit den Augen der Fischer der Isle au Haut. Sie wurden jedoch nie müde, Wunder zu erleben. Die kindliche Seemannsnatur lässt sich immer leicht vom Wunderbaren berühren, und ein echter Vulkan war etwas Sehenswertes. Solange die Merle in Sichtweite des Vesuvs war , hingen sie stundenlang über der Reling und beobachteten ihn. Wenn der Rauch aufhörte, versammelten sie sich und besprachen die wahrscheinlichen Ursachen. Sie redeten von dem Berg, als wäre er ein bewusstes Monster, das auf Beute lauerte und dessen jede Bewegung beobachtet werden musste, um den finsteren Plan zu entdecken, der sich dahinter verbergen musste. Wenn plötzlich eine große bräunliche Wolke aus dem Kegel aufstieg, begrüßten die Männer sie mit tiefen Ausrufen, halb Ehrfurcht, halb Applaus. Ständig bedrängten sie Gonzague mit Fragen, als wäre er der Hüter oder Hohepriester dieses feurigen Monsters. Sie hatten offenbar völliges Vertrauen, dass Gonzague alles erklären könnte, wenn er wollte. Seine Kenntnisse der Sprache und der Gebrauch davon, den er bei der Zerstreuung des gesprächigen Pöbels der Verkäufer anwendete, entsprachen genau ihrem Verständnis, und sie folgten jeder seiner Bewegungen mit einer Bewunderung, die auf amüsante Weise mit etwas unhöflicher Ehrfurcht verbunden war.

Am Nachmittag seiner Ankunft in Neapel war Taberman an Land gegangen. Er war am Kai der Dampfschiffe gelandet und verbrachte die halbe Nacht ziellos umher. Es gibt etwas an Neapel bei Nacht, das einem wie Wein zu Kopf steigt; vor allem, wenn der Kopf jung ist und auf den Schultern von jemandem sitzt, der das Leben in den Städten des Südens noch nie zuvor kennengelernt hat. Jerry ging vom Bahnhof zu den Public Gardens und von der Mola zum Hôtel Britannique auf den Höhen. Er versuchte keine systematische Erkundung, sondern wanderte einfach umher und hatte dabei nichts anderes als die einfache Freude am Wandern. Bei Tageslicht die malerischen Straßen; das bunte Gesindel, zerlumpt, schmutzig, schön, unverschämt, abstoßend und bezaubernd zugleich; die krummen, überfüllten Wege, die den Hügel hinaufführen; die Markisen, die Obstberge, die

seltsamen Waren, die vertraute Atmosphäre des Familienlebens, das die
Straßen zu einem Zuhause machte und alle Einwohner der Stadt in eine
große Familie zu verwandeln schien; die unbewusst künstlerischen Gruppen,
die taumelnden *Bambini* , die Frauen, kühn, pikant, gutaussehend oder
hässlich mit einer Abscheulichkeit, die Jerry sich nie hätte vorstellen können
– all diese Dinge zogen an ihm vorbei wie die wirbelnden Shows eines
Opiumtraums. Als die Nacht hereinbrach und die Lichter auftauchten,
nahmen die Szenen, die er halb benommen und völlig entzückt durchlief,
eine neue Qualität des Unheimlichen und Fantastischen an. Die flackernden
Lampen, die geheimnisvollen Schatten, die leuchtenden Farben, die nicht
einmal die Nacht unterdrücken konnte, die theatralischen Effekte, die man
in den engen Gassen wie auf einer Opernbühne sah, die unerschöpfliche
Lebendigkeit, die mit der Spätstunde nicht nachzulassen schien , alles
verschmolz zu einem berauschenden Erlebnis, wie es Taberman noch nie
erlebt hatte und wie es ihm in der Tat nie in den Sinn gekommen war.

Am nächsten Tag ging Jerry morgens an Land und machte sich unter der
Aufsicht eines professionellen Führers an regelmäßigere Besichtigungen. Er
ging durch das berühmte Museum, sah Vergils Grab, Posilipo , Sanazars
Haus und Martis *Pozzo* . Nach einem ausgiebigen Mittagessen in einem der
Cafés in der Arcade traf er wieder zu seinem Führer, der ihn zum Aquarium
führte. Unterwegs machten sie Halt am Königspalast und am Morro, wobei
Tab von der Erhabenheit des Königtums und der Majestät des Gesetzes
beeindruckt war. Ständig wünschte er sich, dass Jack bei ihm wäre , denn er
hatte es sich so angewöhnt, sich in Bezug auf seine Meinungen auf Jack zu
verlassen, dass seinen Eindrücken ohne seinen Freund die Klarheit der
Bestätigung zu fehlen schien. Als es jedoch um das Aquarium ging,
verschwanden nicht nur die Dinge, die er bei seinen Erkundungen des Tages
gesehen hatte, aus seinem Gedächtnis, sondern er war auch zu erfreut, um
nicht genau zu wissen, was er fühlte.

Das Aquarium von Neapel ist mit Abstand das schönste der Welt. Es ist
kleiner und weniger kunstvoll als andere, wie zum Beispiel das des
Trocadero, aber es übertrifft alle an Interesse und Beeindruckung. Der
Vorzug des Ortes liegt in seiner Einfachheit der Konstruktion und in der
Seltenheit seiner Exponate. Ein Gefühl von erholsamem Schatten und
Kühle, das auf Blendung und Hitze von außen folgt; ein schwaches
grünliches Licht in breiten Meerwassertanks mit Glaswänden; ein seltsames
Gefühl, tief in einem tropischen Meer zu sein – das sind die Empfindungen,
die der Besucher zum ersten Mal in dieser wundervollen Heimat seltsamer
Fische im Exil hat.

Tab machte die Runde ein halbes Dutzend Mal, bevor er sich dazu durchringen konnte zu gehen. Ziemlich unwissenschaftlich, aber so enthusiastisch wie ein Junge, stand er vor jedem Panzer und versuchte vergeblich herauszufinden, welcher am faszinierendsten war. Hier gab es Langusten-ähnliche Krustentiere, gefleckt in einem Dutzend Farben; es gab wunderschöne Fische mit glänzend schillernden Seiten und wehenden hauchdünnen, dampfenden Schwänzen; Ein Becken wurde von abstoßenden, warzigen Kraken bewohnt, die mit matten Brauntönen und hässlichen roten Pestflecken übersät waren, die schmolzen und verschleimten, so ekelhaft, dass sie fast obszön wirkten; Von einer anderen Seite schien ein riesiger Seepython mit einem Körper so groß wie der Schenkel eines Mannes und einem Kopf wie der eines kahlköpfigen Wolfes Jerry mit seinem finsteren, knurrenden Gesicht anzugrinsen, während rund um das Monster aufgedunsene Kugelfische und verzerrte Meerestiere zu sehen waren Formen schwammen und kreisten; In einem Eckbecken lag eine Brut von natterähnlichen Fischen, deren Felle wie aus reichstem Samt aussahen, düster und von wunderbarer Farbe, aufgehäuft wie fleischgewordenes Gift; Und ganz in der Nähe liefen die Kaiserfische winkend und schleppend durch den Sand. Jerry war jedoch vielleicht am meisten beeindruckt von dem mysteriösen Leben, das sich in einem Tank abspielte, zu dem er als einer der Letzten kam. Dünne, langsam wellende Fäden aus farblosem Gelee, gekrönt von durchsichtigen Kelchen, die sich in der Form nicht wesentlich von der Mohnblume unterscheiden; und in ihrer Nähe andere Formen, durchsichtig, kaum mehr als kondensiertes Meerwasser, doch mit langsamen, kontinuierlichen und wunderbaren Pulsationen von Phosphorfunken – als sähe man das Leben selbst rhythmisch in den durchsichtigen Haaren der Gallertmasse pochen.

Jerry war seit der Trennung von Jack nicht mehr ganz so glücklich gewesen. Er schwelgte in einer jungenhaften Freude und ließ sich kein Wunder über den Ort entgehen. Er gab dem Wärter den Tipp, die Kraken mit jungen Krabben zu füttern, die an einer Schnur herabgelassen wurden; Er erlitt einen heftigen elektrischen Schlag durch einen mürrischen Torpedo, der mürrisch in einer kleinen offenen Wanne mit Kieselboden lag; Er ließ die großen Anemonen und Korallenpolypen „einschläfern", wie sein Führer es ausdrückte – ein Vorgang, der einfach darin bestand, einen kleinen Stock im Wasser zu bewegen, was dazu führte, dass sie sich erschrocken schlossen; Mit einem Wort, er tat alles, was sein Führer sich vorstellen konnte, und ging am Ende nur halb zufrieden mit dem Aufbruch.

Nach dem Aquarium war Jerry gegenüber den verführerischen Reden des Führers taub, dessen Gesang sich ausschließlich aus ungesehenen Kuriositäten und ungeschmeckten Freuden zusammensetzte. Er bezahlte die aufdringliche Puppe und machte sich auf den Weg zurück zum Merle. Die

Wahrheit war, dass er etwas gesehen hatte, das ihm vollkommen gefiel, und danach war es unmöglich, zu dem oberflächlichen Sehen normaler Sehenswürdigkeiten zurückzukehren, die ihn wirklich nicht im Geringsten fesselten.

Baiæ sowie alles, was es von Herculaneum zu sehen gab, besucht . Er hatte einige Einkäufe getätigt; und dann begann er, an Land oder an Bord auf Jack zu warten. Dieser Herr hatte auf Tabs Brief, in dem er die Ankunft der Merle in Neapel ankündigte, keine Antwort geschrieben, und Jerry konnte sich nur vorstellen, dass er so in sein Werben vertieft war, dass er seinen Freund völlig vergessen hatte. Eine nicht unnatürliche Eifersucht begann in seinem Geist zu gären und trug nicht zu seinem Trost bei. Auf den Rat von Gonzague hin nahm er das Marktboot und segelte eines frühen Morgens mit ein paar Männern über die Bucht nach Capri, wo er den Tag verbrachte. Das Einzige, was ihn auf seiner einsamen Expedition erheiterte, war eine Tarantella, die zu seiner Abwechslung von einem romantisch aussehenden *Raggaza* mit schwarzen Augen und kurzen Unterröcken getanzt wurde. Das Mondscheinsegeln zurück hätte ihm mehr Freude bereitet, wenn es nicht nötig gewesen wäre, die Männer zwei Drittel des Weges rudern zu lassen. Im Großen und Ganzen konnte Jerry weder an Land noch auf See etwas finden, das ihm gefiel.

Den größten Teil der nächsten Woche hatte er ausgestreckt in einer *Chaiselongue aus Zuckerrohr* im Cockpit verbracht, eisgekühlten Sangaree getrunken und Didrons Buch gelesen *Artémise* . Er ließ für mehr Kühle eine Überdachung über die Markise spannen und die „Staubwedel" anbringen, um die Blendung durch das Wasser abzuschirmen; Dort las, döste und grummelte er wie ein melancholischer Monarch unter seinem Baldachin – ohne auch nur die Befriedigung eines geeigneten Publikums – vom Morgen bis zum Sonnenuntergang.

In der Kühle des Abends ging er normalerweise an Land, und eines Nachts schlenderte er am Ufer entlang, den Stock in der Hand und seinen Panamahut weit zurück auf dem Kopf. Als er am Hôtel du Vesuve vorbeikam und sich fragte, wann Jack ankommen würde, bewegte sich eine kleine Gestalt schnell vor ihm und verbeugte sich. Zuerst war er erschrocken, aber fast sofort erkannte er, dass es der Kammerdiener war, der ihn in den ersten Tagen seines Aufenthalts in Neapel begleitet hatte.

„Hallo", sagte Jerry überrascht, doch nicht ohne ein Gefühl der Genugtuung, selbst diese Entschuldigung für einen Begleiter zu finden.

„ *Buon ' sera, Signor* “, antwortete der kleine Mann lebhaft. „Wie geht das? Du hast die Nachtluft gesehen ? *É verament 'un' bellissima Hinweis* . Es ist doch cool, oder?“

Und er wedelte ausdrucksvoll mit den Armen.

Er mochte dreißig oder fünfunddreißig sein und hatte rauhes schwarzes Haar und feurige Augen. Er sah nicht schlecht aus, aber seine Kleidung war hoffnungslos abgenutzt und sein Gesicht verhärmt. Er hatte dunkle Ringe unter den Augen und unterschied sich in keiner Weise wesentlich von anderen seiner zahlreichen und nutzlosen Klasse, die mit ein paar Brocken Französisch, Deutsch oder Englisch verzweifelt um ihren Lebensunterhalt kämpfen, indem sie nicht immer sehr tugendhaft handeln. als Führer für reisende *Forestieri* .

"Du beschäftigt?" fragte Jerry, als ihm ein plötzlicher Gedanke kam.

„Nein – nein“, antwortete der Neapolitaner, sein Gesicht ebenso eifrig wie sein Ton. „Was willst du sehen? Äh? Ein paar Dinge oder Kuriositäten *für dich* ?“ fragte er mit einem suggestiven Lächeln.

„Danke, nein“, erwiderte Jerry trocken; „Aber wenn du nicht beschäftigt bist, wünschte ich, du würdest mit mir gehen. Ich bin gelangweilt – müde – fast zu Tode, und ich denke, du könntest mir sagen, wie ich mir die Zeit für die nächsten paar Tage am besten vertreiben kann.“ "

Der kleine Führer war begeistert. Er schlug eine Vielzahl von Dingen vor, die getan werden könnten: Besuche in Castellmare und Sorrent oder Amalfi; Wunder, die der Signor im Museum vernachlässigt hatte; die *Nudelläden* ; und so weiter für eine Vielzahl möglicher und unmöglicher Ablenkungen. Aber Taberman schüttelte immer noch den Kopf. Er wollte sich amüsieren, aber er war einsam und hatte ziemlich Heimweh, sodass ihn nichts reizte, obwohl er es bereute, so schwierig zu sein. Schließlich erwähnte der Reiseführer, völlig am Ende seiner Weisheit, aber immer noch ausdruckslos, lächelnd, geduldig, unterwürfig und offenbar unbeeindruckt von der nachlässigen Art, mit der der Amerikaner alle seine Vorschläge nacheinander ablehnte, Pesto.

"Pesto?" fragte Tab nachlässig. "Was ist das?"

„ *Si!* Pesto. Es is da dey hav –a de gret –ein Tempel; Baum gret – ein Tempel, all put een de row- a, – *uno, due, tre* .“ Und er hielt drei Finger hoch, um seine Aussage gleichzeitig klarer und nachdrücklicher zu machen.

„Tempel? Echte?“ fragte Jerry. „Ich meine, sind sie alt – also römisch – oder nur Kirchen?“

„ *Ma verament* “ , lachte der Kammerdiener, „ *ci son' tre. “ Templi* ; bot-a dey not-ein Römer; dey Griechisch . Fin-a, großer Tempel; Großartig wie das Hôtel du Vesuve !“

Er wedelte mit seinen ausgebreiteten Armen, als wollte er das Universum umarmen. Jerry lachte über die Begeisterung des kleinen Mannes, aber sein Interesse war geweckt.

„Griechisch, was?“ er sagte. „Wie weit ist es? Wie kommt man dorthin?“

Der Führer erklärte ausführlich, teilte die Abfahrtszeit der Züge nach Pæstum mit, erklärte, dass die Reise problemlos an einem Tag zu bewältigen sei, und bot seine Dienste als Begleitperson an. Dieser Jerry lehnte ab, sowohl aus Spargründen als auch aus anderen Gründen; aber er lud den kleinen Führer ein, sich an einen der kleinen Tische auf dem Bürgersteig vor Zinfonis zu setzen, wo er ihn mit Erfrischungen versorgte und ihn seinen Bericht über die Tempel, die Einzelheiten der Reise und alle Informationen, die er liefern konnte, wiederholen ließ. Jerry war wirklich einsam genug, um sich über die Gesellschaft des Neapolitaners zu amüsieren, und als er dasaß und den vorbeitreibenden Menschen zuhörte, beruhigte ihn das Gefühl, nicht so ganz allein zu sein. Von Zinfonis Haus schlenderten die beiden zum Kai, wo sie sich trennten. Der Italiener war überschwänglich in seinen Danksagungen und Protesten, und Jerry war rücksichtsvoll genug, sich so zu verhalten, dass der kleine Mann ihn für den umgänglichsten aller *Engländer hielt* .

Als er wieder an Bord war, holte Jerry eine Karte heraus und fand nach einigem Suchen Pæstum . Da die Entfernung von Neapel an einem Tag nicht allzu weit war, entschloss er sich zu einer Expedition. Jack war erst in zwei oder drei Tagen fällig, und die Zeit musste irgendwie totgeschlagen werden. Er rief Gonzague zu sich, bestellte ein frühes Frühstück und sagte ihm, er solle den ganzen nächsten Tag abwesend sein und ihm die Verantwortung überlassen. Er verspürte eine Art leichtes Hochgefühl über seine Kühnheit, sich auf diese Weise mitten in ein Land zu begeben, dessen Sprache er nicht sprechen konnte, und er ging an diesem Abend mit einem Gefühl der Erleichterung zu Bett. Die Flaute war vorbei; er hatte etwas zu tun, um die Zeit bis zu Jacks Ankunft zu überbrücken.

KAPITEL ZEHN
MR. WRENMARSH, DER AUSSERGEWÖHNLICHE

Als am nächsten Morgen wenige Minuten nach neun der Zug in Richtung Süden von Neapel nach Tarent den Bahnhof verließ, begann Taberman , sich angesichts des plötzlichen Glanzes der Sonne ein wenig umzusehen. Der Morgen versprach einen heißen Tag, und sein Reisekomfort dürfte durch die Tatsache gemindert werden, dass er mit fünf Italienern im Abteil der zweiten Klasse saß. Sie hatten sich bereits wieder in die Kissen zurückgelehnt, drehten sich mit sonnenverbrannten, schwitzenden Gesichtern nach oben und ließen sich wie tote Gewichte vom Zug rütteln. Ihre hässlichen Strohhüte mit hoher Krone und schmaler Krempe saßen auf den Knien oder waren neben ihnen auf dem Sitz eingeklemmt; Zwei der Reisenden trugen bunte Tücher um den Hals, die sie in den Kragen gesteckt hatten. Ein Mann – ein zierlicher alter Kauz in der Ecke – hatte nach einem gemurmelten „con permesso " eine lange Virginia-Zigarette angezündet, die das Abteil mit einem dünnen blauen Dunst und einem beißenden Geruch wie von verbranntem Leder erfüllte.

Der Zug rumpelte über ein zweifelhaftes Straßenbett, das von mit Asche übersäten Böschungen flankiert wurde. und Tab, der durch das Fenster zu seiner Rechten schaute, erkannte die Linie als die, auf der er nach Pompeji gegangen war. Manchmal fuhr der Zug nahe an die Stelle heran, an der sich die Wellen der saphirblauen Bucht sanft am Ufer brachen; Manchmal verlief er durch kleine Weiler und wieder vorbei an ländlichen Orten, wo die geschäftigen Bauern in den reichen Weinbergen, Obstgärten oder bestellten Feldern arbeiteten.

Nach einer halben Stunde hielten sie für einen Moment in Pompeji an, und Jerry erkannte durch das gegenüberliegende Fenster den Bahnhof und das dürftige Gasthaus dahinter. Als der Zug wieder abfuhr, erhaschte er einen kurzen Blick auf die antike Stadt, die matten rotbraunen Mauern zwischen dem Silbergrau der Olivenbäume.

Der Zug raste weiter nach Süden. Es tauchte in kleine Täler ein und schlängelte sich hinauf und in die Hügel hinein, die die Ebene von Pæstum umgeben . Nach einer Stunde erreichten sie eine kleine Stadt links vom Gleis. Jerry erkannte den Namen der Station, der in großen weißen Buchstaben auf einem blauen Feld emailliert war: Battapaglia . Der Wachmann kam vorbei und schloss die Abteiltüren auf, und als die Männer in seinem Abteil ausstiegen und ihr Gepäck zurückließen, kam Jerry zu dem Schluss, dass es hier eine Wartezeit von einigen Minuten geben würde. Er folgte daher dem Beispiel seiner Mitreisenden und betrat die sonnige Plattform. Es war sehr heiß. Tab wischte sich mit dem Taschentuch das Gesicht ab und schlug die Krempe seines Panamahuts rundherum nach unten.

„ Graniti , Signor? Citron? Orang'? "

Ein kleiner Junge hatte ihn herausgegriffen, wahrscheinlich weil er der einzige *Förster* auf dem Bahnsteig war, und ihm mit gebrochenem Eis gekühlte Sirupgetränke anbot. Für einen Soldo Tab sicherte sich ein Glas Sorbet, Fruchtsaft und Wasser halb gefroren und sehr lecker. Es war so erfrischend, dass er dem Verkäufer aus reiner Dankbarkeit einen Extra-Soldo schenkte. Der Junge belohnte ihn mit einem knappen „ Grazie " und einem halb dankbaren, halb misstrauischen Blick und eilte dann weiter, um anderen Reisenden seine Waren anzubieten. Jerry schaute ihm amüsiert über die Fransen nach, die durch die Fetzen seiner Hose entstanden waren, und in träger Bewunderung über die sehnigen braunen Arme, die das ärmellose Baumwollhemd freiließ, und über die flotte Haltung des lockigen Kopfes.

Der Zug wartete immer noch.

Jerry zündete sich eine Zigarette an und trat in den Schatten der Autos. Plötzlich kam ein großer Schnellzug donnernd mit brüllendem Getöse aus dem Pass in den Hügeln und raste auf der Hauptstrecke nach Süden davon.

„ Pronto! Partenza ! Partenza !" rief der Wächter mit einem Hornstoß.

Die Straße war wieder frei, da die Expresspost vorbeigekommen war. Die Passagiere kletterten an Bord und ließen sich an ihren früheren Plätzen nieder. Der alte Mann mit der Virginia hatte ein Exemplar von „Il Papagallo " gekauft, obwohl es ein Rätsel war, wie er es an einem solchen Ort hatte bekommen können. Während er las, gluckste er ölig und machte seinen nächsten Nachbarn gelegentlich auf einen bunten Cartoon oder eine politische Pasquinade aufmerksam. Jerry spekulierte darüber, worum es gehen könnte, und wurde von dem vagen Gefühl verblüffter Verärgerung erfüllt, das entsteht, wenn man sieht, wie andere Spaß an Witzen in einer Sprache haben, die man nicht versteht.

Meile um Meile ebener Weg, flankiert von endlosen, mit Asche bedeckten Anhöhen. Hin und wieder wurde das Niveau von Büscheln staubiger Kakteen durchbrochen, die in der Sonne hässlich und bedrohlich aggressiv wirkten. Auf der rechten Seite, hinter einer flachen, mit Ginster bewachsenen Einöde, die nur gelegentlich von einer Palme oder Oleaster gesäumt wurde, konnte Tab den blauen Schimmer des Meeres erkennen. Zur Linken konnte er nur die gleiche trübe Ebene sehen, die von bläulichen Hügeln begrenzt wurde, die sich wie die Sitze eines gigantischen Amphitheaters um sie herum erhoben . Ab und zu lagen zwei oder drei Büffel, deren schwarzes Fell mit gelben Schlammflecken bedeckt war, in ihren Suhlen oder standen verächtlich und gleichgültig gegenüber dem lärmenden Zug, der neben ihnen so unverschämt modern wirkte.

Schließlich hielt der Zug mit dem Kreischen der knirschenden Bremsen an den Rädern und dem unvermeidlichen Klappern und Knallen der Waggons und Kupplungen neben einem winzigen Bahnhof auf der rechten Seite des Gleises.

„Pesto! Pesto!"

Der Wachmann schloss die Abteiltür auf und Jerry stieg aus. Der Bahnhof war kleiner als alle anderen, an denen sie vorbeigekommen waren, und Tab dachte lächelnd, dass die Hütte am Eingang des Anwesens seines Vaters in Dedham größer war. Er war der einzige Passagier, der ausstieg, und kaum war er draußen, rief der Wachmann wie ein übergroßes mechanisches Spielzeug sein „ *Pronto! Partenza!* ", blies in seine Spielzeughupe und schwang sich wieder an Bord. Der lange Zug fuhr mit bitterer metallischer Beschwerde darüber, dass er gezwungen war, weiter zu fahren, an dem kleinen Bahnhof vorbei und rollte auf eine Lücke in den südlichen Hügeln zu, weit dahinter liegt Tarent .

Taberman wandte sich an den Bahnhofsvorsteher, einen entmutigt aussehenden Menschen, der mit seinem Schlagstock unter dem Arm auf dem Bahnsteig stand und einen Stapel Depeschen prüfte, als wäre dies das erste Mal, dass er auf solche Papiere aufmerksam geworden wäre. Jerrys italienischer Wortschatz beschränkte sich auf einige Dutzend Wörter, wobei einige Ausdrücke, wie „ *dolce far niente* " und dergleichen, eher dekorativer als nützlicher Natur waren. Da er jedoch keine Anzeichen von Tempeln oder einer Stadt erkennen konnte, beschloss er, den *Kapodaster zu befragen* .

„ *Bonn giorno* ", begann er mit einem schmerzhaften Gefühl der Anstrengung, aber auch mit einem leichten Selbstgefälligkeitsgefühl, weil er etwas auf Italienisch gesagt hatte.

„ *Buon 'giorno* ", antwortete der Bahnhofsvorsteher und wandte ein paar trübe Augen und ein ausgemergeltes Gesicht von den Depeschen zu Taberman .

Jerry sprach mäßig gut Französisch und beschloss, den Beamten in dieser Sprache anzusprechen, in der Hoffnung, dass der Italiener ihn verstehen würde.

„ Peut-être vous parlez Français ?", begann er.

„ *Cosa?* " fragte der Italiener sichtlich verwirrt, als er aus der Sonne in den Schatten des kleinen Bahnhofs trat.

"Was?" fragte Jerry auf Englisch und mit der gleichen verwirrten Miene.

„ *Non capisco* “, sagte der Mann mit einer Art dumpfer Endgültigkeit.

Das Gespräch verlief ins Stocken. Jerry fühlte sich ziemlich ratlos, doch es blieb ihm nichts anderes übrig, als mit dem erfolglosen Versuch fortzufahren, hier Informationen herauszubekommen, da kein anderer Mensch in Sicht war. Er überlegte einen Moment und forderte dann in explosivem Ton:

„ *Templi ?* “

„ *Bruto Englisch !* „murmelte der *Kapodaster* leise. „ *Che volete ?* “„ fügte er laut hinzu.

"Was?" fragte Jerry, der erneut Angst vor der zweifelhaften Grenze seines Italienischen ins Englische hatte.

„ *Non capisco* “, wiederholte der Italiener mürrisch, befeuchtete seinen schmutzigen Zeigefinger und ging seine Papiere zum mindestens dritten Mal durch.

"Verdammt!" rief Jerry völlig entnervt, „wenn du das noch einmal sagst, schlage ich dir auf den Kopf!“

Der andere zuckte in so offensichtlicher Angst zurück, dass Tab sich beeilte, ihn zu besänftigen, indem er schnell sein einschmeichelndstes Lächeln aufsetzte und nickte, als hätte er einen lustigen Witz gemacht. Der andere schien beruhigt zu sein, obwohl er ein wenig zurückwich, als ob er an der geistigen Gesundheit dieses fremden Tieres zweifelte; und Tab machte sich wieder auf den Weg, alle Wörter seines italienischen Wortschatzes zu einer einzigen Idee zusammenzufassen.

„ *Taube* “, begann er in einem großen letzten Versuch, diesem mürrischen und schweigsamen Beamten Informationen zu entlocken. „ *Taube* “ – Er war so zufrieden mit sich selbst, dass er sich an das Wort erinnert hatte, dass er fast alles andere vergessen hätte, aber mit einem verzweifelten Gefühl Rallye, er tappte weiter. „ *Dove* , sage ich, ist – ist – *la via per i templi* ?"

Der *Kapodaster* sah ihn offenbar mit einer Mischung aus Neugier und Abscheu an. Dann winkte er ihn zum Rand des Bahnsteigs auf der anderen Seite des Bahnhofs, von wo aus sich nach Westen ein Band staubiger Straße erstreckte.

„ *Ecco-la* “, rief er und schwenkte seinen Schlagstock vage in die Ferne.

„Ah“, sagte Jerry, „ *grazie* .“

Da der *Kapodaster* auf diese Rede überhaupt nicht reagierte, machte sich Tab ohne weitere Umschweife auf den Weg zur staubigen Straße. Der Weg war zentimetertief mit losem, grauem Staub bedeckt, und auf beiden Seiten stachelten sich stachelige Kakteen. Jerry war noch nicht weit gekommen, als er um eine Kurve bog, und sah in nicht allzu großer Entfernung vor sich ein gewölbtes Tor, durch das die Straße führte. Der zerbrochene und zerfallene Bogen war in eine zerstörte Mauer eingelassen, die auf beiden Seiten abfiel, mal eine Höhe von etwa einem Dutzend Fuß erreichte, mal dem Erdboden gleichgemacht wurde.

„Das ist ein verlassen wirkendes Stück Arbeit", kommentierte Tab laut.

Wäre Jerry mit der Bildung seiner Vorfahren gesegnet gewesen, anstatt aus der Schule und dem College ein Sammelsurium an Physik und Wirtschaftswissenschaften mitgebracht zu haben, hätte er vielleicht gewusst und darüber nachgedacht, dass die Mauer, die er so nachlässig charakterisierte, schon seit etwa zweitausend Jahren bestand zeugte glorreich von der Macht des alten Roms. Ohne daran zu denken, ging er jedoch unter dem verfallenen Tor hindurch und setzte seinen Marsch fort. In einiger Entfernung erkannte er nun Lebenszeichen in Form einiger Behausungen.

sie ansah, bemerkte er zwei Reiter, die auf der Kuppe des kleinen Abhangs, den die Straße direkt hinter dem alten Tor bildete, auf ihn zugaloppierten. Die Hufe ihrer Pferde wirbelten leichte gelbe Staubwolken auf. Schon auf den ersten Blick wirkten die Reiter robust gekleidet, und mit einiger Erregung bemerkte Jerry sofort, dass sie Karabiner über ihren Schultern trugen. Wilde Geschichten über Räuber gingen ihm verwirrt durch den Kopf, insbesondere eine Geschichte, die der neapolitanische Führer von der Gefangennahme und Ermordung eines englischen Herrn und seiner Frau an genau diesem Ort erzählt hatte. Der Führer hatte gesagt, das sei vor sechzehn Jahren gewesen, aber der Ort schien so einsam, so abgelegen, Tabs Vorstellungen vom ländlichen Italien waren so vage, die Wirkung der Landschaft und dieser wilden Gestalten war so verblüffend, als sie auf ihn zuritten Als er sich in den Himmel abhob, war es kein Wunder, dass Jerry unwillkürlich einen kurzen Blick in die Runde warf, um sich die Lage des Landes anzusehen und nachzusehen, ob im Bedarfsfall Hilfe in Sicht war.

Die Reiter ritten im gemächlichen Trab zu ihm hinab. Es waren große, bronzefarbene Kerle, die Zigaretten rauchten und mit den Füßen aus den Steigbügeln ritten. Sie nickten ihm freundlich zu und lächelten und zeigten große weiße Zähne. Sie, diese großen Kerle, hatten einen so bezaubernden Blick, dass Tab sofort überzeugt war und der vage Nebel seiner Verdächtigungen wie Rauch in der Luft verschwand. Er grinste vor sich hin, als er an Räuber dachte.

„ *Dove templi ?* ", fragte er und erwiderte ihren Gruß.

Die großen Männer lächelten breiter und einer von ihnen antwortete auf Französisch.

„ Vous ne parlez pas beaucoup d'italien ?" fragte er mit angenehmer Stimme.

„Ne pas de tout!" antwortete Jerry herzlich und lachend.

jemanden gefunden hatte , mit dem er reden konnte, begann er sofort ein lebhaftes Gespräch. Er fand heraus, dass die beiden Männer die von der Regierung ernannten Verwalter waren, die sich um die Tempel kümmerten und die Gebühren der Reisenden einzogen. Sie erklärten, dass es zu dieser Jahreszeit äußerst selten vorkäme, dass ein Besucher erschien, und dass sie daher keinen Wert darauf legten, genau an ihren Posten zu sein. Sie hatten Gerüchte über die Entdeckung von Antiquitäten durch Bauern gehört und machten sich auf den Weg, der Sache nachzugehen. Sie erklärten jedoch, dass die Chancen, etwas herauszufinden, sehr gering seien; Die Bauern hielten alle zusammen und würden alle füreinander lügen. Jerry schlussfolgerte außerdem, dass es ihnen keineswegs darum ging, Entdeckungen zu machen. Es gehörte zu ihrer Pflicht, einem solchen Gerücht nachzugehen, denn die Regierung beanspruchte das Recht, bei der Entsorgung jeglicher Schätze mitzuhelfen; aber die Verwalter schienen großes Mitleid mit den elenden Bauern zu haben, die versuchten, alles, was sie fanden, zu verbergen, um es für einen Bruchteil seines Wertes an einen verirrten Förster zu verkaufen, der auftauchen *könnte* . Da nun ein Besucher gekommen war, ging einer der Männer allein mit diesem Auftrag, und der Kustode, der Französisch sprach, kehrte zu den Tempeln zurück, die in der Nähe lagen, damit er am Tor offiziell Tabs Lira entgegennehmen konnte.

Der Italiener führte sein Pferd neben Taberman, vorbei an zwei oder drei verfallenen und scheinbar verlassenen Häusern, und nach wenigen Minuten kamen die beiden an die Stelle, an der ihre Straße an einem breiten Schlagbaum endete, der im rechten Winkel dazu verlief. Auf der anderen Seite dieses Highways, etwas weiter links von ihm, sah Jerry die Ruinen einiger Tempel und dahinter das Meer. Sein Führer ignorierte sie und führte ihn zur rechten Hand, wo sie etwa hundert Meter entlang der Straße zu einem quadratischen zweistöckigen Gebäude aus grauem Schutt kamen. Auf seiner schmuddeligen Vorderseite war in schwarzen Buchstaben das Wort „Osteria" aufgemalt.

„ V'là „l'auberge ", verkündete der fröhliche Verwalter. „Wenn Michu müde ist, kann er Eier und Polenta hineinbekommen." Der Wein ist rau, aber nicht so schlecht wie das Wasser. Hier entlang, Michu .

Und er ließ sein Pferd zurück, um das struppige Gras neben der Tür zu mähen, und schritt in das Gebäude hinein, Tab folgte ihm.

Das Gasthaus war selbst für Süditalien ein armseliger Ort. Der Boden bestand aus zertretenem Lehm; Die Wände waren innen wie außen unvollendet, aber wie die Decke, von der Knoblauchbüschel und schwarze, staubige Kräuter hingen, waren sie mit reichlich Spinnweben und einer großzügigen Schicht Ruß und Schmutz bedeckt. Im hinteren Teil des Raumes befand sich eine Theke, über der ein schmutziges Schild das Recht des Besitzers verkündete, Salz und Tabak zu verkaufen. In der linken Ecke der Rückseite des Ortes befand sich einer der altarähnlichen Reihen Italiens, auf dem ein winziger Haufen Holzkohle glühte. Tab lächelte, als er feststellte, dass er seinen Zweck an der Ähnlichkeit mit den Kochstellen erkannte, die er in den Ruinen von Pompeji gesehen hatte, und dachte mit der Überlegenheit eines in einem jungen Land geborenen Jugendlichen über den Konservatismus nach, der seine Küchenanordnung praktisch aufrechterhält genauso wie vor zweitausend Jahren. Der Raum wurde allein durch die Tür erleuchtet, durch die die Besucher eingetreten waren. Eine weitere Tür auf der linken Seite gähnte einfach schwarz wie der Eingang einer Höhle. Die Möbel bestanden aus einem kleinen quadratischen Tisch und drei Hockern. Über den ganzen Ort breitete sich ein Anschein von Elend und Vernachlässigung aus, deprimierend, aber im Einklang mit der Atmosphäre von Armut und Leblosigkeit, die Tab mit jedem Schritt, den er in Pæstum gemacht hatte, deutlicher zum Ausdruck gekommen war .

Das Zimmer war leer, als sie es betraten, aber nachdem der Kustode ein- oder zweimal kräftig nach „Angelo" geschrien hatte, erschien plötzlich der Wirt. Er war ein kleiner Mann, zusammengekrümmt wie an Rheuma und mit einem Gesicht so gelb wie eine getrocknete Zitrone. Als er Taberman sah, krächzte er etwas zum Custode, verneigte sich immer wieder vor seinem Gast, rieb sich die Hände und verlor bei jeder Kniebeuge fast das Gleichgewicht.

Mit der Miene eines Erzherzogs, der ein Bankett für seine Gefolgsleute anordnet, gab Jerrys Begleiter dem Wirt einige schnelle Anweisungen, sagte dem Michu , er solle sich das Lokal zu eigen machen, und machte sich dann auf den Weg, um sich um sein Pferd und andere Kleinigkeiten zu kümmern, und sagte, dass er es tun würde zurück in einer halben Stunde.

Tab setzte sich auf einen Hocker und wartete auf sein Mittagessen. Sein Gastgeber lief um den Altar herum und murmelte gelegentlich vor sich hin, wie der Anhänger einer stygischen Macht, der Opfer bringt. Jerry beobachtete ihn amüsiert und fragte sich, was das Ergebnis seiner Beschwörungen in Bezug auf Essen sein würde, als sich plötzlich die Tür verdunkelte und ein Mann den Raum betrat. Auf den ersten Blick erkannte Jerry, dass der Neuankömmling wie er selbst ein Reisender war. Der Fremde war mittelgroß, eher geneigt, kaum zur Beleibtheit, aber durchaus zur Rundlichkeit; Er war gut proportioniert und hatte breite Schultern, aber seine Haltung war merkwürdig schlurfend und unbedeutend. Er hielt einen Strohhut mit steifer Krempe in der Hand, und Tab konnte dort, wo das äußere Licht auf seinen Scheitel fiel, erkennen, dass sein Haar leicht ergraut war. Jerry entschied, dass sein Gesicht hübsch gewesen wäre, wenn es nicht von zwei tiefen Falten von den Nasenlöchern bis zu den Mundwinkeln verunstaltet worden wäre, die den Anschein finsteren Misstrauens erweckten, nicht ohne einen Anflug selbstsüchtiger Grausamkeit. Bis auf einen sehr seidigen Schnurrbart war er glatt rasiert.

Der Reisende warf Taberman einen kurzen, fast verstohlenen Blick zu, wandte sich dann an den Wirt und sprach die Person scharf auf Italienisch an. Der krumme Gastgeber verneigte sich wütend, machte entschuldigende und abfällige Gesten mit der Schnelligkeit eines Pferdes, hüpfte in fieberhafter Erregung umher und schüttelte immer hektischer den Kopf. Der Herr – denn er schien einer zu sein – setzte seine Beschwörungen fort, unbefriedigt von all diesen Demonstrationen, und fluchte schließlich heftig auf Englisch.

"Oh!" rief Taberman unwillkürlich.

Der Fremde drehte sich zu ihm um.

„Ich bitte um Verzeihung", sagte er mit seltsam singender Stimme und deutlich ansteigendem Tonfall, „aber dieser Kerl hat mein Mittagessen nicht vorbereitet. Stört es Sie, den Tisch mit mir zu teilen?"

„Nicht das Geringste auf der Welt", antwortete Jerry. „Ich bin sicher, es wird mir große Freude bereiten."

„Gut", sagte der Fremde. „Wie ich sehe, sind Sie Amerikaner", fügte er hinzu.

„Das bin ich", erwiderte Taberman und verspürte schlichten Stolz darüber.

„Gott sei Dank bin ich das nicht", bemerkte der Fremde. Seine Stimme zeigte keine Spur von Aufsässigkeit; es wurde wie zu sich selbst gemurmelt. Bevor Jerry Zeit hatte zu explodieren, fuhr der Herr fort: „Ich bin Engländer. Was bedeutet das? Kelten, Angler, Sachsen und jahrhundertealte Traditionen – jahrhundertealte Traditionen. Übrigens, es darf Ihnen nichts ausmachen, was ich sage, Weißt du, deine schädliche Selbstachtung würde dich dazu zwingen, ihnen Groll zu hegen, wenn du es tätest. Darf ich dich nach deinem Namen fragen?"

„Mein Name ist Taberman ", antwortete Jerry und kämpfte mit einer Mischung aus Empörung, Erstaunen und Belustigung. „Jerrold Taberman . Ich lebe in Boston."

„Eher Dedham", erwiderte der andere leichthin. „Ich kannte einen Taberman, als ich auf dem College war. Neugieriger Kerl. Ich – mein Name ist Wrenmarsh , Gordon Wrenmarsh . Tatsache ist, ich war Amerikaner, aber ich konnte diesen Ort nicht ertragen. Bostoner haben gute Manieren; aber

New York ist ein …" abscheulicher Ort. Das gilt auch für Boston; das heißt – Nun, vielleicht sehen Sie den Unterschied."

Die Tricks, die dieser außergewöhnliche Mann mit seiner Stimme spielte, waren erstaunlich, und während er weiter redete , wurde Tab durch die kryptische, verwirrende Art seiner nervösen Reden ziemlich schwindelig. Er hatte auch die merkwürdige und beunruhigende Angewohnheit, große emotionale Intensität an den Tag zu legen – indem er seine Augen weit öffnete und seine Nasenlöcher weitete –, wenn er sich mit Kleinigkeiten von geringster Tragweite befasste; Wann immer sie, wie ein- oder zweimal im Laufe des Mittagessens, auch nur annähernd Themen von wirklich lebenswichtiger Bedeutung berührten, strahlte der außergewöhnliche Mr. Wrenmarsh geradezu Gleichgültigkeit aus. Sein Verhalten war so völlig seltsam, dass Jerry ein- oder zweimal verwirrte Zweifel verspürte, ob der Mann völlig vernünftig war .

„Ich sage Ihnen ", sagte Mr. Wrenmarsh , als ihre kleine Mahlzeit vorüber war, „wir werden gemeinsam die Tempel besuchen. Ich habe über eine Woche lang in diesem abscheulichen Loch von Osteria gezeltet , also weiß ich es." sie ziemlich gut. Einer von ihnen ist übrigens in meiner Periode.

Jerry sah ihn an, als wolle er fragen, ob der Fremde behauptete, ein Zeitgenosse der Ruinen zu sein.

„Deine Periode?" wiederholte er verwirrt.

„Ja, wissen Sie, ich bin Archäologe – genauer gesagt Sammler. Hallo, hier ist der Verwalter."

Während Mr. Wrenmarsh sprach, trat der Verwalter ein, und Taberman hatte irgendwie den Eindruck, dass der Blick, den er dem Engländer zuwarf, nicht sehr freundlich war.

„Ah, Michu , hast du einen Freund gefunden?" fragte er in seinem seltsamen Französisch.

„Ich weiß es nicht", gab Jerry mit einem halben Lachen zurück.

„Nun", antwortete der Italiener, „wenn Michu bereit ist, die Tempel zu besichtigen, dann warte ich."

„Bien", antwortete Jerry; Dann wandte er sich an den Archäologen und fragte: „Kommen Sie?"

„Natürlich", antwortete der Engländer. „Kümmere dich nicht um diesen Custode; er ist nur ein unwissendes Schwein."

Jerry hatte insgeheim das Gefühl, dass der große Italiener mit seinem fröhlichen Gesicht und seinem offenen Lächeln, ob unwissend oder nicht, ein viel umgänglicherer Führer sein würde als der exzentrische Sammler; aber ohne Kommentar zahlte er die Rechnung, und sie machten sich auf den Weg. Sie gingen die Straße hinunter zu einem Tor, zahlten jeweils eine Lira an den Verwalter und betraten ein mit Mais bepflanztes, gepflügtes Feld. Der Italiener, der immer mehr den Anschein erweckte, als würde er den Engländer nicht mögen, machte einige Bemerkungen dahingehend, dass Michu l'Anglaise war ein sehr gelehrter Mann und einer, der die Wunder der antiken Architektur viel besser erklären konnte als er, ein einfacher Mann, der seine Ausbildung in der Armee aufholen musste. Aus diesem Grund entschuldigte er sich und ging in eine kleine Hütte, während die anderen zu den Tempeln gingen, die vor ihnen standen und in ihrer Schönheit ideal waren.

Die beiden drängten sich über das Feld und betraten den nächsten Tempel. Jerry war von Natur aus nicht leicht zu beeinflussen, und in gewisser Weise bedeuteten ihm diese erhabenen Kolonnaden wenig; Doch trotz einer gewissen sophomorischen Überschwänglichkeit, der er nie entwachsen war, war sein Wesen im Grunde zu kultiviert, um nicht auf die stille Erhabenheit dieser feierlichen Harmonie in Stein zu reagieren. Die dachlose Anlage besaß nach all den Demütigungen, die zwanzig Jahrhunderte ihr zugefügt hatten, immer noch einen Adel und eine Schönheit, die fast persönlich und bewusst wirkten. Wenn man die Ruinen von Pæstum sieht, hat man das Gefühl , als ob eine gewisse inhärente und unzerstörbare Schönheit die Steine durchdringen würde, selbst wenn sie bis zum letzten heruntergeworfen würden; und während die Säulen stehen, ist der Ort ein Ort, der den Besucher mit Bewunderung und fast Ehrfurcht in Atem stocken lässt. Taberman analysierte nicht, und tatsächlich war er instinktiv so sehr damit beschäftigt, vor seinem Begleiter zu verbergen, wie tief er beeindruckt war, dass er der Selbstbeobachtung kaum noch Aufmerksamkeit widmete; aber er war tiefer bewegt, als er es sich je hätte vorstellen können.

Er ging mit Mr. Wrenmarsh umher, der mit seiner neugierigen Stimme mitredete und sich über Stile und Ordnungen, Einflüsse und Epochen ausbreitete, mit allen möglichen Dingen, von denen Jerry bestenfalls nicht mehr als ein Viertel verstand; Bis sich das seltsam gemischte Paar schließlich, anstatt zum benachbarten Tempel zu gehen, auf den westlichen Stufen der Ruine niederließ, durch die sie gekommen waren. Taberman blickte nach Westen, wo der Meeresrand wie ein Streifen geschmolzenen Silbers glänzte. Eine Zeit lang sprach keiner von ihnen; Doch schließlich unterbrach Mr. Wrenmarsh Tabs Gedankengang mit einer Frage.

„Reisen Sie alleine?" fragte er ganz plötzlich.

Taberman erklärte, er sei mit einer Yacht aus Amerika herübergekommen. Es steht zu befürchten, dass es Eitelkeit war, die ihn zu der unglücklichen

Ergänzung veranlasste, dass er das Kommando über sie innehatte, bis sein Freund nach Neapel zurückkehren würde.

„Ah", kommentierte der Archäologe mit einem neuen Anschein von Interesse; „Du bist unterwegs."

„Ja", sagte Jerry.

Der Zauber des Tempels lag auf ihm und er hatte keine Lust zu reden. Er verspürte den halb definierten Wunsch, dass dieser Fremde sich entledigte und ihn nicht noch mehr mit Fragen belästigte.

„Und was glaubst du, was ich hier mache?" fragte den Sammler in einem Ton von fast grimmiger Intensität.

„Warum", antwortete Jerry ziemlich abwesend, „ich nahm an, dass du studierst oder so."

„Warum, ja, um sicher zu sein; habe ich es dem Kustoden nicht gesagt?" kicherte Mr. Wrenmarsh . Sein Lachen war ebenso außergewöhnlich wie seine Sprache und sein Auftreten. Er krümmte sich wie in einer Art Krampf und kicherte im Magen . „Aber das ist noch nicht alles", fuhr er fort, als Jerry sich umdrehte und ihn fragend ansah; „Das ist noch nicht alles. Ich mache etwas anderes. Ich warte."

"Wozu?" fragte Taberman , da er sah, dass von ihm erwartet wurde, dass er sprach.

„Hilfe", antwortete Wrenmarsh lakonisch.

"Helfen?" wiederholte Jerry ausdruckslos.

„Ja, Hilfe; Warten. Sammeln ist sowieso nichts als Warten – Warten auf Neuigkeiten, Warten auf Gelder, Warten auf Auktionen, Warten auf den Tod alter Gräfinnen, Warten darauf, dass irgendein dummer Bauer etwas entdeckt; Warten, Warten, Warten." auf der ganzen Linie. Es ist der Mann, der mit offenen Ohren, Augen und geschlossenem Mund wartet, der bekommt, was er will. Er ist der Mann."

„Aber – aber welche Art von Hilfe willst du jetzt?" Tab erkundigte sich.

Er war von Natur aus mitfühlend, und dieser außergewöhnliche Mensch hatte nicht nur seine Neugier geweckt, sondern ihn auf mysteriöse Weise auch zu dem Wunsch angeregt, ihm zu Diensten zu sein. Er war zum Vergnügen nach Pæstum gekommen . Er hatte das Gefühl, dass er für die Begegnung mit dem Sammler reichlich belohnt worden war. Die ungewohnte Emotion, die der Tempel geweckt hatte, schmolz in seinem Jungenherz angesichts des wärmeren menschlichen Interesses, das der Sammler weckte, und vielleicht war es eine ungeahnte Erleichterung, zu vertrauteren Gefühlsebenen zurückzukehren, als er nun begann, in den Tempel einzutreten Angelegenheiten seines Begleiters. Ihm wurde klar, dass an ihn appelliert wurde, und er war bereit, den Standpunkt einzunehmen, dass dieser exzentrische Herr nicht länger auf Hilfe warten müsste, wenn irgendeine seiner Hilfen Mr. Wrenmarsh entlasten könnte.

„Ich erzähle Ihnen alles", sagte der Archäologe in einem plötzlichen Ausbruch von Offenheit. „Du siehst vertrauenswürdig aus. Ich bin seit zehn Tagen hier und warte. Ich habe natürlich um Hilfe geschrieben, aber sie scheint nicht zu kommen. Vor drei Wochen war ich in Neapel und hörte – egal wie – dass irgendwo hier unten viel Gutes aufgetaucht sei. Ich kam jeden Tag hierher, bis ich durch diskrete Fragen – Diskretion ist das Rückgrat des Spiels – herausfand, was passiert war. Ein Bauer hier hatte ein Stück Land bearbeitet Eines Tages sank die Erde plötzlich unter ihm ein und er fiel in ein Loch. Sobald er sich wieder zusammenreißen konnte, stellte er fest, dass er das Dach einer alten Cella durchbrochen hatte. Er kam *ohne* heraus Er gab sich viel Mühe, riss sich zusammen und tat, was jeder Bauer zu tun wüsste : Er bedeckte den Platz mit Gestrüpp und Erde, damit keine Nachricht von der Sache an die Custodi dringen konnte . Dann fuhr er mit seiner Spatenarbeit fort.

„Ohne Nachforschungen anzustellen?" fragte Jerry voller Interesse.

Mr. Wrenmarsh sah ihn neugierig an.

„Natürlich", antwortete er. „Wenn er seiner Neugier oder seinem Zungenschlag die Oberhand gegeben hätte, wäre er um einiges ärmer als jetzt. Diese Bauern sind dumme Lümmel, aber sie lernen genug, um nicht die Regierung zu übernehmen." in ihr Vertrauen, wenn sie etwas finden. Sie wissen, dass sie nichts davon haben würden, wenn sie es täten. Außerdem sind sie so stur wie Büffel. Sie können gut genug warten.

„Aber was hat er gefunden?" fragte Taberman , dessen Interesse durch diese Schatzgeschichte, die jede kindliche und jede abenteuerlustige Faser in ihm ansprach, völlig geweckt war.

„Er ging nachts mit einer Laterne und ein paar Packtaschen. Er füllte seine Körbe zweimal, gefüllt mit unschätzbaren Dingen in perfektem Zustand – wunderschöne Kylixes und Glasschalen. Eine davon hat einen Durchmesser von mindestens einem halben Meter. Denken Sie mal nach davon! Ja, es ist das feinste Glas, das ich je gesehen oder gehört habe! Es ist das feinste Glas, das es gibt!"

"Großartiger Scott!" rief Jerry voller Aufregung. „Es muss furchtbar alt sein!"

"Alt!" erwiderte Wrenmarsh verächtlich; "weißt du wo du bist?"

Jerry drehte den Kopf und blickte zu den hohen Säulen und dem zerbrochenen Giebel über ihm hinauf, auf deren rosagraue Steine die Nachmittagssonne mit liebevoller Wärme fiel.

„Ja, natürlich", sagte er. „Aber was hat er mit den Dingern gemacht?"

„Ich blieb bei ihm, bis ich die ganze Sache aus ihm herausgeholt hatte", antwortete der Sammler, „und ich habe seine Sachen gekauft – verdammt noch mal!"

Er brachte die Objurgation mit erstaunlicher Kraft zum Ausdruck; dann blieb er stehen und starrte düster vor sich hin.

"Also?" sagte Jerry. „Worauf wartest du noch? Mehr?"

"Mehr!" explodierte der Sammler mit Ekel und Empörung im Gesicht. „Mann, ich habe eine Sammlung, die alles andere als einzigartig ist! Mehr! Verstehst du nicht – damit komme ich nicht durch! Stück für Stück könnte ich sie außer Landes bringen, aber ich weiß „Ich wage es nicht, irgendetwas hinter mir zu lassen. Wenn nur meine Männer zur Hand wären – aber sie sind nicht da, sie sind nicht da. Einer liegt abseits der Strecke auf der T Road, der andere in Amerika."

Er bewegte seine Hand vor seinen Augen mit einer Geste, die so ausdrucksstark war, dass sie noch leidenschaftlicher war als sein Ton.

Taberman war berührt, sowohl von der Begeisterung dieses Mannes für seine Arbeit als auch von der aufregenden Romantik, die die Entdeckung dieses Schatzes mit sich brachte. Er wusste nur vage von den Gesetzen, die die Mitnahme von Kunstwerken aus Italien und Griechenland verbot, aber er hatte keine Ahnung, dass sie strikt durchgesetzt wurden. Es gab ihm ein neues Gefühl, auf diese Weise mit der tatsächlichen Funktionsweise eines Gesetzes in Berührung gebracht zu werden, das einen Mann daran hindern sollte, seinen eigenen Besitz von einem Land in ein anderes zu verlegen. Er war zu gut unter einem hohen Schutzzoll erzogen worden, um moralische Skrupel zu haben, irgendetwas zu schmuggeln. Eine Mugwump-Atmosphäre hatte sich auf die natürliche Neigung der Jugend ausgewirkt, sich der Autorität zu widersetzen, und hatte in Jerry das Gefühl geweckt, dass Schmuggel, so wenig seine wahre Natur auch an hohen Stellen geschätzt wurde, seinem Wesen nach tatsächlich eine bösartige Tugend war. Im vorliegenden Fall trug darüber hinaus das jungenhafte Gefühl, dass man trotz aller Verfügungen von Fürstentümern, Potentaten und Mächten tun und lassen kann, was man will, dazu bei, die Idee dieses Sonderfalls eines Versuchs, sich den Gesetzen zu widersetzen, zu verwirklichen von besonderem Verdienst. Er beschäftigte sich eifrig damit, darüber nachzudenken, wie es gemacht werden könnte.

„Können Sie Ihre Fallen nicht nach Neapel bringen und sie von dort aus versenden?" er verlangte schließlich vom Archäologen .

„Du verstehst es nicht, fürchte ich", antwortete der andere. „Allein schon mein Ruf zwingt mich dazu, in der Nähe zu bleiben. Außerdem gibt es noch das heikle Problem mit den Octroi und den Ausfuhrprüfungen. Ich könnte die Sachen nicht nach Neapel bringen, ohne in die eine zu geraten, oder daraus herauskommen, ohne mit der in Konflikt zu geraten Sie würden alles, was ich zu bestehen versucht habe, mit äußerster Scharfsinnigkeit prüfen. Ich bin in Italien fürchterlich berüchtigt." Sein Stolz auf diese letzte Aussage war völlig offensichtlich, aber Jerry war beeindruckt von den archäologischen Wagemuttaten, die mit einem solchen Ruf verbunden waren. „Ohne Hilfe bekomme ich diese Dinger einfach nicht weg", fuhr er fort. „Ich habe jedem Sterblichen, auf den ich zählen kann, geschrieben und telegrafiert – es sind nur fünf oder sechs – und keiner von ihnen kann mir im Moment helfen. In der Zwischenzeit verhungere ich unter den misstrauischen Augen an Eiern und Polenta der Verwahrer – verdammt ! Sie hätten mich schon vor einer Woche erwischt, wenn sie nur Köpfchen gehabt hätten.

„Auf mein Wort", rief Jerry, als ihm plötzlich zum ersten Mal die Idee kam, „es ist außergewöhnlich, dass Sie mir das alles erzählen, und ich bin ein Fremder."

„Ich zähle darauf, dass Sie mir helfen", antwortete Mr. Wrenmarsh in äußerst prägnantem Ton.

„Ich helfe dir!" ejakulierte Tab erstaunt. „Was in aller Welt habe ich mit dem Geschäft zu tun?"

„Das haben Sie praktisch gesagt", entgegnete der Sammler. „Zumindest dein Gesicht." Er blickte Jerry an und wandte sich dann der braunen Ebene zu, auf eine Weise, die so traurig und vorwurfsvoll war, dass Taberman nicht umhin konnte, sich völliger Bosheit überführt zu fühlen. „Ich habe auf Sie gezählt", fügte er in einem Ton tiefsten Pathos hinzu.

Jerry war völlig verblüfft. Er hatte das Gefühl, dass mit ihm gespielt wurde; Er war sich wütend darüber im Klaren, dass die ganze Angelegenheit ihn nichts anging und dass er nichts damit zu tun hatte, hineingezogen zu werden. Dennoch spürte er nicht weniger, sondern noch deutlicher, dass er den Vorwurf nicht ertragen konnte, einem Mann in Schwierigkeiten die Hoffnung auf Hilfe gegeben und sich dann geweigert zu haben, sie zu erfüllen. Darüber hinaus war sein jugendliches Blut von der Abenteuerlust erfüllt, die seinen inneren Sinn verlockend berührte. Für einen Moment herrschte angespanntes Schweigen, dann wurde es von Tab unterbrochen.

„Ich fürchte, Sie haben mein Interesse mit etwas anderem verwechselt", sagte er und versuchte, leichtfertig zu sprechen, und hatte das Gefühl, dass er es vermasselte. „Mir ist noch nie in den Sinn gekommen, dass ich Ihnen aus diesem gesegneten Schlamassel heraushelfen könnte. Und ich sehe auch nicht, dass ich irgendetwas tun kann, außer darüber Stillschweigen zu bewahren. Natürlich würde ich das trotzdem tun . "

„Es nützt nichts", entgegnete der Archäologe . „Wenn du mir helfen kannst und es nicht tust, nachdem ich dich ins Vertrauen gezogen habe, ruinierst du mich."

„Hmm", bemerkte Jerry eher kühl, „das ist zu subtil für mich. Ich kann es nicht in diesem Licht sehen. Dir geht es nicht schlechter als vorher."

„Ich bin sicher, Mr. Tableman " –

„ Taberman ", korrigierte Jerry.

„Entschuldigen Sie, Herr Taberman , aber Sie erkennen nicht die *Catena Logica* , mit der ich zu meinen Schlussfolgerungen komme!" Mr. Wrenmarsh wurde sowohl in seiner Sprache als auch in seinen Gesten für einen Moment immer theatralischer. „Angenommen, Sie sollten meinen Fall der Polizei mitteilen, da Sie meine Geschichte und das Gesetz kennen, das die Ausfuhr von Kunstwerken verbietet. Was dann?"

„Das wäre natürlich der Trick eines Schurken", antwortete Jerry prompt, „aber" –

„ *Momento !* " unterbrach der andere und hob die Hand. „Nehmen Sie nun an, die Dinge wären so wie sie sind, und Sie erfahren, dass die Verwalter mir auf der Spur sind" –

„Sie haben etwas von dem Fund gehört", warf Jerry ein; „Das haben sie mir gesagt."

„Da! Siehst du!" sagte Wrenmarsh mit einer Geste, die die gesamte Menschheit aufzufordern schien, zu bezeugen, dass er mit allem, was er gesagt hatte, vollkommen recht hatte. „Nehmen wir einmal an, Sie hätten – in vollkommener Sicherheit – die Möglichkeit, mich freundlich zu warnen und es nicht zu tun. Was dann?"

„Warum", antwortete Tab und fühlte sich mit jedem Moment mehr und mehr, als würde er in einem Netz verwickelt, „das wäre in einem solchen Fall, wie Sie vermuten, natürlich ein ziemlich schäbiger Trick. Gleichzeitig." —

„Warten Sie ein bisschen", rief Mr. Wrenmarsh , unterbrach ihn erneut und wurde sichtlich noch aufgeregter; „Warten Sie ein wenig. Ich möchte, dass

Sie über den vorliegenden Fall nachdenken. Sie sagen selbst, dass das Geheimnis ans Licht kommt, und natürlich erhöht sich mit jedem Augenblick meine Gefahr. Praktisch ohne Mühe und mit absoluter Sicherheit können Sie mir aus dem ganzen Wirrwarr heraushelfen . Wenn du es nicht tust, werde ich erwischt; ich werde diesen unvergleichlichen Schatz und all das Geld verlieren, das ich dafür bezahlt habe – und das ist keine geringe Summe, das sage ich dir – und das alles nur, weil du, meine verzweifelte Hoffnung, dass ich Ich habe mich *Rebus Angustis anvertraut* und werde nicht vierundzwanzig Stunden deiner Zeit darauf verwenden, deine eigene Selbstachtung zu retten. Bei Gott!" rief er und stand auf: „Wenn du mir nicht hilfst, verrätst du mich genauso, als ob du direkt mit meiner Geschichte zum Verwalter gehen würdest."

„Bleiben Sie ruhig!" rief Jerry, erschrocken über die Heftigkeit der Demonstration des anderen. „Bleiben Sie ruhig!"

"Wirst du mir helfen?" fragte Mr. Wrenmarsh mit leuchtenden braunen Augen. „Wirst du mir helfen – hilf mir, diesen italienischen Räubern auszuweichen und meine Sachen – meine Antiquitäten, die ich mit barem Geld bezahlt habe – aus diesem verrotteten Land herauszuholen? Wirst du helfen, oder wirst du mich im Stich lassen und dich auf die Seite derer stellen, die das tun?" warten darauf, mich auszurauben?

„Bei George, ich habe Lust, es zu versuchen!" rief unvorsichtig Jerry, der für einen Moment von der Begeisterung und der überzeugenden Persönlichkeit des anderen aus dem Gleichgewicht gebracht wurde.

"Guter Mann!" rief der Altertumsforscher entzückt; „Guter Mann! Ich wusste, dass du es tun würdest. Wir werden sie schlagen ! Ich"—

„Halten Sie sich ein wenig zurück!" warf Tab hastig ein, verblüfft über die Kraft, die Wrenmarsh seinen unüberlegten Worten gab. „Gehen Sie bitte langsam. Vielleicht habe ich"—

„Oh, das ist alles in Ordnung", erwiderte der Sammler ungestüm. „Wir biegen die Straße hinunter ab und planen alles. Ich kann besser denken, wenn ich laufe – irgendwie umherwandern, wissen Sie. Ha, ha! – und wenn du es nicht tust, wird es seltsam aussehen . " Geh hinunter, um den anderen Tempel zu sehen. Komm schon.

Mr. Wrenmarsh machte sich auf den Weg zur Straße und stampfte ungestüm über den wilden Thymian und die Akanthuspflanze, während Taberman ihm mit einer Mischung aus amüsiertem Erstaunen und Empörung folgte, aber mit der festen Entschlossenheit, sich zu äußern. Er stellte jedoch fest, dass ihm keinerlei Gelegenheit zur Einwendung gegeben wurde. Jeder Satz, den er begann, wurde von einem neuen Dankesausruf des Sammlers oder von einem Ausbruch der Freude darüber erstickt, dass er sozusagen aus dem

Himmel herabgefallen war, um der Retter des verwirrten Archäologen zu sein . Als sie den dritten Tempel umrundet hatten, der in einiger Entfernung von den beiden anderen steht, hatte Taberman aufgehört zu protestieren. Er lauschte lediglich dem verwirrenden Redefluss seines Begleiters und fühlte sich, als würde er in einen Strudel hineingezogen. Seine eigene heimliche Freude über den Gedanken, an einem echten Abenteuer teilzuhaben, half ihm, und vielleicht trieb ihn eine jungenhafte Scham bei dem Gedanken an, den Eindruck zu erwecken, einen Rückzieher zu machen und einen anderen in einer äußersten Notlage im Stich zu lassen. Er hatte nicht viel Gelegenheit zu sprechen, aber er merkte bald, dass das, was er sagte, darauf hindeutete, dass er die Position akzeptiert hatte, in die Mr. Wrenmarsh ihn zu zwingen versucht hatte.

Als sie vom dritten Tempel zurückkehrten , fanden sie die Custode neben dem Brunnen, der gegenüber dem Gasthaus stand. Er versuchte, seinem Pferd das Händeschütteln beizubringen.

„Ah, Michu ", sagte der Italiener, als sie auf ihn zukamen; „Ich hoffe, Sie waren mit den Tempeln zufrieden."

„Viel", versicherte ihm Taberman . „Sie sind großartig."

Als er sah, dass sein Begleiter den Mann bezahlte , steckte er seinerseits eine Münze in die braune Hand. Sein Gewissen verursachte ihm einen kleinen Stich bei dem Gedanken, einen Plan zu schmieden, um dieses freimütige, große Geschöpf zu überlisten; Aber ihm wurde sofort klar, dass die Angelegenheit völlig unpersönlich war und dass es nicht die Art von Zöllen hassendem Jugendlichen wie Jerry war, Skrupel zu haben, die italienische Regierung in einer Angelegenheit dieser Art auszutricksen.

„Wie lange würden Sie brauchen, um von Neapel hierher zu segeln?" fragte Wrenmarsh , als sie die Straße zum Bahnhof nahmen.

Tab berücksichtigt.

„Fünf, sechs Stunden bei gutem Wind", lautete sein Fazit.

Mr. Wrenmarsh runzelte die Brauen und beschleunigte seinen Schritt. Diese unangenehmen Falten von den Nasenlöchern bis zu den Mundwinkeln wurden tiefer und er schloss die Augen halb. Nach kurzem Nachdenken sprach er erneut.

„Sehr gut", sagte er entschieden. „So werden wir die Sache durchziehen. Du gehst jetzt zurück nach Neapel. Sei um elf Uhr hier von der Küste und schicke ein Boot an Land für mich und meine Kisten. Sie sind ziemlich groß und hübsch." schwer; und sie müssen vorsichtig behandelt werden. Ich konnte keine geeigneten Mittel finden, um die Sachen zu packen, und ich musste nehmen, was da war. Sobald wir die Sachen an Bord haben, müssen wir zurücklaufen, um sie zu packen bei Sonnenaufgang in Neapel sein. Passt dir das?"

„Sie scheinen diese Kreuzfahrt zu leiten", lachte Jerry. „Ich nehme an, es ist alles in Ordnung, aber eines muss ich wissen. Es besteht doch keine Chance, dass die Yacht ins Schleudern gerät, oder?"

„Oh, überhaupt keine Gefahr."

„Bist du sicher?" Tab bestand darauf. „Es wäre nicht gerade angenehm, wenn das Boot meines Freundes beschlagnahmt würde, wissen Sie, oder wenn es in ein solches Schlamassel geraten würde."

„Bosh!" erwiderte Mr. Wrenmarsh brüsk. „Machen Sie sich ruhig. Das Schlimmste, was passieren könnte, wäre, dass ich meine Sachen verliere. Aber wir müssen etwas schneller gehen, wenn Sie Ihren Zug bekommen wollen."

„Es ist besser, es morgen Abend zu sagen", bemerkte Tab, als sie die Straße hinunter und unter dem alten römischen Bogen hindurch gingen. „Sehen Sie, es könnte sein, dass ich zu spät zurückkomme, und"—

„Natürlich, natürlich", unterbrach der Sammler. „Sie können nicht damit rechnen, heute Abend hierherzukommen. Morgen Abend natürlich."

Am Bahnhof stand der *Kapodaster fast dort, wo Jerry ihn zurückgelassen hatte, und blickte auf die Hügel.* Als die beiden auftauchten, drehte er lediglich den Kopf und nickte.

„Der *Facchino* muss seinen Fahrscheindienst erledigen", bemerkte der Sammler. „Wir gehen rein und holen Ihr Ticket."

Ein großer, gelber, gebrochen aussehender Mann stand hinter der kleinen Pforte im Fahrkartenschalter und beschäftigte sich mit Reparaturarbeiten an einem Regal. Mr. Wrenmarsh sprach ihn auf Italienisch an. Der Mann nahm ein blau-grünes Ticket aus einem Fach an der Wand, legte es unter die Briefmarke, auf deren Knopf er dann mit einem nervösen Knall seine Faust niederschlug. Sofort brach er in einen heftigen Ausruf aus.

„ *Sacro sangue della Madonna!* „schrie er und begann hysterisch zu toben.

"Was ist los?" fragte Taberman . "Was sagt er?"

„Er flucht ganz gut", erwiderte der Archäologe kühl. „Seine Hand war unsicher und er hat den Stempel gebrochen. Er möchte wissen, was aus ihm wird, wenn der *Kapodaster* feststellt, dass der Stempel gebrochen ist."

„Ist er eng?" fragte Jerry unelegant.

„Oh, er ist nur ganz verwesend mit Malaria. Schauen Sie sich sein Gesicht an."

„Sag ihm, er soll etwas Chinin nehmen", schlug Taberman vor , dem der elend aussehende Kerl aufrichtig leid tat.

Mr. Wrenmarsh dolmetschte, aber der Italiener antwortete mit einer Mischung aus Verzweiflung und Verachtung und ging hinaus, um seinem Vorgesetzten den gebrochenen Schlag zu zeigen.

"Was sagt er?" fragte Jerry.

„Er sagt, er hat heute Mittag vierundzwanzig Körner gegessen", antwortete Wrenmarsh und kicherte, als wäre es lustig.

„Gott!" rief Tab aus. „Kein Wunder, dass seine Hand zitterte. Was für ein Land!"

"Du sagst das?" gab den anderen zurück. „Sie erinnern sich vielleicht, dass ich daran gefesselt bin, bis ich meine Sachen herausholen kann."

Sie gingen zum Bahnsteig, und in dem Moment, als der Zug einfuhr, nahm Jerry seinen Platz in einem leeren Abteil ein, und der Schaffner stand vor dem Fenster.

„Du kommst bestimmt?" fragte Mr. Wrenmarsh mit fast drohender Stimme.

„Ich kann mir nicht vorstellen, dass ich das tun sollte", gab Taberman zurück. „Aber wenn Wind und Wetter es zulassen, werde ich das wohl schaffen."

„Ich kann hier nicht versuchen, mit Ihnen zu streiten", sagte der andere; „Aber denken Sie daran – Sie werden kommen."

„ *Pronto! Pronto!* " rief der Wachmann mit seinem heiseren Singsang.

„Ich werde kommen", sagte Jerry beruhigend. „Darauf können Sie wetten."

„ *Partenza ! Partenza !* " brüllte der Wächter und blies in sein Horn.

„Auf Wiedersehen. Verpassen Sie es nicht!" rief Wrenmarsh und drückte Jerrys Hand zum Abschied.

„Morgen Abend", antwortete Taberman .

„Ich mache Licht“, rief der Sammler, lief neben dem jetzt fahrenden Zug über den Bahnsteig und wiederholte die Einzelheiten, die er bereits arrangiert hatte. „Ein weißes Licht.“

„Richtig-o!“ schrie Taberman , als der Zug ihn außerhalb der Reichweite weiterer Kommunikation trug.

Er warf sich in die Ecke des Abteils zurück und fragte sich auf dem ganzen Weg nach Neapel immer wieder, was wohl an Mr. Wrenmarsh war, das ihn dazu bewogen hatte, zu versprechen, sich an einem so verrückten Plan zu beteiligen.

KAPITEL 11
EIN SPIEL FÜR ALLEINSPIELER

Am Morgen nach seiner Rückkehr stand Jerry eine angenehme Stunde später auf, ging schwimmen, rasierte sich und setzte sich nach dem Frühstück hin, um eine kurze Nachricht an Jack zu schreiben. Da der Kapitän jederzeit auftauchen konnte, wollte Taberman Neapel nicht verlassen, ohne eine Erklärung und einen Hinweis auf seinen Aufenthaltsort zu hinterlassen. Es fiel ihm etwas schwer, den Brief zu schreiben, da es keine leichte Aufgabe war, Jack einen zufriedenstellenden Grund für seinen Auftrag nach Pæstum zu nennen , insbesondere in der kurzen Zeitspanne. Seit seinem absurden Versprechen gegenüber Mr. Wrenmarsh war er mehr oder weniger beunruhigt ; Aber jetzt, da er mit der Schwierigkeit konfrontiert war, seinen Weg für Jack rational erscheinen zu lassen, kam er sich so völlig dumm vor, dass er beim Schreiben stöhnte und dann den Zettel mit einem Fluch zerriss. Im Großen und Ganzen beschloss er, nichts weiter zu sagen, als dass er einen kurzen Spaziergang entlang der Küste gemacht hatte, da er sich in Neapel langweilte.

Er ging mit der Notiz selbst an Land, ließ den Kutter am Kai zurück, um auf ihn zu warten, und machte sich zu Fuß auf den Weg zum Hôtel du Vesuve , wo Jack über seine Ankunft berichten sollte. Der Morgen war schon weit vorgerückt und die Hitze wurde immer glühender; aber Jerry, erfrischt von seinem letzten Bad, machte sich fröhlich auf den Weg. Im Hotel sagte er dem Portier, er wolle einen Brief für einen Herrn hinterlassen, der bald eintreffen würde, und zeigte ihm seinen Brief. Der Beamte warf einen Blick auf die Aufschrift und stellte fest, dass der Reisende bereits dort war.

Jerry starrte ihn verblüfft an.

"Angekommen?" Er hat tief eingeatmet. "Wann?"

„Er kam mit dem Nachtzug aus Rom", antwortete der Gepäckträger, dessen Englisch fast so gut war wie das von Taberman . „Er kam mit dem Zug, der um halb neun Uhr morgens ankommt. Er begleitet zwei Damen. Sie sind jetzt beim Frühstück."

Tab stand einen Moment lang ratlos da. Diese unerwartete Ankunft von Jack machte seinen Plan, Wrenmarsh zu helfen , schrecklich schwierig und vielleicht sogar unmöglich. Er fühlte sich jedoch verpflichtet und überlegte, dass der Kapitän ihn, was auch immer Jacks Pläne sein mochten, kaum daran hindern würde, ein Versprechen zu halten, das er auf der Grundlage der Annahme gegeben hatte, dass die Merle einen ganzen Monat lang in seinen Händen bleiben würde. Jack war vor seiner Zeit zurückgekommen, aber Tab sagte sich, dass dies sicherlich keinen Unterschied bei der Erfüllung seiner Verpflichtungen gegenüber dem Archäologen machen würde .

Er bat um die Frühstücksparty und wurde in den sorgfältig schattierten Speisesaal geführt, wo sie saßen. Es folgten herzliche Grüße, und er saß da und unterhielt sich mit ihnen, während sie ihr Mahl beendeten.

Alle drei sahen etwas erschöpft aus. Sogar Mrs. Fairhew , die an Europareisen aller Art gewöhnt war, hatte dunkle Ringe unter ihren scharfen Augen. Sie war nicht, wie üblich, in Schwarz gekleidet, sondern in einem sanften Grau, das ihren strahlenden Teint gut zur Geltung brachte, so dass sie trotz ihres müden Aussehens genauso aussah wie damals, als sich die Reisenden in Nizza getroffen hatten. Jack trug einen Anzug aus weißem Leinen und eine kragenlose Jacke, wie sie Marineoffiziere in heißen Klimazonen tragen. Sein Haar war erst kürzlich geschnitten worden, und zwar so, dass jede einzelne Spitze entlang des Scheitels in steifem Trotz aufstand. Jerry sagte ihm höflich, dass er mehr wie ein Krimineller aussehe als sonst, aber Miss Marchfield protestierte ziemlich empört. Bei Katrine schien Jerry mehr Veränderungen festzustellen als bei den anderen. Ihre Miene war ruhiger geworden, als hätte die Erweiterung ihres geistigen Horizonts ihr selbst in diesen wenigen Wochen eine neue Reife und Selbstsicherheit verliehen. Die Hitze hatte ihr vielleicht mehr zugesetzt als den anderen, aber trotz einiger Anscheine von Müdigkeit strahlte sie eine Ausstrahlung freudiger Wachsamkeit aus, die zeigte, dass sie lebhaft und glücklich war.

„Wie kommt es, dass du so bald hier bist?“ fragte Taberman nach einer Minute allgemeiner Unterhaltung. „Ich dachte eher, dass du zu spät kommst.“

„In Rom gab es viele Krankheiten“, antwortete Jack, „und als in dem Hotel, in dem wir waren, ein Mann an Typhus starb, schien es an der Zeit, weiterzuziehen.“

Mrs. Fairhew schauderte leicht.

„Stell dir nur vor“, sagte sie, „wir wussten nichts davon, bis er eine Stunde tot war. Sie haben es uns gestern Morgen nach dem Frühstück erzählt. Es war ziemlich unangenehm, das müssen Sie zugeben.“

„Es muss grässlich gewesen sein“, stimmte Tab zu, „aber ich hoffe, dass es dir in Neapel besser geht. Es hat zumindest den Vorteil, auf dem Meer zu sein.“

„Und einer der schmutzigsten Orte Italiens zu sein“, antwortete sie grimmig. „Allerdings bin ich nicht der Typ, der sich Ärger leiht, und wir werden auf die Seeluft vertrauen.“

„Sie werden wirklich amphibisch, Mr. Taberman ", bemerkte Katrine mit einem Lächeln. „Ich glaube fast, dass man mit verbundenen Augen den Weg zum Wasser riechen könnte wie eine Schildkröte."

„Der Mann, der die Merle von North Haven zur Insel steuerte, sagte, er sei nach Geruch gefahren", antwortete Jerry.

Er fing Jacks Blick auf, als er sprach, und senkte verwirrt seinen Blick. Mrs. Fairhew betrachtete ihn neugierig.

„Wie gefiel Mr. Drake so ein Pilot?" Sie fragte.

„Er hat die Bemerkung nicht gehört", warf Jack hastig ein. „Onkel Randolph hätte diese Art von Arbeit nicht gebilligt, glaube ich eher."

Jerry verzog das Gesicht und wiederholte die Meinung, fügte jedoch hinzu, dass Dave wirklich ein ausgezeichneter Segler sei und dass er persönlich dem Geruchssinn des Kerls eher vertrauen würde als den Fähigkeiten der meisten Piloten. Der gefährliche Moment verging ohne weitere Anspielungen auf den Präsidenten, und das Gespräch wandte sich anderen Dingen zu.

„Ist hier jemand, den wir kennen?" fragte Frau Fairhew . „Ich schätze, das ist zu dieser Jahreszeit kaum möglich."

„Das glaube ich nicht", antwortete Tab, „es sei denn", fügte er hinzu, als ihm ein plötzlicher Gedanke kam, „wissen Sie, wo Pæstum ist?"

„Sicherlich. Ich habe mich voller Angst darauf gefreut, Katrine dorthin zu schleppen, um die Tempel zu besichtigen, obwohl uns die Jahreszeit eigentlich entschuldigen sollte."

unten gibt es eine Art verrückten angloamerikanischen Archäologen namens Wrenmarsh . Haben Sie jemals von ihm gehört? Er hat Verwandte in Boston, ich habe ihn verstanden."

Mrs. Fairhew stellte die Kaffeetasse ab, die sie gerade an ihre Lippen hob, und blickte Jerry mit einem scharfen Blick an, in dem sich Belustigung und Überraschung zu mischen schienen.

„Wie ist sein Vorname?" Sie fragte.

„Gordon."

„Gordon Wrenmarsh in Pæstum ! Nun, die Welt ist klein, und er könnte überall sein – zumindest irgendwo, wo man ihn nicht erwartete. Hast du noch nie von ihm gehört? Aber nein, das würdest du nicht; du bist es auch jung. Er ist einer meiner Zeitgenossen, und er ist schon so lange auf dieser Seite des Wassers.

"Ist es möglich?" Jerry weinte galant. „Ich hätte nicht ahnen sollen, dass er so jung ist!“

„Niemand kann dich verwechseln, wenn du ein Kompliment machen willst“, sagte sie mit einem Lächeln, das einen Hauch von Satire hatte. „Aber haben Sie Gordon Wrenmarsh wirklich gesehen ? Ich habe seit Jahren nichts mehr von ihm gehört. Was macht er? Früher war er ein Freund von Mr. Fairhew ; sie waren in Harvard in derselben Klasse.“

Sie zeigte echtes Interesse, dachte Jerry; und auf jeden Fall schien ihm dies ein guter Zeitpunkt zu sein, Jack auf den Plan vorzubereiten, der zwischen ihm und dem Archäologen entwickelt wurde , und so begann er mit der Erzählung seines Besuchs in Pæstum . Er ging nicht näher darauf ein, zögerte aber nicht zu sagen, dass es sich um einen Archäologen handelte war zufällig auf einen reichen Fund gestoßen, den er in der Hoffnung bewachte, ihn sicher außer Landes zu bringen.

„Warum sollte er es nicht außer Landes bringen, wenn er es gekauft hat?“ fragte Katrine interessiert.

„Das italienische Gesetz besagt, dass er das nicht tun darf“, antwortete Jack mit einem Lächeln.

„Wenn es ihm gehört, hat er das Recht zu tun, was er will, denke ich“, antwortete sie.

„Aber es gibt ein Gesetz, das die Ausfuhr von Kunstwerken aus dem Land verbietet.“

„Was für ein schreckliches, ungerechtes Gesetz!“ sie protestierte. „Wenn sie mir gehörten, würde ich sie rausholen; da kannst du dir sicher sein.“

„Ich würde dir helfen“, versicherte Jack ihr leichthin.

Insgeheim war Jerry über diese Passage so erfreut, dass er sich bemühte, das Gespräch aufrechtzuerhalten, indem er sich bei Mrs. Fairhew nach weiteren Einzelheiten über das seltsame Geschöpf erkundigte, mit dem er ein Stelldichein hatte.

„War Mr. Wrenmarsh schon immer so eigenartig wie jetzt?“ er hat gefragt.

„Das kann ich Ihnen nicht sagen“, erwiderte sie, „da ich nicht wissen kann, wie sehr er sich verändert hat; aber als ich ihn kannte, war er das außergewöhnlichste Geschöpf. Er war immer beleidigt, wenn die Leute es nicht taten.“ bemerkten seine Exzentrizitäten, und wenn ja, verspottete er ihren Provinzialismus. Er sagte, er müsse Engländer werden, weil unsere Zivilisation so grob sei, und er verzieh den Bostonern nie, dass sie sich über seinen Nationalitätswechsel so wenig Sorgen machten.

„Du scheinst einen ziemlich guten Bekannten erwischt zu haben, Jerry", bemerkte Jack gutmütig.

„Oh, Mr. Wrenmarsh wurde völlig unmöglich", fuhr Mrs. Fairhew fort. „Er hatte wirklich viel Talent, und mir wurde gesagt, dass er jetzt einige bemerkenswerte Dinge bei der Beschaffung von Antiquitäten für das British Museum geleistet hat. Seine eigenen Leute kamen überhaupt nicht mit ihm klar."

„Was für ein außergewöhnliches Wesen er sein muss!" kommentierte Katrine. „Haben Sie ihn für einen wilden Mann gehalten, Herr Taberman , als Sie ihn in den Ruinen von Pæstum umherirren sahen ?"

„Nein", erwiderte Jerry und bedauerte eher, dass er das Gespräch über Mr. Wrenmarsh fortgesetzt hatte . „Er kam dort in die kleine Hütte eines Gasthauses, während ich versuchte, etwas zu essen zu bekommen."

„Na ja, ich hoffe jedenfalls, dass er seine Sachen sicher bekommt", fügte sie hinzu. „Sie gehören ihm, und die Regierung hat kein Recht, sich in ihn einzumischen."

„Das hoffe ich", antwortete Tab ziemlich entmutigt.

Nachdem das Frühstück beendet war, begaben sich die Damen auf ihre Zimmer, um sich nach den Strapazen der nächtlichen Reise auszuruhen.

„Wenn ich Milliardär wäre", bemerkte Mrs. Fairhew, „würde ich nachts nirgendwohin fahren, außer mit meinem eigenen Privatwagen. Alle Schläfer sind eine Abscheulichkeit, und ich hasse den Gedanken daran, wer im Abteil gewesen sein könnte, wenn ich es getan habe. " um darin zu schlafen. Ich hoffe, wir sehen uns beim Abendessen, Mr. Taberman ?"

„Danke", antwortete Jerry, „aber ich habe heute Abend etwas zu tun. Ich versichere Ihnen, dass ich es sehr bereue."

„Nun", erwiderte die Dame über die Schulter, als sie ging, „wenigstens erwarten wir, Sie morgen zu sehen; und ich hoffe, Sie verlassen uns, Mr. Castleport ."

„Gerne", lachte Jerry und nickte; und die Männer wurden sich selbst überlassen.

Als sie allein waren, wandte sich Jerry schnell an Jack, mit einem ernsten und besorgten Gesichtsausdruck.

„ Cap'n ", sagte er eindringlich, „kommen Sie irgendwohin, wo wir reden können, ja? Wir haben viel zu sagen, und meine Zeit ist kostbar."

„Jerry", rief der andere und packte ihn am Arm, „dem Merle ist etwas passiert!"

„Nicht das Geringste, Jacko. Sie hat recht wie ein Topfuntersetzer, aber ich habe es eilig. Komm schon!"

"Beeil dich?" wiederholte Jack und folgte ihm offensichtlich unruhig; „Was in aller Welt ist los? Es kann keine Meuterei sein, und wenn die Yacht in Ordnung ist, sehe ich das nicht" –

„Ich werde es erklären", antwortete Taberman . „Ich kenne einen netten kleinen Ort gleich um die Ecke. Komm schon."

Jack ließ sich zu einem kleinen Café führen, das den ziemlich unpassend ehrgeizigen Namen *Albergo del Sole trug* und an der gelblichen Wand über seinem Eingang eine aufgehende Sonne zeigte, blutrot und in ihren Strahlen überaus prächtig. An einem der kleinen Tische, die den Bürgersteig vor diesem Lokal bedeckten, nahmen die beiden ihre Plätze ein. Tab zog sein Zigarettenetui hervor und bestellte ein Glas Wermut, während er seinem Freund eine Zigarette anbot. Jack presste die Lippen kaum merklich zusammen, was zeigte, dass er seine Ungeduld unter Kontrolle hatte und darauf wartete, dass Tab etwas sagte, drehte seine Zigarette zwischen Daumen und Zeigefinger, um sie zu lösen, klopfte damit auf die Tischplatte und zündete sie mit großer Kraft an Überlegung. Jerry tat dasselbe, aber mit offensichtlicher Nervosität.

„Jack", sagte er, „ich war und bin gegangen und habe es getan, fairerweise!"

"Was?" fragte Jack in einem leicht prägnanten Ton.

„Nun, sehen Sie – es ist hier entlang", antwortete Tab. „ Natürlich habe ich noch nicht wirklich etwas getan, aber ich denke, ich muss es tun, und wenn Sie das nicht glauben – nun, Sie können sehen, dass es sowohl für mich als auch für ihn teuflisch hart sein wird."

Jack blies einen Rauchring und sah Jerry mit einem seltsamen Lächeln an.

„Es muss etwas ziemlich Schlimmes sein, Jerry", sagte er, „wenn du es nicht wagst, mir zu sagen, was es ist."

Jerry sah ihn eine Minute lang an und begann dann zu grinsen.

„Warum", sagte er entspannter, „es ist dieser verdammte Archäologe , dieser verfluchte Wrenmarsh , von dem ich im Hotel gesprochen habe. Nun, da ich nichts anderes zu tun hatte, ging ich nach Pæstum , um die Tempel zu besichtigen und die Zeit totzuschlagen." , und ich geriet in seine Fänge. Ich habe viel mit ihm geredet, oder er hat mit mir geredet. Er weiß eine Menge über die Tempel, und er hat den Schausteller in hervorragender Verfassung gemacht. Übrigens hat er mir alles über seine eigenen Angelegenheiten erzählt. Ich habe ihn wohlgemerkt nicht gefragt. Er hat es einfach aus eigenem Antrieb gemacht. Ich konnte nicht anders, oder ? "

„Ich verstehe nicht, wie du das könntest", stimmte Jack zu; „Und ich verstehe nicht mehr, warum du das wollen solltest."

„Ein Kerl da unten – ein Dago-Bauer, wissen Sie – hat eine schreckliche Menge an Sachen gefunden, die Wrenmarsh gekauft hat. Das habe ich dir alles beim Frühstück erzählt."

„Ja", sagte Jack unbeirrt.

„Sehen Sie, Wrenmarsh hat sich an den ganzen Haufen gewandt und ihn gekauft, und er ist einfach verrückt danach; aber wie ich schon im Hotel gesagt habe, er hat es mit der Regierung zu tun, und er weiß nicht, wie um Himmels willen er das tun soll Holen Sie die Beute aus Italien heraus.

„Großartiger Scott, Tab, hast du es dir vorgenommen, seine Sachen für ihn außer Landes zu schaffen? Im Merle auch?" rief Jack und zeigte endlich etwas Bestürzung.

„Ganz so schlimm ist es nicht", protestierte Jerry; „Aber ich habe ihm gesagt, dass ich ihm aus Pæstum heraus und hierher helfen würde. Ich habe nur Neapel zugestimmt. Das ist alles, worum er gebeten hat."

Castleport rauchte einen Moment schweigend und sah ausgesprochen ernst aus.

„Jack, alter Mann", sagte Jerry flehend, „ich war ein schrecklicher Idiot, aber die Art und Weise, wie dieser scheußliche Wrenmarsh mich mit seinem Gerede verärgerte, war völlig unvorstellbar. Er hätte einem Messingaffen den Schwanz vom Schwanz abgeredet. Er hat gehalten." Ich appellierte an meinen Sinn für Ehre und Gott weiß was, bis ich das Gefühl hatte, dass ich ein perfekter Betrüger wäre, wenn ich ihm nicht helfen würde.

„Das ist alles in Ordnung, Tab", antwortete Jack nachdenklich. „Es ist nur die Merle – ich würde es schrecklich hassen, sie in Schwierigkeiten zu bringen."

„Er versicherte mir, dass ihr nichts passieren könne, und ich glaube nicht, dass er lügen würde."

„Nun, wenn dem so ist, ist es kein großer Schaden, alter Mann. Worüber machst du dir Sorgen?"

„Ich mache mir überhaupt keine Sorgen, Jacko, wenn du nichts dagegen hast, dass ich mein Wort halte. Fahre einfach bis morgen mit meinen Markenbriefen fort. Ich habe ihm versprochen, dass ich heute Nachmittag hingehen würde. Du wirst das Kommando haben.", natürlich, jetzt bist du hier; aber ich möchte nicht an den armen Kerl denken, der dort unten in den Sümpfen auf mich wartet – es ist ein schrecklicher Ort für Malaria! – und ich komme überhaupt nicht."

„Oh, ich werde mich nicht einmischen", sagte Jack schnell. „Ich hatte mir sowieso vorgenommen, noch eine Nacht an Land zu bleiben, und ich habe dir wirklich die Jacht bis zum zwanzigsten gegeben. Du sollst das Ding selbst leiten; aber, bei Gott, wenn du an Onkel Randolphs Merle in solchen Geschäften denkst!" "

„Wir haben sowieso angefangen, Piraten zu sein", lachte Jerry, „und wir sind unserem Ruf bisher nicht gerecht geworden. Nun, ich werde es versuchen. Ich werde den Bettler morgen um zehn Uhr los sein." , wenn Wind und Wetter es zulassen. Das ist schrecklich nett von dir, alter Mann. Ich dachte, du würdest denken, ich sei ein Idiot, wenn ich mich so verarschen lasse; aber als er mit mir redete, kam es mir so vor, als ob er sich furchtbar benehmen würde schikaniert, und ich sollte ihm helfen.

„Natürlich", war Jacks Antwort. „Ist dir nicht aufgefallen, dass Katrine genau das gleiche Gefühl hatte, als du davon erzählt hast?"

Tab wollte am liebsten vor sich hinzwinkern, aber er behielt seine ernste Miene und fragte nur:

„Was werden Sie Mrs. Fairhew über die Abwesenheit der Merle erzählen?"

„Oh, das ist ganz einfach. Ich werde ihr sagen, dass du Pæstum noch einmal besuchen wolltest , und hinterher kannst du sagen, dass du Wrenmarsh getroffen und ihn nach Neapel gebracht hast. Twig it?"

„Klar wie eine Glocke. Komm runter und verabschiede mich."

Er sprang lebhaft von seinem Stuhl auf und war sehr erleichtert darüber, dass der Kapitän ihn nicht daran gehindert hatte, seinen Plan auszuführen. Als Jack ebenfalls aufstand, legte Jerry ihm liebevoll die Hand auf die Schulter.

„Das ist furchtbar nett von dir, alter Mann", sagte er.

„Unsinn. Das ist eine großartige Kleinigkeit, die du für dich tun konntest, wenn du für mich über den Atlantik gekommen bist."

„Oh, Ratten!" Tab erwiderte unelegant. „Ich bin aus Spaß gekommen."

Sie bezahlten die Rechnung und machten sich auf den Weg zum Kai, wo das Boot anderthalb Stunden lang auf Jerry gewartet hatte. Die Männer räkelten sich in den vereinzelten schattigen Ecken, rauchten und tauschten schläfrig gelegentliche Bemerkungen aus; aber beim Anblick des Kapitäns wachten sie sofort auf.

„Hier ist der Kapitän", rief einer, sprang auf und salutierte.

Die anderen folgten seinem Beispiel bereitwillig, und Jack konnte nicht umhin, sich über die unverkennbare Freude zu freuen, die sie zeigten, ihn wiederzusehen.

„Wie geht es euch, Jungs?" sagte er fröhlich. „Freut mich, euch alle zu sehen. Ihr scheint alle in Kampfform zu sein."

„Wir sind in Topform, Sir", antwortete Dave grinsend. „Es ist nicht das Wetter, bei dem wir das Haus verlassen haben, Sir."

„Nicht ganz", antwortete Jack lachend, als er seinen Platz in der Heckdecke einnahm; „Aber ich hoffe, du vermisst den Nebel nicht zu sehr. Ruderer!"

Jack blieb anderthalb Stunden auf der Merle, las das Logbuch und tauschte mit Jerry alle Neuigkeiten aus, die es zu berichten gab. Gonzague betrat offenbar die Hütte, um sich an seinem Herrn zu erfreuen, und strahlte vor Freude über jedes Wort, das Castleport zu ihm sagte. Als der alte Mann feststellte, dass der Kapitän nicht gekommen war, um zu bleiben, wirkte er so traurig, dass Castleport ihn aufforderte, Tab als Kapitän nicht zu mögen.

„ Eet „Das ist nicht der Fall ", antwortete Gonzague mit beredten Händen und Schultern. „Er ist so gut wie der Seelk , aber – aber Mistaire. " Taberman , er kann dich nicht befehligen .

Pæstum aufbrechen , da der Wind schwach war, und so verabschiedete sich Jack mit herzlichen Wünschen für einen erfolgreichen Lauf. Jerry ging mit ihm zur Treppe.

„Übrigens, Jack", fragte er leise, als der Kapitän herabsteigen wollte, um seinen Platz im Kutter einzunehmen, „sind Glückwünsche angebracht?"

Castleport wandte den Blick von seinem Freund ab und blickte dorthin, wo auf der anderen Seite der Bucht in einem trüben violetten Schleier Capri lag. Dann blickte er schnell in Jerrys Augen.

„Ich – ich habe ihr nichts gesagt", antwortete er schlicht.

Er rannte die Stufen zum Kutter hinunter. Gonzague selbst hatte den Bootshaken übernommen, um das Boot festzuhalten. Castleport legte freundlich seine Hand auf die Schulter des alten Mannes.

„Auf Wiedersehen, Gonzague ", sagte er. „Ich komme morgen für Feste an Bord. Auf Wiedersehen, Jerry."

„Auf Wiedersehen und – viel Glück", rief Tab als Antwort, als der Kutter losfuhr.

Es fehlte eine Viertelstunde vor zwölf in dieser Nacht, als die Merle eine Kabellänge vor Pæstum landete . Der Wind hatte bei Sonnenuntergang aufgefrischt und wehte eine frische Brise aus Westen. Jerry ließ den Kutter herablassen, überließ Gonzague das Kommando und ließ sich mit strengen Anweisungen, die Jacht liegen zu lassen, wo sie war, zum Ufer ziehen. Die Männer hatten keine Ahnung, was vor sich ging, aber sie gehorchten den Befehlen mit prompter Bereitwilligkeit, was zeigte, dass sie das Gefühl hatten, dass in dieser Angelegenheit etwas von ungewöhnlicher Bedeutung vor sich ging. Als sich der Kutter nur noch etwa hundert Fuß vom Ufer entfernt befand, befahl Tab den Männern, sich auf die Ruder zu legen und nach einem Licht Ausschau zu halten. In Stille und völliger Dunkelheit, denn obwohl die Sterne leuchteten, war kein Mond, wälzten sie sich zwanzig Minuten lang in den schwarzen Trögen des Meeres umher. Dann stieß Dave einen vorsichtigen Ausruf aus.

„Es brennt Licht, Sir", sagte er. „Sehen Sie, da ist es wieder."

„Legen Sie ihren Kopf darauf und ziehen Sie!" befahl Jerry und fühlte sich wie in einem Piratenroman. „Kein Lärm, wohlgemerkt!"

Das Licht war für einen Moment etwa zwei- bis dreihundert Fuß oberhalb der Küste von der Stelle aus aufgetaucht, vor der der Kutter rollte. Sie zogen leise auf die Stelle zu, die Ruder ertönten leise, das Wasser schwappte über den Bug des Bootes und der Wind wehte ihnen den gedämpften Klang eines Sandstrandes in die Ohren.

„Lass sie laufen", befahl Tab mit leiser Stimme. „Kannst du das Licht sehen?"

Eine Minute lang rollten sie wie zuvor in der Dunkelheit, dann sahen sie erneut das Signal, dieses Mal direkt am Ufer. Jerry spürte, wie sein Herz schlug, als er den Befehl gab, hineinzulaufen, und das Bewusstsein romantischer Abenteuer, gesetzlos und wild, war wie ein süßer und berauschender Geschmack in seinem Mund. Eine solche Tat hätte an seinen Heimatküsten eine Atmosphäre heimlicher Schurkerei gehabt , aber hier, in fremden Gewässern, an einer fremden Küste, im Dunkel der Nacht, wurde die romantische Seite tausendfach verstärkt. Ein skurriles Gefühl schoss durch seinen Hinterkopf, dass er für einen solchen Anlass anders gekleidet sein sollte; dass er einen struppigen schwarzen Bart, eine rote Schärpe voller Pistolen und ein halbes Dutzend Entermesser hätte tragen sollen, die er wahllos um sich trug. Er war nicht ohne das flüchtige Bewusstsein, dass er eines Tages zu Hause, vor der alten Schar von College-Jungs, große Freude daran finden würde, von dieser Nacht zu erzählen, und – Aber das Licht blitzte wieder auf, dieses Mal so nah, dass der Kutter lag voll in der Mitte des dunklen, mit Feuer bestreuten Weges, den es beleuchtete; und Jerrys gesamter Geist wurde auf die Sache zurückgeführt, um die er sich kümmerte. Im Licht konnte er die Wangen der Männer vor sich sehen, die sich mit ihrem Ruder hin und her bewegten, die messingfarbenen Ruderschlösser des Kutters und die tropfenden Klingen der Ruder. Er richtete seinen Blick auf das Land, wurde aber von dem grellen Licht, in das er blickte, geblendet. Und in diesem Augenblick ertönte eine eifrige, aber gedämpfte Stimme vom Ufer, etwa zwanzig Fuß entfernt.

„Hallo! Sind Sie da, Mr. Taberman ?"

„Hier ist alles in Ordnung", antwortete Jerry. „Augen im Boot!" fügte er scharf zu den Männern hinzu, von denen sich jeder außer Dave umgedreht hatte, um ans Ufer zu schauen. „Jetzt drei gute Schläge: Schlag! Schlag! Schlag! ... Lass sie laufen!"

Die Nase des Kutters landete auf einem Sandstrand; Der Bugmann sprang mit der Malerin an Land und hielt sie fest, während Jerry vorwärts kletterte und sich mit einer Hand auf der Schulter der Ruderer stützte. Als er ans Land sprang, wurde er von Mr. Wrenmarsh konfrontiert . Dieser Herr bewegte die Laterne, die er hielt, von seiner rechten Hand in seine linke und schüttelte Taberman inbrünstig die Hand.

„Du kommst gerade noch rechtzeitig", sagte er hastig. „Wir haben keine Sekunde zu verlieren. Die Kisten stehen direkt hier am Rand des Grases. Kommen Sie mit Ihren Männern. Für die größte Kiste werden vier von ihnen benötigt."

Jerry rief die vier Männer, die ihm am nächsten waren, und forderte die übrigen auf, bereitzustehen, und eilte den Strand hinauf. Im Sand sah er im Licht der Laterne, mit der der Archäologe hinter ihm herkam, die Abdrücke von Rädern, die zu einem Stapel roher Holzkisten führten. Drei von ihnen waren mittelgroß, aber der vierte schien Tab im Halbdunkel riesig zu sein.

„Wie groß ist das Ding?" fragte er und berührte es mit seinem Fuß.

„Nicht treten!" Wrenmarsh reagierte schnell und scharf. „Es ist nur etwa einen Quadratmeter groß und halb so tief. Ich könnte es nicht kleiner machen."

Jerry pfiff bestürzt.

„Wir könnten es auf dem Weg zur Merle über Bord verlieren", bemerkte er grausam. Dann befahl er den Männern, ohne auf den bestürzten Ausruf des

Sammlers zu achten, das zuerst zu nehmen. „Stellen Sie es so weit nach hinten wie möglich", sagte er. „Ich fürchte, du musst dich damit abfinden."

„Um Gottes willen, beeilen Sie sich", rief Wrenmarsh . „Ich weiß, dass dieser scheußliche Fuhrmann den Verwalter mittlerweile mit der Aufgabe beauftragt hat . Aber lassen Sie den Fall nicht fallen!" fügte er hinzu und rannte neben den Trägern her, während die Laterne wild hin und her schwang und gegen seine Beine stieß.

Der Koffer war offensichtlich ziemlich schwer, und die Männer atmeten tief durch, als sie ihn über den losen Sand trugen. Durch das Waten der Männer neben dem Kutter wurde die große Kiste sicher in der Heckschote abgelegt, und die Matrosen machten sich auf den Rückweg, um eine neue Ladung zu holen. Eine zweite Kiste ließ sich problemlos verstauen, aber als die beiden anderen, die glücklicherweise die kleinsten waren, von jeweils zwei Männern hochgehoben wurden, packte Wrenmarsh Taberman am Arm.

"Schau da!" er weinte. „Seht da! Schnell, Männer! Um Himmels willen, schnell!"

Keine hundert Meter entfernt, am Strand im Süden, näherte sich eine Laterne. Plötzlich hörte es auf.

"Was ist es?" fragte Tab.

rannten , von Wrenmarsh angespornt , über den Sand, und Tab eilte mit ihnen auf das Boot zu.

"Beeil dich!" war die atemlose Antwort von Wrenmarsh . „Es sind die Custodi und die Polizei – diese verfluchten *Carabinieri* ! Ich habe dir gesagt, der Fuhrmann würde mich verraten."

Es dauerte nur eine Minute, bis die Männer das Boot erreicht hatten und hastig die Kisten verstauten, die sie trugen. Taberman und Wrenmarsh kletterten hinein, und Jerry, der verzerrt und verkrampft hinter der großen Kiste saß, ergriff die Leinen. Die Männer stießen ab und kamen trotzdem an ihre Plätze. Gerade als Tab seine Lippen öffnete, um den Männern zu befehlen, nachzugeben, ertönte eine gebieterische Stimme vom Ufer im Süden zu ihnen. Das Licht hatte sich nicht von der Stelle entfernt, an der es aufgehört hatte, sondern war wild am Strand auf und ab geschwungen, als wären die Träger auf ein unüberwindbares Hindernis gestoßen und hätten vergeblich nach einer Stelle gesucht, die einen Durchgang ermöglichen würde.

„ *Aspetta !* " schrie die Stimme. „ *Aspetta nel Nomme del Re!* "

"Was ist das?" fragte Jerry.

„Sie rufen uns auf, aufzustehen – im Namen des Königs", erwiderte Mr. Wrenmarsh mit mürrischer Nervosität.

„Geh mit dem Boot herum", rief Tab. „Warum zum Teufel kommen sie nicht herunter, wenn sie uns wollen?"

„Das kann ich mir nicht vorstellen", antwortete der Sammler.

„Vielleicht haben sie Angst vor uns; aber ich glaube nicht, dass es daran liegen kann."

„*Aspetta !*" donnerte die Stimme am Ufer noch wilder. „*Aspetta o tiriamo !*"

„Bei Gott! Der Sand!" rief Wrenmarsh . „Da ist ein Bach – der Grund ist Treibsand. Sie wagen nicht, zu versuchen, ihn zu überqueren."

"Treibsand?" wiederholte Tab. „Wie sind sie dann dorthin gekommen?"

„Sie müssen geglaubt haben, wir wären auf der anderen Seite des Flusses. Sie sind am falschen Ufer angekommen, und jetzt kommen sie nicht mehr darüber hinweg."

Knall! Es gab einen schnellen, lauten Knall, und Jerry hörte das *Geräusch* einer Karabinerkugel dicht achtern.

"Großartiger Scott!" er schrie. „Den Glimmer löschen! Ziehen! Ziehen!"

Wrenmarsh ergriff die Laterne und warf sie über Bord, eine wirksame, wenn auch unregelmäßige Methode, sie zu löschen.

Knall! Knall! Noch zwei Schüsse. Einer der Männer, Hunter, zog an der dritten Ruderbank und schwor anschließend, dass er den Wind der zweiten Kugel gespürt habe.

Knall!

„Zieht kräftig, Männer! rief Jerry.

Ein Mann von Rasse und Ausbildung verspürt in einer Krise dieser Art zwar mehr Aufregung als seine dickhäutigeren Artgenossen, zeigt aber nach außen hin mehr Kühle. Soziale Entwicklung bedeutet die Kraft der Selbstbeherrschung, insbesondere wenn es um Verantwortungsbewusstsein geht. Taberman war innerlich wild vor den aufwühlenden Gefühlen einer Erfahrung, wie er sie nicht nur noch nie erlebt hatte, sondern von der er auf hundert Arten gehört hatte, die Assoziationen hervorriefen, die die Wirkung verstärkten; Dennoch verlor er keinen Augenblick das Gefühl, dass er sich um die Männer kümmern musste. Er behielt seinen Kopf und rief den Ruderern den Schlag. Sie zeigten durch ihre Tendenz, wild zu ziehen, wie nahe sie der Demoralisierung waren, und Jerry drängte sie mit einer Sprache von malerischstem Nachdruck zur Standhaftigkeit.

Knall! Knall! Knall! Drei Schüsse. Beim dritten Mal ertönte ein scharfes Klopfen, als ob der Kutter von einem Kieselstein getroffen worden wäre, und ein seltsames kleines Quietschen von splitterndem Holz. Tab sprang auf, setzte sich aber sofort wieder hin und packte die Jochleine, die er halb fallen ließ.

„Es ist knapp“, sagte Wrenmarsh nervös.

„Ja“, antwortete Jerry lakonisch. „Schlaganfall! Schlaganfall! Stetig!“

In dem Moment, als er das Geräusch des Balls auf dem Holz des Bootes hörte, hatte er ein scharfes Stechen in seinem linken Arm gespürt, als ob der Muskel plötzlich mit einer weißglühenden Zange vom Knochen abgetrennt worden wäre. Der Schmerz war unerträglich, aber er zwang sich, ruhig zu bleiben, und nach dem ersten unwillkürlichen Sprung gab er keinen Hinweis darauf, dass er getroffen worden war. In einer Art doppeltem Bewusstsein sagte er sich immer wieder, dass er sich fragte, wie schwer der Schmerz war, und gleichzeitig schien er durch puren Willen und Aufregung über das körperliche Gefühl des Augenblicks hinausgehoben zu sein.

"Stetig!" sagte er und verspürte auf seltsame Weise eine Art Jubel darüber, dass seine Stimme so kräftig und natürlich war. „Wir sind größtenteils außer Reichweite.“

Weitere Schüsse folgten, aber sie schlugen harmlos achtern ein. Die Dunkelheit war ein Schutz, und obwohl die Karabiner vom Ufer aus immer wieder aufblitzten, entstand an Bord des Kutters kein Schaden mehr. Vor ihnen sah Tab, der sich grimmig zusammenhielt, die roten und grünen Segellichter der Merle und erkannte, dass Gonzague beim Geräusch des Feuers die Yacht an Land getrieben haben musste.

"Ahoi!" Jerry hat angerufen.

Tränen des Schmerzes traten trotz seines Willens in seine Augen und ließen die farbigen Lichter groß und verschwommen erscheinen, als wären sie die grellen Augen eines riesigen Drachen.

„ Hollá !“ kam Gonzagues Stimme. „ In Ordnung , Sir !“ und mit einem ohrenbetäubenden Dröhnen des Segeltuchs hob der Schoner an.

Jerry legte seinen rechten Arm auf den Rücken, den linken ließ er schlaff herabhängen, ergriff das Ruderjoch und legte den Kutter neben die Jacht. Er und Wrenmarsh stiegen an Deck, ein Davit wurde als Kran nach außen gedreht und die Kisten hochgezogen, und dann wurde das Boot angehoben.

Jerry war ohnmächtig und voller Schmerzen und kämpfte immer noch mit sich selbst, um Schritt zu halten und seine Pflichten als Kommandant zu erfüllen. Er erinnerte sich, dass sein Befehl an die Merle, dort zu liegen, wo sie war, missachtet worden war; und obwohl er innerlich froh war, dass die Jacht zum Kutter gebracht worden war, spürte er doch, dass Disziplin gleich Disziplin war, und er war nicht in der Stimmung, etwaige Befehlsverstöße unbemerkt bleiben zu lassen. Er rief Gonzague an .

"Was bedeutet das?" er forderte heftig. „Habe ich nicht den Befehl gegeben, die Jacht in Bewegung zu halten, bis ich herauskomme?"

„Ja, Sir ", antwortete Gonzague zerknirscht und strich mit nervösen Fingern über seinen steifen weißen Schnurrbart, „ obwohl ich ihn an Land schießen hörte , und" –

„Das hat keinen Unterschied gemacht. Ich schäme mich, dass ein alter Seemann wie Sie Befehle missachtet, nur weil er an Land einen Krach gehört hat. Gehen Sie vorwärts. Ich werde Sie im Logbuch vermerken."

Der alte Mann entfernte sich wortlos. So sehr er den Schmerz dieses Vorwurfs auch zu spüren bekommen würde, er war nicht der Mann, der es versäumen würde, den Maat dafür zu respektieren, und davon konnte Tab überzeugt sein, wenn er die Ruhe hatte, über die Dinge nachzudenken.

Jerry gab dem Steuermann den Kurs nach Neapel, und die Merle drehte bei ihrer Rückkehr ab. Dann fing er an, nach unten zu gehen, aber jetzt, da kein sofortiger Handlungsbedarf mehr bestand, wurde ihm plötzlich schlecht und schwindelig. Er streckte seinen unverletzten Arm aus und griff schnell nach Mr. Wrenmarsh .

„Gib mir – deinen Arm", sagte er schwach. „Ich bin – ich bin getroffen, wissen Sie, und alles dreht sich."

"Schlag!" wiederholte der Sammler. „Wo? Ist es ernst?"

„Arm", antwortete Jerry. „Hilf mir, nach unten zu kommen."

Der Archäologe stützte Jerry auf den Begleiter und trug ihn dann fast die Stufen hinunter. Er versuchte, ihn auf den Spiegel zu setzen, aber Taberman marschierte hartnäckig durch die halbe Länge der Kabine und ließ sich auf einen Stuhl neben dem Tisch sinken. Seine Lippen kamen ihm seltsam steif vor, als er sie zu einem schiefen Lächeln verzog.

„Es darf nicht auf den Kissen bluten, weißt du", sagte er schwach. „Ruf Gonzague an ."

Wrenmarsh schrie den Namen heftig, während er besorgt über Jerry schwebte, und einen Moment später erschien der Provenzalische. Jerry gab sich große Mühe, sich zusammenzureißen.

„Hier, Gonzague ", sagte er, „hol die Medizinkiste und zieh mir den Mantel aus. Ich muss repariert werden. Ich möchte etwas heißes Wasser und ein Bett und ein Bett. Bitte um Verzeihung", fügte er hinzu , drehte sich langsam zu Mr. Wrenmarsh um und wünschte sich verwirrt, dass sich die Kabine nicht so viel schneller drehen würde, als er könnte. „Ich vergesse es. Dieser Herr soll Jack's haben – die Kabine des Kapitäns. Haben Sie etwas zu trinken? Ich fürchte, ich bin ein schlechter Gastgeber, aber" –

„Nein, nein", rief der Archäologe . „Das ist in Ordnung. Der Brandy, Gonzague , schnell!"

Ein Brandy und eine Limonade erweckten Jerry zu neuem Leben, der immer noch versuchte, höflich zu sein, und protestierte, dass der Sammler sich nicht darum kümmern sollte.

„Sie werden in mir einen erstklassigen Chirurgen finden", antwortete der andere. „Wo ist die Hausapotheke, Gonzague ?"

Er erwies sich als bemerkenswert bereit, effizient und dabei freundlich. Er zog Jerrys Jacke aus, schnitt den Hemdsärmel ab und entdeckte ein fünf Zentimeter dickes Stück afrikanisches Eichenholz vom Dollbord des Kutters, das in ein gezacktes Loch im Unterarm gestochen worden war. Er untersuchte, schnitt und trimmte mit der Geschicklichkeit eines erfahrenen Chirurgen, während Jerry, blass und mit zusammengebissenen Zähnen, alles mit spartanischer Entschlossenheit ertrug, bis alles vorbei war, und als er dann aufzustehen versuchte, als der letzte Verband angebracht war, fiel ohnmächtig in Ohnmacht.

Als der tapfere Maat zu sich gebracht und in seiner Koje verstaut worden war, übernahm Gonzague erneut die Führung der Merle und warf gegen acht Uhr morgens erneut den Anker im Hafen von Neapel.

Kurz bevor Mr. Wrenmarsh zur Nacht einkehrte, steckte er seinen Kopf in die Tür von Jerrys Kabine und fragte, ob er etwas für ihn tun könne.

„Nein, danke", gab Jerry zurück. „Vielen Dank, aber der Mann an meiner Tür wird mich hören, wenn ich etwas will. Mir geht es jetzt gut. Ich bin Ihnen sehr dankbar, dass Sie mich versorgt haben."

„ Mein Wort, Table- Taberman , Sie sind der außergewöhnlichste Mann für einen Bostoner, den ich je gesehen habe. Gute Nacht."

„Gute Nacht", antwortete Jerry. Dann lachte er und fügte hinzu: „Aber Boston ist voller besserer Männer als ich, wenn Sie nur dort geblieben wären, um sie zu sehen . "

KAPITEL ZWÖLF
AM VERGILS GRAB

„Ich konnte es nie anfassen", sagte Katrine mit einem nachdrücklichen Kopfschütteln. „Ich glaube, ein Baby, das mit Ziegenmilch aufgewachsen ist, würde herumlaufen und meckern. Ich finde die Vorstellung ja schrecklich!"

Ihre Augen funkelten und ihr ganzes Gesicht war von einer köstlichen Lebhaftigkeit erfüllt, so dass es kein Wunder war, dass Jack den Kopf zurückwarf und lachte, sowohl aus reiner Bewunderung als auch aus Belustigung. Er war heute Morgen in Hochstimmung, die Aufregung einer gewaltigen Entschlossenheit bewegte sich in seinem Blut.

„Woher wissen Sie, dass Sie im Hotel keine Ziegenmilch gegessen haben?" er forderte an. „Haben Sie keine Angst, dass Sie plötzlich selbst in einen Baa ausbrechen?"

„Warum, wie unhöflich du bist!" Sie weinte, ihre Grübchen wurden tiefer und größer. „ Natürlich würden sie es nicht wagen, es uns zu geben, und wenn sie es täten, müssten wir es wissen!"

Die jungen Leute wurden in einer neapolitanischen *Vettura* zum Grab von Vergil gefahren. Jack hatte an diesem Morgen beim Frühstück erwähnt, dass der Ort einen Besuch wert sei, allein schon wegen der Aussicht, und gesagt, dass die Damen ihn sehen sollten. Mrs. Fairhew hatte sich aus Gründen, die vielleicht nicht ganz unabhängig von Erinnerungen an ihre eigene Jugend und den verstorbenen Mr. Fairhew waren, geweigert, den Ausflug mitzumachen, mit der Begründung, es sei zu heiß und sie müsse sich um tausend Kleinigkeiten kümmern. Sie hatte das prompte Hilfsangebot ihrer Nichte abgelehnt und so der jungen Frau die Freiheit gelassen, Jacks Einladung anzunehmen, die Fahrt mit ihm zu unternehmen .

Ihr Gespräch war locker genug, umso lockerer, weil Jack es zumindest kaum wagte, ernst zu sein, damit er nicht verriet, wie furchtbar ernst es ihm war. Der Anblick einer kleinen Ziegenherde, die sich beim Pistolenknall ihrer Treiberpeitsche zerstreut hatte, hatte ihnen für einen Moment ein Thema gegeben. Die flinken braunen Tiere hüpften über die Dachrinnen, angegriffen von der überschäumenden Obszönität ihres Führers, eines halbnackten, schlanken Burschen, brauner als die Tiere selbst; und mit weiteren Detonationen des Schleudertraumas wirbelte die Kutsche den Hügel hinauf, wobei die Geschwindigkeit kaum abnahm, je steiler die Steigung wurde. Durch malerische, schmutzige Straßen, die in ihrer Armut mutiger waren als so mancher prächtige Durchgangsstraße, durch Winkel, die private Höfe zu sein schienen, um die sich ganze Familien versammelt hatten, fuhr die Kutsche lärmend ihren Weg; es drehte sich bald nach links, bald nach rechts und stieg kontinuierlich an; es brachte sie an die Spitze enger Gassen, die sie wie durch ein Kaleidoskop blickten, das in einem Gewirr fröhlicher Farben glänzte; Es schien, als würde es sie auf das Dach eines direkt vor ihnen liegenden Gebäudes landen lassen, und dann schoss es im letzten Moment um eine unsichtbare Ecke und trug sie noch höher.

„Ist es nicht wunderbar", sagte Katrine. „So eine Stadt habe ich noch nie gesehen. Ich komme mir fast so vor, als wären wir in einer Flugmaschine – wir fliegen immer weiter nach oben und sehen die ganze Zeit so wundervolle Anblicke. Oh, schauen Sie mal die Straße hinunter! Haben Sie jemals solche Farben gesehen? ?"

„Es ist atemberaubend", antwortete Castleport und blickte ihr ins Gesicht.

„Du hast es überhaupt nicht angeschaut", sagte sie halb schmollend, als die Kutsche an ihnen vorbeifuhr.

„Oh, ich konnte alles in deinen Augen sehen", erwiderte er. „Sie wissen nicht, was für hervorragende Spiegel das sind."

„Was für ein Unsinn! Wie dumm du heute Morgen bist!"

Ihre Röte wurde jedoch dunkler und Jack hatte nicht das Gefühl, dass seine Bemerkung das Feuer verfehlt hatte. Er lächelte vor sich hin, und in diesem Moment hielt die Kutsche mit einem Ruck auf der linken Seite des Weges vor einer kleinen grünen Tür in einer grauen Stützmauer. Über der Tür war in schwarzen Buchstaben gedruckt: *Tomba di Virgilio* .

„Hier sind wir", sagte Jack.

Er stieg mit dem Fernglas, das er mitgebracht hatte, aus und streckte seine Hand aus, um Katrine zu helfen. Sie berührte seinen Arm kaum mit ihren Fingerspitzen, aber die Luft war elektrisierend und er spürte den Schauer wie ein Pulsieren warmen Blutes von Kopf bis Fuß. Er sprach nicht mit dem Fahrer, sondern befahl ihm in der Gebärdensprache der Stadt einfach in einer Art und Weise, dass dieser neapolitanische Piratenmann ihn mit neuem Respekt betrachtete, er solle warten. Ein Soldat kam aus einem Laden in der Nähe geschlendert, in dem er offenbar herumlungerte, nahm die vorgeschriebenen Eintrittsgelder entgegen und öffnete dann die schmale Tür. Dadurch wurde eine schmale und steile Treppe freigelegt, die aus dem lebenden Felsen gehauen war und nach oben und nach rechts führte.

Sie stiegen wortlos die Steintreppe hinauf, aber oben angekommen löste die wunderbare Schönheit der Aussicht, die sich auf sie eröffnete, bei Katrine einen unwillkürlichen Ausruf der Überraschung und Freude aus. Unter ihnen lag Neapel mit seinen roten Dächern und vielen Farben, getaucht in das starke weiße Licht der südlichen Sonne; dahinter blitzte und glitzerte das Wasser der Bucht, wunderbar blau und von einer sanften Brise gekräuselt;

und noch weiter dahinter standen das violette Capri und das aufgetürmte Südufer, leuchtend und neblig azurblau. Im Osten zeigte sich der Vesuv, düster und tragisch, doch mit einer aufregenden eigenen Schönheit in sanft fließenden Kurven und schwankenden Umrissen, so gewaltig er auch war, so unheimlich und schrecklich schien er da zu liegen, die Verkörperung erbarmungsloser Macht.

Jack fokussierte die Brille und reichte sie Katrine. Dann begann er, hier und da hin und her zu zeigen und ihr die verschiedenen interessanten Dinge zu zeigen, die von dem Hügelsporn, auf dem sie standen, sichtbar waren. Als sie auf die Mole und den Neuen Hafen blickte, stieß sie plötzlich einen kleinen Überraschungsschrei aus.

„Da ist das Merle“, sagte sie. „Das bin ich mir sicher. Zumindest weht sie unter der amerikanischen Flagge.“

„Ja“, antwortete Jack. „Das ist sie, schnell genug.“

„Fühlt es sich nicht wie ein Stück Heimat an, sie dort unten zu sehen?“ Katrine fuhr fort. „Ich finde es absolut wunderbar, dass Mr. Drake Sie diesen Sommer mitnehmen durfte.“

Jack machte eine schnelle Schulterbewegung und presste dann seine Lippen fester aufeinander.

„Ich muss ihr alles erzählen“, dachte er bei sich. Laut sagte er: „Ich wäre nicht hier gewesen, als du da warst, wenn es nicht den Merle gegeben hätte.“

„Ich denke nicht“, antwortete sie, und die Veränderung in ihrem Tonfall zeigte am deutlichsten, dass sie in den Worten mehr verstand, als das Ohr wahrnahm.

Nachdem sie eine Zeit lang gestanden hatten und die herrliche Aussicht vor ihnen bewundert hatten, wandten sie sich um und gingen zum Grab, das zwanzig Meter entfernt lag. Der unebene Weg, gesäumt von wunderschönen wilden Mohnblumen und Veilchen, wurde von knorrigen Feigen- und Pflaumenbäumen beschattet. Auf der linken Seite erhob sich prächtig eine prächtige Zirbe, gekrönt von ihrem kuppelförmigen Zweigbündel.

„Oh“, rief Katrine, „es ist wunderschön, nicht wahr? Es gibt einem ein feierliches Gefühl, es ist so schön.“

„Ja“, stimmte er zu und ungewohnte Emotionen ließen ihn ohne ein Wort, das er hinzufügen könnte.

„Schau dir nur diese Blumen an“, fuhr sie fort. „Schade, dass wir sie nicht so zu Hause haben.“

„Es ist ein passender Ort für Vergils Grab, nicht wahr?" sagte Jack. "Ich dachte du würdest es mögen."

„Es ist ein Ort, an den ich mich mein ganzes Leben lang erinnern werde", antwortete sie. Während sie sprach, trafen sich ihre Augen und ihr Blick senkte sich mit schneller Bewusstheit. Bevor er etwas sagen konnte, fügte sie hastig hinzu: „Ist das das Grab?"

„Ja", antwortete er, völlig unbeeindruckt von irgendwelchen erschreckenden schulischen Zweifeln zu diesem Thema, „das ist das Grab."

Vor ihnen befand sich ein niedriges viereckiges Bauwerk aus alten Trümmern und eine schmale Tür, an der der Weg mit einem plötzlichen Gefälle endete.

„Wirst du reingehen?" sagte er und trat beiseite.

Katrine trat ein und er folgte ihr. Der Ort war von innen genauso einfach wie von außen. Der Boden schien aus gestampfter Erde zu bestehen; Der einzelne Raum, die *Cella* , wurde durch ein kleines Fenster beleuchtet und enthielt nur zwei oder drei Aschenurnen aus dunkelrotem Ton, die an der Wand gegenüber der Tür lehnten. Darüber befand sich in braunen Buchstaben auf einer Tafel aus weißem Marmor eine Inschrift, die von der Akademie von Frankreich angebracht worden war.

Das Paar stand eine Minute lang still, Katrine las die Tafel und Jack stand mit entblößtem Kopf neben ihr. Als sie den Kopf drehte , fing sie seinen Blick ein zweites Mal auf. Sie errötete und ging schnell zu dem kleinen Fenster.

„Ist die Aussicht nicht herrlich!" sagte sie, als hätte sie die ersten Worte, die ihr in den Sinn kamen, mitbekommen.

„Ja", gab er geistesabwesend zurück. „Gut, nicht wahr?"

Sie schaute einen Moment aus dem Fenster und wandte sich dann, seinem Blick ausweichend, wieder dem lateinischen Distichon zu, der in die Tafel eingeschnitten war und der Überlieferung nach Vergil selbst zugeordnet wurde :

Mantua mit Genuit , Kalabrien rapuere , Grundsatz nunc

Parthenope. Cecini pascua , rura , duces.

„Sie werden denken, ich sei unbeschreiblich dumm", sagte sie, „aber ich gestehe, ich verstehe es nicht. ‚Mantua hat mich geboren', das kann ich lesen."

„‚Die kalabrischen Winde haben mich mitgerissen'", fuhr Jack fort.

„Oh ja; aber ich verstehe die Parthenope nicht.“

„Das ist Neapel“, antwortete er. „„Neapel hält mich.‘“

„Oh, ist es das? Den Rest kenne ich. ‚Ich habe Weiden, Felder, Führer gesungen.‘“

„Gut! Du sollst trotz Parthenope eine Eins in der Prüfung haben“, versicherte er ihr. „Vielleicht ist ‚Helden‘ aber ein besseres Wort für *Duces*.“

„Ich fürchte, ich verdiene keine Eins“, lachte sie, „aber ich bin zufrieden, wenn ich überhaupt bestehe.“

Als sie aus dem Grab kamen, pflückte Jack einen Zweig des wunderschönen Lorbeers, der neben dem Eingang wuchs, und hielt ihn ihr hin. Sie nahm es mit einem gemurmelten Dankeswort entgegen und steckte es in ihr Kleid. Nicht weit entfernt auf der rechten Seite des Weges befand sich ein schlichter Sitz oder eine Bank, die von Feigen- und Olivenbäumen beschattet und teilweise durch Zwergpflaumen vom Weg abgeschirmt wurde. Es lag etwas höher als der Weg, den sie gekommen waren.

„Hier“, sagte Jack, „lasst uns hinaufgehen und uns ein wenig ausruhen. Die Aussicht ist sehenswert.“

Sie drehten sich zum Sitz um und nahmen schweigend ihre Plätze ein. Die Aussicht unterschied sich nicht merklich von der, die sie auf dem Weg hatten, aber als Jack Katrine ansah und Katrine den Blick senkte, war es etwas, was sie wahrscheinlich nicht bemerken würden.

„Katrine“, begann der Kapitän – denn sie waren fast unmerklich dazu gekommen, sich gegenseitig bei ihren Vornamen zu nennen – „Ich muss Ihnen etwas sagen. Es ist nicht ganz angenehm für mich, aber es ist so.“ Nur fair, dass du es wissen solltest.

Sie sah zu ihm auf, offensichtlich überrascht und mit einer gewissen Beunruhigung.

„Warum, was ist das?“ Sie fragte. „Ich hoffe, es ist nichts wirklich Schlimmes.“

Er zögerte und begann nervös mit dem Fuß über den Boden zu kratzen.

„Ich – äh – nun, um ehrlich zu sein, ich weiß nicht genau, wie ich es dir sagen soll, damit du nicht zu hart zu mir bist“, antwortete er offenherzig.

„Ist es so schlimm?“ fragte sie in einem Tonfall, der unter seiner vermeintlichen Leichtigkeit eine gewisse Besorgnis erkennen ließ.

„Was in aller Welt hast du getan? Du hast niemanden ermordet, hoffe ich.“

„Was würden Sie sagen", fragte Jack, „was würden Sie von einem Mann denken, der sich so verhielt? Angenommen, es wäre ein Fall. Angenommen, der Kerl wäre ursprünglich in Amerika. Angenommen, er hätte einen Freund, einen Freund, der ihm am Herzen lag." Eine Menge darüber, an die er mehr dachte als irgendjemand sonst auf der Welt, und dieser Freund war auf dieser Seite. Angenommen, das Eigentum des Mannes wäre vollständig gebunden – treuhänderisch, wissen Sie – und er hätte versprochen, keine Kredite aufzunehmen , Daher konnte er das Geld für seinen Besuch nicht ehrenhaft aufbringen, es sei denn, sein Treuhänder würde es zulassen. Der Treuhänder, sagen wir mal, ist ein netter alter Kerl – wirklich nett, wissen Sie, nur ziemlich verschroben –, der nichts hören wollte Ein Wort, dass der Kerl geht.

Er hielt inne, als wolle er ihn aufmuntern, und Katrine murmelte, offensichtlich dankbar dafür, „Ja, ich verstehe."

„Und angenommen", fuhr Castleport mit neuem Zögern in der Stimme fort, „dass dieser Treuhänder – natürlich ist der Kerl sein nächster Verwandter, wissen Sie – eine leistungsfähige Schoner-Yacht hat. Nun, wenn der Kerl es einfach nicht ertragen könnte. " , aber eroberte diese Yacht – natürlich nicht gewaltsam, sondern durch List – und kam herüber, um seine Freundin zu sehen und sie zu fragen" –

„Warum, Jack Castleport !" rief Katrine mit weit geöffneten Augen. „Du meinst nicht, dass du mit dem Merle durchgebrannt bist! Ich kann es nie glauben!"

„Aber es stimmt", antwortete er. „Machen Sie mir so große Vorwürfe?"

Ihr Blick fiel vor seinen, und ihre Haltung verlor sofort ihre Kühnheit.

„Ich – na ja, das kommt natürlich darauf an", murmelte sie.

"Hängt davon ab, ob?"

„Darüber – wie – wie notwendig es für ihn war, seinen Freund zu sehen."

„Oh", rief Jack. „Ich musste sie sehen! Du weißt, dass ich kommen musste, Katrine! Ich musste dir sagen, dass ich dich liebe, und ich habe Onkel Randolphs Yacht gestohlen, weil er mich nicht anders kommen ließ. Ich musste kommen."

Er sprang vor Aufregung auf und stand vor ihr, seine Hände verdrehten sich auf eine Weise, die für jemanden von so viel Selbstbeherrschung seltsam genug war.

„Du musst gewusst haben, wie sehr ich mich um dich gekümmert habe, Katrine. Ich könnte es dir nicht sagen, ohne es ehrlich zu sagen, aber sei nicht zu hart zu mir. Ich musste kommen."

Sie warf ihm einen haarsträubenden Blick zu und sagte sanft, die Hände an die Brust gedrückt: „Ich hätte dir nie verzeihen können, wenn du nicht gekommen wärst."

Er beugte sich einfach vor und nahm sie kurzerhand in die Arme, und es dauerte mehrere Augenblicke, bis sie Atem und Geistesgegenwart hatte, um zu protestieren.

„Himmel!" sie weinte vor gespieltem Entsetzen. „Befinde ich mich in den Armen eines Piraten? Jack, ich habe noch nie in meinem Leben etwas so Schockierendes erlebt! Wie konntest du das tun?"

„Ich musste über den Atlantik zu dir", antwortete er, als wäre das eine Ausrede, die völlig ausreichte.

Und die Sonne schien auf das Meer und den Vesuv und auf Vergils Grab und auf das, was beständiger ist als alle diese: die Süße der jungen Liebe.

KAPITEL DREIZEHN
EIN VORSCHLAG FÜR DEN SELTSAMEN TRICK

Während der Kapitän mit Katrine auf die Merle blickte, während die Yacht ruhig im Hafen vor Anker lag, fand an Bord ein bemerkenswertes Gespräch statt. Zu keiner sehr frühen Stunde war Tab aufgestanden, hatte sich mühsam in die Wanne gestürzt und war mit etwas Hilfe in seine Kleidung geschlüpft. Sein linker Arm war steif und sehr schmerzhaft, aber darüber hinaus verspürte er keine Beschwerden. Sein prächtiger Körperbau, der sich durch das harte Leben, das er geführt hatte, verbessert hatte, bewahrte ihn vor ernsteren Folgen; so dass der Archäologe , der in bester Stimmung war, ihn mit dem ungeheuren Appetit, den er beim Frühstück an den Tag legte, mobilisierte.

„Ich muss das Doppelte essen, um das Blut auszugleichen, das ich letzte Nacht verloren habe", sagte Jerry grinsend. „Ich finde, es gibt nichts, was den Appetit anregt, als ein regelmäßiger Kontakt mit der Polizei. Das habe ich schon früher erlebt, als ich auf dem College war."

Nach dem Frühstück gingen die beiden an Deck und unterhielten sich unter der Markise, mit der wunderschönen Bucht vor ihnen und einer sanften Luft, die für eine köstliche Kühle sorgte, über das Abenteuer der vergangenen Nacht. Von hier aus wandten sie sich dann allgemeineren Themen zu. Herr Wrenmarsh war ein Mann mit großer Erfahrung und guter Beobachtungsgabe und war über fast jedes Thema, das in der Rede angesprochen wurde, gut informiert. Seine Tricks und Exzentrizitäten waren vorerst beiseite gelegt worden oder zeigten sich nur als ein Hauch pikanter und attraktiver Persönlichkeit. Jerry fühlte sich beruhigt und unterhalten, obwohl er, als er sich an seine frühere Erfahrung mit dem Sammler erinnerte, nicht ohne das Gefühl war, dass Wrenmarsh dazu neigte, die Sprache zu verwenden, wie ein Tintenfisch seine Tinte, um seinen Kurs zu verbergen, und fragte sich daher, was der Sammler hatte noch zu gewinnen. Wrenmarsh fing plötzlich ohne Vorwarnung und auch ohne offensichtliche Entschuldigung an komplizierten und unverständlichen Sätzen an, als Jerry ihn mit der Frage, was er als nächstes zu tun gedenke, auf den Boden der Tatsachen zurückholte.

"Tun?" rief Wrenmarsh aus , als wäre er schockiert und erstaunt über eine solche Anfrage. „ Natürlich werde ich nicht daran denken, das Land wieder zu betreten, bis ich in England bin."

Jerry unterdrückte kaum einen instinktiven Pfiff, und für einen kurzen Moment hatte er nichts zu sagen; aber schließlich war er nicht ohne eigene Schlauheit. Er war immer noch betrübt, als er sich daran erinnerte, dass der Archäologe ihn einmal für seine eigenen Zwecke ausgenutzt hatte, und er hatte zumindest gelernt, dass man im Umgang mit diesem Mann vorsichtig sein musste.

"Nach England?" wiederholte er mit einer Stimme, die so beiläufig war, dass sie Wrenmarsh aufweckte und ihn innerlich kitzelte. "Wie geht es Dir?"

"Gehen?" wiederholte noch einmal der andere. „Natürlich mit dir.“

„Oh, gehen wir nach England?“ fragte Jerry nachlässiger als zuvor.

„Sicherlich bist du das“, erwiderte Wrenmarsh mit einiger Schärfe.

„Sind wir das wirklich?“ war Jerrys Kommentar. Ein Refrain aus einem Lied aus einem Pudding-Stück schoss ihm in den Sinn, und er summte ihn mit kaum verhohlenem Spott:

"Du überrascht mich!"

„Wirst du – äh – das noch einmal sagen?“ fragte der Sammler sehr höflich.

„Oh, ziemlich unnötig“, erwiderte Tab, um sich nicht in eine Entschuldigung verwickeln zu lassen. „Es war nur ein kleines Lied.“

Er hatte das angenehme Gefühl, dass er den Sammler belästigte, so klug dieser Mensch auch war, und er beschloss, da die Umstände sicherlich zu seinen Gunsten lagen, zumindest dieses Mal mit ihm mitzuhalten.

„Ich glaube nicht, dass Sie eine klare Vorstellung von dem Fall haben“, sagte Wrenmarsh nach einem Moment stillen Grübelns mit zusammengezogener Stirn. „Wenn du es getan hättest, würdest du sehen, dass es mir jetzt nicht möglich ist, an Land zu gehen, nach dieser schrecklichen Angelegenheit von letzter Nacht. Ich versichere dir, dass mir dieses Durcheinander schrecklich leid tut. Da ist noch etwas anderes: Ich könnte Wenn man diese Kisten nicht von der Yacht an Land bringt, ohne sie untersucht zu haben, dann gäbe es einen teuflischen Krach.“

„Das muss Ihnen schon vor Ihrer Abreise aus Pæstum in den Sinn gekommen sein “, bemerkte Jerry kühl.

Mr. Wrenmarsh bewegte keinen Muskel.

„ So war es“, sagte er milde; „Aber natürlich wusste ich, dass es auch für Sie offensichtlich gewesen sein muss.“

Jerry lachte wider Willen über die kühle Unverschämtheit dessen.

„Ich gestehe, dass das nicht der Fall war“, antwortete er.

„Selbst wenn das nicht der Fall wäre“, fuhr der andere so ruhig wie immer fort, „hätte ich nicht eine Sekunde gedacht, dass du ausrasten würdest, wenn du angefangen hättest, mir zu helfen. Das ist ein Zufall, das gebe ich zu „Das ist mir nie in den Sinn gekommen. Ich dachte, du wärst aus einem anderen Holz geschnitzt. Gestern Abend warst du ein klarer Gegner."

Jerry sah seinen Gast an und brach in schallendes Gelächter aus.

„Nun, für saubere Wange!" er weinte. „Glaubst du, ich werde dich für den Rest meines Lebens auf einer Yacht herumtragen, die ich nicht besitze?"

"Möchten Sie gerne?" fragte der Sammler mit einem neuen Aspekt des Interesses. „Weil ich im Ägäischen Meer ein"—

„Was auch immer es ist, behalten Sie es bitte für sich, sonst bestehen Sie darauf, dass ich versprochen habe, Ihnen dabei zu helfen", unterbrach Tab grimmig. „Was die Reise nach England im vorliegenden Fall angeht, kommt das überhaupt nicht in Frage. Was werden Sie tun? Wenn Sie an Bord bleiben, landen Sie in Boston."

Mr. Wrenmarshs Gesicht nahm für einen Moment einen ausgesprochen hässlichen Ausdruck an. Plötzlich wurde Taberman klar , dass sich der Sammler in einer ziemlich schlimmen Lage befand – schlimmer sogar als die, aus der die Merle ihn gerettet hatten.

„Das meinst du doch sicher nicht ernst?" fragte Wrenmarsh langsam.

„Das glaube ich", antwortete Jerry freundlich. "Was werden Sie tun?"

"Verdammt!" Der andere brach explosionsartig aus, lehnte sich in seinem Stuhl zurück und fuhr sich mit den Fingern durch seine grau gesprenkelten Locken.

Jerry war zu weichherzig, um sich von der Verwirrung des anderen nicht rühren zu lassen, aber eine unwillkürliche Bewegung des Mitgefühls, die er machte, löste bei ihm einen schmerzhaften Stich im Arm aus, und sein Herz verhärtete sich. Es herrschte einige Minuten Schweigen, in denen er versuchte, am Gesicht seines Begleiters zu erkennen, welche Gedanken hinter dieser Maske vorgingen. Plötzlich hob sich die Wolke von Wrenmarshs Gesicht und er warf Jerry einen strahlenden Blick zu.

„Segne mich", rief er fröhlich. „Das hätte ich vielleicht gedacht! Plutus – Mammon – dreckiger Gewinn! Aber wie außergewöhnlich für einen Amerikaner – nicht danach zu fragen, wissen Sie! Was willst du dafür nehmen?"

"Wofür?" antwortete Tab, ohne zu verstehen, worum es ging.

Er hatte das schreckliche Gefühl, dass der andere, indem er unverständlich wurde, die Oberhand über ihn gewinnen könnte.

„Was soll ich für eine Überfahrt von mir und meinen Kisten nach – sagen wir mal Plymouth – bezahlen?“

Für einen Moment flammte in Jerry Empörung auf.

„Das ist kein Passagierschiff“, antwortete er barsch.

„Oh, natürlich nicht, mein lieber Freund; aber da jeder Mann seinen Preis hat, nehme ich an, dass auch eine Yacht seinen Preis hat.“

Der gesunde Menschenverstand und die Empörung arbeiteten nun zusammen, um Taberman von einer wütenden Erwiderung abzuhalten. Ihm wurde klar, dass hier eine Chance von eins zu tausend bestand, die Hände der Merle abzubezahlen, ohne den Präsidenten zu beunruhigen; Es war auch eine Chance, diesen frechen Archäologen zu übertölpeln . Taberman hatte bereits bemerkt, dass Wrenmarsh eine geizige Seele war, die es hasste, sich von Geld zu trennen, und er verspürte etwas von der göttlichen Freude der scheidenden Israeliten, als Moses das Projekt zur Ausbeutung der Ägypter ankündigte. England war nicht so weit entfernt. Sie könnten die Great Circle-Strecke mit nach Hause nehmen. Sicherlich, wenn Jack –

„Sehen Sie meine Position nicht, Mr. Wrenmarsh ?“ er hat gefragt. „Ich habe nicht die Macht, über die Merle zu verfügen. Ich bin einfach für sie verantwortlich, solange der Kapitän an Land ist, verstehen Sie? Trotzdem“ –

Er machte eine dramatische Pause.

"Also?" rief Wrenmarsh aus und hielt seinen Blick offenbar mit größter Aufmerksamkeit auf die roten Segel einer großen Feluke gerichtet, die in Richtung der Mole stand.

„Nun, ich denke, ich könnte recht haben, wenn ich eine Art bedingte – eine rein bedingte“ – er wiederholte das Wort zur Vorsicht und überlegte, ob er es noch strenger machen sollte – „Vereinbarung treffen würde. Ohne die Sanktion wäre sie nicht gültig.“ des Kapitäns. Das sieht man natürlich.“

"Also?" wiederholte der andere.

„Sehen Sie – bloß bedingt?“ beharrte Taberman .

„Ja, das nehme ich an“, stimmte der andere widerwillig zu.

„Ich könnte dann eine Art bedingte Vereinbarung treffen, nach Plymouth oder vielleicht zu einem anderen nicht allzu weit entfernten englischen Hafen zu fahren, um dort eine Überlegung anzustellen.“ – Er hielt erneut inne.

„Zehn Pfund“, schlug der Archäologe vor .

„Zweihundert“, sagte Jerry kühl.

Er hätte sich vor Freude umarmen können, als seine eigene Stimme so sachlich die Summe aufzählte. Er wusste genau, dass er ohne die enorme Behinderung, die die Umstände dem Archäologen auferlegt hatten, überhaupt keine Chance gehabt hätte, ihn auszumanövrieren , aber darüber machte er sich im Moment nicht die Mühe, darüber nachzudenken, und wenn er es getan hätte, hätte er vielleicht Skrupel gehabt. Er gab sich dem Vergnügen hin, das Gefühl zu haben, dass er den Mann, der ihn in Pæstum so umgehauen hatte und der ihn in eine Affäre von der Ernsthaftigkeit verwickelt hatte, über die Jerry mit gutem Grund nachgedacht hatte, deutlich übertrumpft hatte die Zeiten in der Nacht, in denen sein Arm ihn wach hielt. Es war sicherlich etwas, jetzt die Oberhand zu behalten; und zweihundert Pfund, die er fast zufällig benannt hatte, multiplizierten sich in seinem Kopf zu einer höchst zufriedenstellenden Anzahl von Dollar.

„Zweihundert Pfund!" schrie der Archäologe und sprang fast von seinem Stuhl auf.

Seine affektierte Überraschung war dramatisch, aber unglücklicherweise war sie übertrieben, so dass selbst Jerry sie als theatralisch empfand.

„Sollen wir es zweihundertfünfzig nennen?" fragte der Kumpel und genoss es mit jeder Minute mehr.

„Zweihundertfünfzig Teufel!" schrie Wrenmarsh , der, wie es Jerry schien, mehr verärgert wirkte, weil er ausmanövriert wurde , als weil der Preis so hoch war.

„Keine Teufel – Pfund", antwortete Tab und lächelte über seinen eigenen Witz.

„Lassen Sie die zweihundert weg", flehte der Sammler.

„Die Vereinbarung ist sowieso nur an Bedingungen geknüpft", sagte Jerry mit einiger Miene, „aber wenn es Ihnen gerechter erscheint, lassen wir die fünfzig weg und nennen es gleich zweihundert – eins für Sie und eins für diese." kostbare Kisten, zahlbar bei der Ankunft. Ich bin kein Neapolitaner. Wollen Sie hier an Land gehen oder auf den Kapitän warten?"

„Ich werde auf den Kapitän warten, Mr. Taberman ", antwortete Wrenmarsh . Er starrte einen Moment lang finster über die Bucht und fügte dann hinzu: „Vielleicht ist er nicht so höllisch exorbitant wie du."

Jerry lächelte heimlich und beschloss, dass zumindest Jack überredet werden sollte, keine einfacheren Bedingungen zu machen. Dann machte er sich daran, eine Notiz zu schreiben, in der er den Kapitän aufforderte, an Bord zu kommen und über den Vorschlag, einen Passagier mitzunehmen, nachzudenken.

KAPITEL VIERZEHN
DAS DECK RÄUMEN

Als Jack ziemlich spät am Nachmittag auf dem Merle erschien, traf ihn Jerry an der Treppe, den Arm in einer Schlinge.

„Mein Gott, Tab", rief der Kapitän, „was ist los? Was hast du mit deinem Arm gemacht, Junge?"

„Nicht viel", antwortete Jerry. „Habe gerade bei einem nächtlichen Gefecht ein kleines Stück vom Messer abbekommen. Was zum Teufel hat dich so lange aufgehalten?"

„Aber war es letzte Nacht?" Jack bestand darauf. „Bist du in Schwierigkeiten geraten?"

„Wir standen unter Beschuss", lachte Jerry. „Aber ich hatte den einzigen Verletzten."

„Zum Teufel, das hast du getan! In was für eine Falle hat dich dein höllischer Engländer geführt?"

„Genau das möchte ich dir sagen, bevor du ihn siehst. Warum in aller Welt bist du so spät dran? Ich habe den ganzen Nachmittag gewartet."

Das Gesicht des Kapitäns strahlte.

„Nun, sehen Sie", erwiderte er mit einem kleinen Lachen im Hals, „die Zeit verging so schnell und Katrine und ich hatten so viel zu besprechen" –

„Jacko! Du hast es geschafft!" schrie Tab so laut, dass man ihn von einem Ende der Yacht bis zum anderen hören konnte.

Der Kapitän grinste herzlich und nickte mit funkelnden Augen.

„Oh, guter Mann!" rief Tab und rang seine Hand. „Guter alter Jack! Langes Leben und alles Glück für dich, du lieber alter Pirat!"

Seine Worte sprudelten wild hervor und seine ehrlichen blauen Augen waren feucht vor purer Freude über das Glück seines Freundes. Er bewunderte Miss Marchfield aus tiefstem Herzen und Jack war der beste Freund, den er jemals haben konnte. Er freute sich so aufrichtig und so herzlich, als ob das Glück des Kapitäns sein eigenes gewesen wäre.

„Danke, alter Mann", lachte Jack und sprudelte vor guter Laune; „Aber wenn du nicht gewesen wärst, hätte ich – ich hätte es nie getan."

„Tusch!" missachtete Jerry. „Reden Sie nicht Blödsinn! Es war sowieso nur eine Frage der Zeit. Aber ich bin froh, dass alles in Ordnung ist."

Sie hatten oben an der Treppe gestanden, und jetzt ging der Kapitän über das Deck.

„Warum hast du mir geschickt, dass ich so eilig rauskomme?" er erkundigte sich.

"Beeil dich!" rief Jerry. „Nennen Sie das, in Eile herauszukommen? Wenn Sie nicht einem geborenen Diplomaten das Kommando überlassen hätten, hätten Sie vielleicht zweihundert Pfund verloren, weil Sie so langsam waren."

„Zweihundert Pfund?" wiederholte der andere. "Wovon in aller Welt sprichtst du?"

„Komm in die Kabine, bevor du nach hinten gehst", war Jerrys Antwort. „Das möchte ich dir erzählen."

„Und was mit deinem Arm, alter Mann. Was ist mit dir los?"

„Das gehört dazu", erwiderte Tab, als sie gemeinsam nach unten gingen. „Ich versuche unter anderem, Schadensersatz zu verlangen."

Als einige Zeit später die beiden Freunde an Deck kamen und nach achtern gingen, wo der Gast saß, hatte Jack die ganze Situation im Griff.

„Jack, Mr. Gordon Wrenmarsh ; Mr. Wrenmarsh , Captain John Castleport ", sagte Jerry.

„Freut mich, Sie kennenzulernen, Mr. Wrenmarsh ", sagte Jack und streckte seine Hand aus.

Er war offenbar bester Laune. Seine Stimmung konnte an diesem Tag kaum anders sein als am höchsten, und er hatte sich über Jerrys Plan, Geld zu sammeln, um die Männer auszuzahlen, außerordentlich amüsiert.

„Danke", antwortete der Archäologe . „Ich hatte Angst, dass das Vergnügen größtenteils allein mir gehörte. Ich habe dich den ganzen Tag erwartet."

„Nun", sagte Jack und setzte sich bequem hin, „ich bin endlich hier. Es tut mir leid, wenn ich Sie warten ließ. Sie hätten aber vielleicht alles mit Mr. Taberman vereinbaren ."

„Ich habe es versucht", antwortete Mr. Wrenmarsh trocken, „aber seine Ideen kamen mir so unpraktisch vor, dass ich es für besser hielt, auf Sie zu warten."

„Ich hoffe, Sie werden mich nicht auf die gleiche Weise unbefriedigend finden", gab Jack zurück. „Zumindest bin ich praktisch genug, um zu wissen, dass es bei diesem Wetter angenehmer ist, wenn wir etwas haben."

Er rief Gonzague herbei , und das Trio wurde bald mit großen Gläsern Sangaree ausgestattet, an denen sie genüsslich nippten.

„Mr. Taberman hat vorgeschlagen – obwohl ich glaube, dass er nur halb im Scherz ist", begann der Sammler, nachdem diese Vorbereitungen erledigt waren, „dass zweihundert Pfund ein angemessener Preis für eine so triviale Dienstleistung wie die Fahrt nach England und die Landung sind." Ich und meine Kisten.

„Ich freue mich, dass Sie die Sache für trivial halten", bemerkte Jack lächelnd. „Dadurch fällt es mir viel leichter zu sagen, dass ich es überhaupt nicht bequem finde, nach England zu gehen."

„Oh, das sage ich jetzt", antwortete Wrenmarsh mit einem plötzlichen scharfen Blick auf Jack, als wäre er überrascht über die Schnelligkeit, mit der seine Bemerkung aufgenommen und gegen ihn gerichtet worden war; „Natürlich gehst du nach England. Das ist längst geklärt, weißt du."

„War es? Ich nahm an, dass ich als Kapitän der Merle in einer solchen Angelegenheit eine Stimme habe."

„ Natürlich war nichts geklärt", unterbrach Jerry. „Ich habe mit Mr. Wrenmarsh eine bedingte Vereinbarung – wohlgemerkt völlig bedingt – getroffen, dass Sie ihn nach England bringen würden."

„Ja, das habe ich gesagt", versicherte der Sammler unbeirrt. „Nur der Preis, den Sie genannt haben"—

„Scheint mir sehr vernünftig zu sein", warf Jack ein.

"Nicht ernsthaft?" sagte Wrenmarsh , offensichtlich entschlossen, nicht zu zeigen, dass er überhaupt verärgert war. „Denken Sie nur daran, wenn ich hier an Land gehe, kann es sein, dass ich zu einer landesweiten Komplikation werde. Und Sie möchten nicht in so etwas verwickelt werden", fügte er lachend hinzu. „Eine internationale Komplikation", murmelte er vor sich hin, als würde die Idee seine Eitelkeit so sehr ansprechen, dass er fast versucht war, sofort an Land geschickt zu werden, um die Rolle zu übernehmen. Dann erinnerte er sich an seine wandernden Gedanken und blickte Kapitän Castleport in die Augen. „Wenn Sie mich in einem anderen Land als England landen lassen, bin ich völlig am Ende, wie Sie Amerikaner sagen würden. Es liegt auf der Hand, dass Sie mich dafür bezahlen sollten, dass ich Sie aus einer misslichen Lage herausgehalten habe, wenn es irgendwelche Zahlungen zu leisten gibt Wenn ich an Land gehe , wird man natürlich erfahren, dass die Merle vor den *Carabinieri* in Pæstum geflohen ist , und"—

"Müll!" unterbrach Jack brüsk. „Reden Sie nicht so blödsinnig! Selbst wenn da etwas Wahres dran wäre, wäre es nicht anständig von Ihnen, das zu sagen, nachdem Sie den Merle in Schwierigkeiten gebracht haben.“

„Und geben Sie mir Ihr Wort, dass die Yacht in keiner Gefahr war“, warf Jerry empört ein.

„Oh, natürlich keine wirkliche Gefahr“, sagte Wrenmarsh hastig, „nur könnte es für Sie unangenehm sein und Sie möchten vielleicht nicht festgehalten werden.“

„Warum musst du nach England gehen?“ fragte Castleport . „Warum nicht nach Malta, Zypern oder Korfu ? Das sind Protektorate und englisches Territorium.“

„Die Sonne geht nie unter, wissen Sie“, antwortete Wrenmarsh mit seinem außergewöhnlichen Bauchlachen. „Die Wahrheit ist, dass sie das nicht tun werden. Korfu und Zypern wären aufgrund meines Rufs genauso schlecht für mich wie Neapel. Es ist bekannt, dass mir viele Dinge ausgegangen sind. Gibraltar oder Malta würden mir passen.“ gut genug – wenn es nicht den gleichen Grund gäbe. Es gibt kein Hotel an der gesamten Küste des Mittelmeers, in dem ich mit diesen Kisten in Sicherheit übernachten könnte.

„Ich glaube kaum, dass man von mir erwartet, dass ich das allzu wörtlich nehme“, sagte Jack mit einem Lächeln.

Er dachte einen Moment nach. Er konnte sehen, dass der Sammler sicherlich gute Gründe hatte, auf der Jacht zu bleiben, und dass es für ihn nur von großer Bequemlichkeit sein musste, nach England gebracht zu werden. Er war nicht weniger überzeugt von dem, was Jerry ihm erzählt hatte, dass die Antiquitäten, die der Archäologe an Bord hatte, Tausende von Pfund wert sein mussten und dass ihr Besitzer es sich leisten konnte, für ihre Sicherheit gut zu bezahlen. Darüber hinaus war er durch den Gedanken an die Episode vom Vorabend völlig aufgewühlt. Dass Jerry von Wrenmarsh für seine eigenen Zwecke tatsächlich in Lebensgefahr gebracht wurde, war für Jack so empörend, dass er fast versucht war, den Sammler und seine Kisten sofort von der Merle zu befehlen, um sein Glück bei den Beamten am Kai zu versuchen von Neapel. Da Jerry jedoch Vergeltungsmaßnahmen in einer anderen Richtung geplant hatte und Jack sich schließlich nicht dazu durchringen konnte, einen Mann in Not im Stich zu lassen, beschloss der Kapitän, so weiterzumachen, wie sie begonnen hatten.

„Zweihundert Pfund erscheinen mir angemessen", sagte er.

„Zu viel – zu viel! Machen Sie fünfzig", antwortete Wrenmarsh .

"Zweihundert!" wiederholte Jack.

„Es tut mir leid, das kann ich nicht", sagte der Sammler mit großer Entschlossenheit. „Du musst mich nach Malta bringen. Wofür machst du das?"

„Dreihundert", erwiderte Jack leise, obwohl er sich einen heimlichen Blickwechsel mit Jerry nicht verkneifen konnte.

"Was!" der andere schrie in einem übertriebenen Schrei. „So ein Lauf? Dreihundert Pfund! Das ist kein Zwanzigstel der Distanz nach England."

„Das ist so", war die Antwort des Kapitäns, „aber Sie sehen, wir sollten in Ihrem Unternehmen viel weniger Wert haben. Außerdem würden Sie Ihre Kartons viel schneller ex territorio *bekommen* . "

Zu diesem Zeitpunkt interessierte er sich so sehr für das Spiel, das er spielte, dass die Prügel gegen den Sammler an sich schon eine Sache zu sein schien, für die es sich zu gewinnen lohnte, alle Nerven anzustrengen.

„Sie sind jetzt *ex territorio* ", *sagte Mr.* Wrenmarsh , „wie auf einer ausländischen Yacht. Aber egal. Was nehmen Sie mit, um mich nach Gibraltar zu schicken?"

„Oh, das würde dich dreihundertfünfzig kosten, weil du dort so viel näher an England bist als auf Malta."

Er warf Jerry erneut einen Blick zu und lachte innerlich über den völligen Blödsinn, den er redete, und war sich bewusst, wie sehr es der Art der Argumente ähnelte, mit denen Wrenmarsh Tab verführt hatte. Eine Minute lang herrschte Schweigen, dann sprach der Archäologe wütend.

„Du bist zu kommerziell", sagte er mit einem unverhohlenen Spott. „Ich sehe keine Möglichkeit, wie wir zu einer Einigung kommen können. Ich war nie bereit, mit einem Dollar zu handeln, der Yankee verdient."

Tab zuckte zusammen und sah, wie Jack bei einer so groben Beleidigung ausbrach, aber der Kapitän lächelte nur.

„Da Sie unser Gast sind", sagte er, „habe ich keine Chance, Ihnen richtig zu antworten, aber Sie müssen bedenken, dass wir nicht auf der Suche nach einem Job sind. Soll ich Sie jetzt an Land schicken, oder würde es Ihnen passen, einen zu übernehmen?" „Kommen Sie in einer halben Stunde mit mir aufs Boot? Oder vielleicht", fügte er mit überaus höflicher Art hinzu,

„wegen Ihrer Kisten wäre es für Sie besser, erst nach Einbruch der Dunkelheit an Land zu gehen."

„Geben Sie einhundert Pfund", sagte der Sammler, immer noch kämpfend und die Worte des Kapitäns völlig ignorierend.

„Wir müssen den Streit nicht weiterführen", sagte Jack und erhob sich. „Ich verhandle nicht mit Ihnen. Wenn es Ihnen zweihundert Pfund wert ist, ist das in Ordnung. Wenn nicht, trennen wir uns hier und hoffen, dass Sie die Dankbarkeit haben, zu würdigen, was bereits für Sie getan wurde." Gefahr für Mr. Tabermans Leben. Kommen Sie, wir haben schon zu viel Zeit damit verschwendet."

„Glaubst du, meine Zeit ist nichts wert?" rief der andere und verlor offenbar jegliche Kontrolle über sein Temperament. „Ich habe schon zu viel verschwendet. Mach deinen verdammten Anker hoch, du Söldner-Yankee" –

„Kommen Sie, Herr!" unterbrach Jack scharf: „Entschuldigen Sie sich sofort! Sofort! Sie haben uns diese halbe Stunde wie ein völliger Idiot beleidigt, und ich habe alle Zugeständnisse gemacht, denen ich gewachsen bin."

Der Sammler betrachtete ihn mit wütenden Augen, schien aber mit sich selbst zu kämpfen, bis er sein Verhalten und seine Stimme beherrschen konnte.

„Ich – ich bitte um Verzeihung", sagte er in einem harten Ton. Dann fügte er mit sanfterer und ernsterer Stimme hinzu : „In der Tat, ich bitte aufrichtig um Verzeihung. Mein verfluchtes Temperament hat mich überwältigt. Gilt Ihr Angebot noch?"

„Wenn du möchtest", antwortete Jack steif.

„Dann – zweihundert Pfund – ich akzeptiere es. Zweihundert Pfund Sterling, zahlbar bei unserer sicheren Ankunft im Hafen von Plymouth." Er seufzte und reichte dem Kapitän die Hand. „Wirst du meine Zunge verzeihen?" er hat gefragt.

In diesem unbedeutenden Akt steckte mehr Naivität als in allem, was Tab oder Jack bisher an ihm gesehen hatten. Für einen Moment schien sich der wahre Mann zu zeigen; und als Jack die Entschuldigung des Sammlers annahm und seine Hand nahm, erhaschte Jerry einen flüchtigen Blick – kurz wie ein Blitz im wechselnden Licht – auf einen anderen, offeneren Wrenmarsh , der es gewohnt war, sich unter einem Schleier aus Täuschungen und Verspottungen zu verstecken, die sein schwieriger Beruf nötig machte.

Wrenmarsh fragte dann, ob er ein paar Briefe an Land schicken könne, und Jack bot an, sie in einer halben Stunde selbst abzuholen. Während der

Sammler unten war und diese schrieb, besprachen der Kapitän und der Maat
an Deck die Dinge. Tab musste Jack immer wieder gratulieren und strahlte
vor Freude, wann immer er daran dachte, wie glücklich die Dinge nun waren.
Als er erfuhr, dass der Kapitän das Heben der Merle gestanden hatte, war er
einen Moment beunruhigt.

„Oh, Jacko, wie konntest du das verraten?“ er weinte.

„Ich musste ehrlich sein“, antwortete Jack und fügte mit einem kleinen
Anflug unbewusster Gönnerschaft hinzu: „Du wirst sehen, wie es dir geht,
alter Mann, wenn du an der Reihe bist. Du musst einen fairen Deal machen.“
Kurs."

„Ja, das glaube ich “, stimmte der Maat demütig zu. „Ich hoffe, sie wird es
Mrs. Fairhew nicht erzählen .“

„Oh, wir haben es ihr gemeinsam erzählt“, stellte Jack fröhlich fest. „Katrine
dachte, wir sollten es besser machen. Ich bin auch froh, dass ich das getan
habe; denn sie hat nach Hause geschrieben, dass sie uns treffen würde, und
früher oder später wird es sicher bei Onkel Randolph ankommen.“

„Wie hat sie es aufgenommen?“

„Oh, wissen Sie“, erwiderte Jack und lachte bei der Erinnerung an sein
Gespräch mit Mrs. Fairhew , „ich glaube, es störte sie mehr, dass sie es nicht
erraten hatte, als dass sie über uns schockiert war. Sie konnte nicht anders,
als es zuzugeben.“ Wie ich sehe, hielt sie es für einen furchtbar guten Scherz
über Onkel Randolph. Sie sagte, sie solle ihm heute schreiben und ihn daran
erinnern, dass sie ihm oft gesagt hatte, er habe versucht, mich in der
Hauptrolle zu halten. Sie sagte, sie habe einen Verdacht Von Ihrer
Scherzhaftigkeit, als wir das erste Mal vorbeikamen, dass es einen Witz über
unser Kommen gab, aber wir wehrten ihre Fragen so gut ab, dass sie alles
vergaß. Sie sagte, niemand hätte von etwas so Absurdem träumen können,
also hätte sie es natürlich nicht erraten ."

„Hat sie nicht gesagt, dass sie uns aufgrund ihres Alters nicht durchschaut
hat?“ fragte Jerry grinsend.

„Bei Gott, das hat sie getan, und dann hat sie es abgeschaltet, indem sie gesagt
hat, sie hätte nie gedacht, dass ein Marchfield mit einem Piraten verlobt sein
würde. Sie sagt jedoch, dass ich sofort Abstriche machen muss. Sie lässt mich
nicht herumlaufen.“ mit Katrine auf einer gestohlenen Yacht.

„Es ist sowieso Zeit anzufangen. Bis wir drüben sind, wird es schon spät
sein, und wenn sie nach Hause geschrieben hat, ist es umso besser, je früher

die Merle im Hafen von Boston ist. Ich schätze, wir können in einer Woche losfahren?"

„Wir gehen morgen", antwortete Jack ruhig.

„Morgen! Großartiger Scott! Warum sitzen wir hier? Es gibt Unmengen von Dingen zu tun."

„ Natürlich können wir bei Bedarf Vorräte in Plymouth eröffnen, und ich habe bereits eine Menge Dinge bestellt, die heute Abend herauskommen sollen. Wir müssen natürlich Wrenmarsh in Sicherheit bringen, und das wird einige Zeit dauern."

„Er ist ein Glücksfall", kommentierte Jerry.

„Und wie die meisten Glücksfälle nicht ganz in Ordnung? Sagen Sie Gonzague , er soll die Kabine neben mir, die Bardale hatte, in Ordnung bringen . Ich muss jetzt an Land; sie wird warten. Sie sollen zum Abendessen kommen."

„Ich komme schnell genug. Oh, du alter Tyrann, ich freue mich riesig für dich!"

KAPITEL FÜNFZEHN
IM KATZENWASSER

Die Merle lag vor Plymouth vor Anker.

An der runden Schiffsuhr aus Messing, die über der Durchgangstür im Salon angebracht war, konnte Jerry sehen, dass es kurz nach zehn Uhr war. Die Yacht war in den frühen Morgenstunden vor Anker gegangen, und die Herren hatten deshalb lange geschlafen. Das trübe Licht eines englischen Morgens im September fiel durch das große Oberlicht und zeigte den Kapitän, den Steuermann und Mr. Wrenmarsh , wie sie beim Frühstück verweilten.

„Auf mein Wort, Mr. Wrenmarsh ", sagte Tab, „wir werden es bedauern, Sie zu verlieren. Sie sind schon so lange an Bord und Ihre" – er platzte fast mit „Exzentrizitäten" heraus, hatte aber glücklicherweise das ungewöhnliche Glück, aufzuhören rechtzeitig, um ein besseres Wort zu ersetzen: „Dein – ähm – Gespräch war so – ähm – so unterhaltsam, dass wir dich ganz sicher vermissen werden."

„Na ja", sagte der Sammler, „ich hoffe, dass Sie sich durch den Kontakt mit mir so sehr verbessert haben, dass Sie sich gegenseitig unterhalten können."

„Möchten Sie nicht die Überfahrt nehmen?" schlug Jack vor.

„Ihre Preise sind zu hoch", entgegnete der andere grimmig. „ Gonzague , *und so weiter bicchier ' d' aqua fresca* .

Der alte Verwalter, der hereingekommen war, während Jerry redete, bediente den Archäologen mit der Bereitwilligkeit, die alles kennzeichnete, was er tat, und ging dann mit einer Handvoll Geschirr davon.

„Warum sprichst du mit Gonzague immer auf Italienisch?" fragte Jerry. „Du hast gestern gesagt, dass du für alles, was du tust, immer einen Grund hattest."

„Oh", erwiderte der Gast und richtete seinen Blick nicht auf den Fragesteller, sondern auf die Decke über ihm, „ich spreche auf Italienisch mit ihm, weil er es versteht."

„Aber er ist kein Italiener", wandte Tab ein.

„Nein, aber das bin ich ja auch nicht."

„Aber er versteht übrigens Englisch, Französisch und Spanisch", beharrte Jerry.

Immer wenn Wrenmarsh anfing, auf diese skurrile Weise zu reden, verspürte Taberman immer das neckende Verlangen, ihn in die Enge zu treiben.

„Ah, aber, mein Lieber", antwortete Wrenmarsh, wandte sich unerklärlicherweise an Jack und ließ seine Worte durch einen seiner ernstesten, fast brennenden Blicke noch verstörter erscheinen, „ich spreche kein Spanisch, sehen Sie? "

„Warum dann nicht Französisch oder Englisch?"

„Weil sie so unterschiedlich sind", entgegnete der Sammler.

„Warum, was für ein Mist!" Jerry platzte grob heraus; Dann fügte er wie üblich entschuldigend hinzu: „Ich bitte um Verzeihung, aber ich fürchte, ich folge Ihnen nicht."

„Oh nein, ich denke nicht", entgegnete Mr. Wrenmarsh mit viel Freundlichkeit. Er erhob sich und fügte mit völlig verändertem Benehmen energisch hinzu: „Nun, ich bin bereit. Da ich um elf Uhr vieranddreißig nach London fahren möchte, müssen wir uns beeilen; sonst hätte ich keine Zeit , Mr . Castleport zur Bank und begleiche meine finanziellen Verpflichtungen. Können wir an Land gehen?"

„Ja", antwortete Jack und erhob sich ebenfalls. „Der Kutter ist bereit, und Ihre Kisten sind an Bord. Sie sagten übrigens, Sie würden mir sagen, wie Sie – entschuldigen Sie das Wort, wir verwenden es auf der anderen Seite – dem Zoll ausweichen."

„Das Einfachste auf der Welt", erwiderte Wrenmarsh und zündete sich eine Zigarette an. „Adressieren Sie meine Kartons an einen guten Freund im British Museum. Sie gehen durch das Zollamt als Sachen für das Museum, wissen Sie."

„Macht Ihr Freund so etwas geschäftlich?" fragte Jerry lachend. „Ich wünschte, du würdest mir seinen Namen nennen, damit ich zu diesem Spiel kommen könnte."

„Sein Name ist Gordon Wrenmarsh ", sagte der Sammler ruhig; „Aber seine Gebühren sind hoch. Sollen wir gehen?"

„Ja", antwortete Jack. „Es ist höchste Zeit, dass wir gehen. Ich bin nicht darauf bedacht, den Abschiedsgast zu beschleunigen, aber ein guter Abschied bedeutet einen frühen Start."

Jerry verließ seinen Platz und die drei gingen an Deck. Der bereits bemannte Kutter lag an der Treppe. Die trostlose englische Luft wirkte auf diese Männer frisch von der warmen Sonne des Mittelmeers kalt und rau. Der Hafen und die Meerenge wirkten, so überfüllt mit Schiffen, flach und langweilig; Die Zitadelle, die Batterie, die verschiedenen Docks und Gebäude waren deprimierend. Eine große Menge dunkelbrauner Kohlerauch, der über den „Drei Städten" von Hamoaze bis Sutton Pool hing, verstärkte die allgemeine Düsterkeit. Um das Ganze noch zu krönen, kam der Nebel von See her herein, und seine gespenstischen Schwaden waren bereits am nördlichen Ende von Drake Island vorbeigeschwebt. Als die drei Männer an Deck kamen, schaukelte der Kutter im Wellengang der Fähre auf und ab, die auf dem Cattewater hin und her segelte und gerade schwerfällig vorbeigefahren war.

„Liebes England!" rief Mr. Wrenmarsh angesichts all dessen inbrünstig vor sich hin. Dann wandte er sich an Taberman : „Sie kommen nicht mit uns an Land?"

Jerry schüttelte seinen bloßen Kopf und schüttelte übertrieben, als er antwortete.

"NEIN?" sagte der Sammler. „Nun, dann verabschieden wir uns hier. Ein Glück , dass wir uns kennengelernt haben, nicht wahr? Diese Kombinationen – sie bringen die Welt in Bewegung, stoppen sie manchmal. Auf Wiedersehen. Schade, großes Mitleid, dass du es nicht warst." in Oxford, Herr Taberman . Es hätte Ihnen gutgetan und einen Mann aus Ihnen gemacht."

„Nicht, wenn Harvard es versäumt hat", erwiderte Jerry loyal. „Auf Wiedersehen und viel Glück. Ich hoffe, wir sehen uns eines Tages wieder ."

Sie schüttelten sich die Hände, und Mr. Wrenmarsh und Jack gingen zum wartenden Kutter hinunter.

„ *Adio , Signor* ", rief der alte Gonzague , der an der Großtakelung stand.

„ *Ein Riverderla forse* " brachte den Kollektor von den Heckschoten des Kutters zurück.

„ *Il mondo è piccolo, Signor'. Spero* ", antwortete der Provenzaler.

„Ruder!" rief Jack. „ Abgleiten, – fallen lassen, – bereit, – ziehen." Und der Kutter trug den fremden Sammler zur Küste seiner Wahlheimat.

Jerry beobachtete das Boot einen Moment lang, sein großes Herz blieb nicht unberührt von einer mitfühlenden Freundlichkeit für den einsamen Mann, dessen Leben ihm so verzerrt und melancholisch vorkam. Halb erwartete er, dass Wrenmarsh zurückblicken und nicken oder mit der Hand winken würde, aber der Blick des Sammlers war fest auf das Ufer gerichtet. An Deck war es kühl, und Tab ging nach unten.

Gonzague war gerade dabei, die letzten Frühstückssachen wegzunehmen. Er stellte sein Tablett auf den Tisch und ging respektvoll auf den Maat zu.

„ Mistaire „Taberman , Sair ", sagte er, steckte die Hand in die Tasche und holte ein kleines quadratisches blaues Kästchen und einen Zettel heraus. „ Mistaire ." Wrainmairsh, er schenkt mir de Box und de Letair – auch eine Krone in Extrair Das gebe ich dir, wenn er es getan hat Blatt .

„Äh? was?" fragte Jerry. „Oh, ich verstehe. Danke."

Er setzte sich auf den Backbordspiegel und öffnete die Kiste. Es enthielt einen kleinen Gegenstand, der sorgfältig in Seidenpapier eingewickelt war. Er faltete das Papier auseinander, und zwischen seinen Fingern glitt ein goldener Fingerring auf das grüne Cordpolster des Spiegels.

"Großartiger Scott!" er ejakulierte. Dann hob er es auf und untersuchte es sorgfältig.

In ein dünnes Band aus Rotgold war ein Karneol von wunderschönem Farbton eingefasst, der die Farbe einer roten Hyazinthenblüte hatte. Der Stein war oval und mit einem exquisiten Tiefdruckmuster geschliffen. Es stellte einen Gott dar, der in seiner linken Hand einen Dreizack hielt, und auf seiner rechten Seite eine kleine geflügelte Figur. Sein rechter Fuß ruhte auf einem Stein und er blickte auf die Figur, die er hielt. Der Edelstein war mit den griechischen Buchstaben ΛΙΛ [Griechisch: LIL] beschriftet.

Jerry riss den Zettel auf. Es lautete wie folgt:

> Wirklich, mein lieber Freund, wenn Sie mich mehr als Freund und weniger als Kuriosität betrachtet hätten, hätten Sie es vielleicht zu Ihrem Vorteil gefunden. Aber auf den Punkt gebracht. Ich hoffe, dass Sie den Ring in Erinnerung an unsere kleine Eskapade tragen werden. Die Figur stellt Poseidon dar, der eine Viktoriole in der Hand hält; und soll, wie die Buchstaben andeuten, an den Seesieg von Lilybæum (Capo Boao) erinnern, an dem offensichtlich einige der Vorfahren des ursprünglichen Trägers (eher vorgetäuscht als real) teilgenommen haben sollen. Natürlich war der Träger, wenn auch nicht der Schneider, ein Römer; aber das wird dir nichts ausmachen. Kein Bisschen. Damit in meinem Namen niemand verletzt wird – Ihr Arm, wissen Sie – ohne Grund, sich daran zu erinnern – erfreulicherweise. Der Stein ist keineswegs der beste, den ich bekommen habe, aber er schien angemessen. Poseidon mit einer Viktoriole – normalerweise ein Attribut von Zeus Soter (siehe AG Ihres Furtwänglers) – ist selten genug, um dem Ding einen Wert zu verleihen.

Mit Fröhlichkeit,
WRENMARSH .

"Von Jove!" schrie Jerry vor sich hin und freute sich über den Ring. „Was für ein Kalb ich für diesen – diesen weißen Mann war! Aber bei Gott, er war ein echter Hingucker, und kein Fehler!"

Er steckte das goldene Band an seinen Finger. Nach einer Weile der Bewunderung nahm er ein Buch aus dem Regal und versuchte zu lesen; aber alle ein oder zwei Minuten blieb er stehen, um sich das Juwel noch einmal anzusehen.

Er hatte noch nicht viele Seiten umgeblättert, als er ein Boot neben sich hörte und eine seltsame Stimme rief.

„Hallo", dachte er. „Ich frage mich, was das ist. Es kann nicht der Hafenoffizier sein; wir haben ihn bei Tagesanbruch zufriedengestellt."

Er warf sein Buch beiseite und ging an Deck. Daneben lag eine schäbige Jolle. Jerry bemerkte sofort und mit Bestürzung, dass sie von sechs Männern in Uniform besetzt war, die für einen stämmigen alten Kerl verantwortlich waren, der üppig mit Messingknöpfen und Goldborten geschmückt war und durch und durch wie ein Seehund aussah. Auf den zweiten Blick gelangte Tab zu dem Schluss, dass es sich bei diesen Männern nicht um Regierungsangestellte wie zum Beispiel die Küstenwache handelte, sondern um eine Art Unternehmen. Mit einem einzigen atemberaubenden Schlag, so plötzlich wie das Platzen eines Wasserspeiers, überkam ihn die Wahrheit; Endlich, ganz zuletzt, als sie so lange geflohen waren, dass sie praktisch nicht mehr an die Gefahr dachten, war der Agent von Lloyd's über ihnen.

„Hallo, was willst du?" rief der Mann, der vor Anker war.

„Kapitän an Bord?" forderte der stämmige verantwortliche Offizier.

„Nein", antwortete die Hand misstrauisch. "Was wirst du haben?"

„Ich möchte den verantwortlichen Offizier sehen, meinen vornehmen kleinen Seemann", erwiderte der große Mann freundlich; Da die Stufen geräuschvoll klapperten, betrat er ohne weitere Umstände das Schiff.

Der Matrose, der das Deck bewachte, hätte die Kühle des Fremden vielleicht übelgenommen, wenn Jerry ihm Zeit gelassen hätte, obwohl er von einem langsamen und mühsamen Wesen war; aber mit einer lobenswerten Schnelligkeit und mit sinkendem Mut rückte der Steuermann vor. Hinterher erzählte er Jack, dass er das Gefühl habe, eine verlorene Hoffnung zu haben und nicht die geringste Ahnung hätte, was er besser tun oder sagen sollte.

„Ich habe hier das Sagen", sagte er mit vollkommen neutraler Stimme. "Was willst du?"

„Sie sind Kapitän Castleport ?" fragte der große Mann und warf Jerry einen scharfen Blick zu, nicht ohne den Verdacht von freundlichem Humor.

Er war ein stattliches, stämmiges Geschöpf von vielleicht fünfundvierzig oder fünfzig Jahren mit blondem Haar und einem großen, buschigen Bart, gelbbraun wie eine Löwenmähne.

„Kapitän Castleport ist an Land, Sir. Ich bin der Steuermann."

„Mr. Taberman , was?" fragte der andere. „Darf ich Sie für ein oder zwei Minuten allein sprechen, Sir? Ich bin Lloyd's stellvertretender Inspektor für Plymouth. Ich habe in den letzten dreißig Minuten im Nebel nach Ihnen gesucht. Ich dachte, Sie wären fast aus dem Cattewater herausgekommen , rüber zur Hacke.

„Wirst du nach unten kommen?" sagte Jerry grimmig.

Innerlich seufzte er über die Ankunft von Jack. Er fühlte sich dieser Aufgabe nicht gewachsen. Hätte der Notfall lediglich körperliche Fähigkeiten oder manuelle Geschicklichkeit erfordert, wären die Chancen groß, dass er der Situation gewachsen wäre; Aber in einer Situation, in der geistige Geschicklichkeit und kluger Verstand gefragt waren, wusste Jerry, dass der Kapitän ihm unendlich überlegen war. Er beschloss, sich darauf zu konzentrieren, Zeit zu gewinnen, und sich nicht festzulegen, bis sein Kamerad an Bord kam.

Jerry begleitete den stämmigen Gast ohne weitere Worte zur Kabine und drehte sich um, um ihn zu bitten, Platz zu nehmen. Der Besucher legte sofort wie einen Schleier einen ernsten Ausdruck über sein fröhliches Gesicht und betrachtete Taberman mit größter Ernsthaftigkeit. Er knöpfte den oberen Teil seiner Sergejacke auf, steckte die Hand in die Innentasche, als wäre sie ein Kescher, und holte sie wieder hervor, voll mit düster amtlich aussehenden Dokumenten.

„Das ist ein schlechtes Geschäft, Sir", bemerkte er und musterte den Maat, als wollte er sicher sein, dass er einen richtigen Eindruck machte.

„Äh?" rief Jerry und versuchte, wie gefestigte Unschuld auszusehen.

„ Vielleicht sind Sie so nett, diese durchzusehen, Sir", fuhr der Engländer fort und reichte ihm seinen Stapel Papiere.

„Sind sie für mich oder den Kapitän?" fragte Taberman und fechtete, um Zeit zu gewinnen.

„Warum", antwortete der Beamte, „ich erwarte, was sie enthalten." ekally zu Ihrem Interesse und 'ist.'

„Setzen Sie sich bitte", sagte Jerry mit einer verwirrten Handbewegung, die den Besucher einzuladen schien, alle Sitze in der Kabine gleichzeitig einzunehmen. „Vielleicht haben Sie Recht, aber ich sollte keine wichtigen Papiere durchsehen, bis der Kapitän sie gesehen hat."

„Oh, das spielt keine Rolle", sagte der andere leichthin, während er sich auf einem Stuhl niederließ. „Ich glaube nicht, dass es Ihnen etwas ausmacht, Sir. Sie stellen sicher, dass ich an Bord bin."

„Ja", erwiderte Jerry, fest entschlossen, dass ihn nichts ohne Jack dazu bringen sollte, die Papiere durchzugehen; „Aber wenn Sie nicht zu sehr unter Zeitdruck stehen, warte ich viel lieber auf den Kapitän. Er wird gleich hier sein."

„Warum, Sir, im Übrigen weiß ich nicht , dass ich mich heute Morgen sehr aufregen muss ; und ich muss sagen, ich möchte lieber einen Blick auf ihn werfen . Er muss ein seltener sein. "

„Dann", sagte Jerry mit unendlicher Erleichterung, „werden wir warten, bis er an Bord kommt."

Er klingelte und Gonzague erschien. Der alte Provenzaler stand da, streichelte seinen Schnurrbart und beobachtete den Engländer verstohlen aus den Augenwinkeln, als ob er die Situation zu schätzen wüsste und hoffte, Befehle zu erhalten, die ihn dabei unterstützten, ihn über Bord zu werfen. Gleichzeitig leuchtete der Blick des schroffen Briten in der offensichtlichen Erwartung auf, dass das Erscheinen des Stewards Erfrischungen bedeutete.

„ Gonzague , ich trinke etwas Scotch und Soda. Nehmen Sie ein Glas von irgendetwas, Sir?"

„Aber, Sir, ich muss noch ein bisschen warten, ich bin nicht mehr stark für ein oder zwei Finger."

"Was wirst du haben?" fragte Jerry, enorm erleichtert, so sicher auf dem Boden zu sein und den Gastgeber zu spielen.

„Ich mag roten Rum am liebsten, Sir", antwortete der andere mit funkelnden lustigen Augen. „Es ist sozusagen Öl bis ins Innere . "

Sie wurden bald bedient, und als Gonzague die Hütte verließ, stellte er die Spirituosen und einen Siphon in äußerst ansprechender Nähe zum Gast auf. Die Zeit verging etwa eine halbe Stunde lang im Austausch von mehr oder weniger nautischem Geplauder; Als zum großen Trost von Jerry, der mit einem Ohr auf die Gespräche seines Begleiters und mit dem anderen auf die Ankunft des Kapitäns gelauscht hatte, draußen Jacks Ruf erklang. Jerry, der aufmerksam zuhörte, hörte, wie Castleport an Deck innehielt und am Niedergang ein oder zwei Silben in den unverkennbaren Tönen von

Gonzague vernahm , so dass er befürchtete, dass der Kapitän vorgewarnt zur Unterredung erscheinen würde.

Der Kapitän kam zügig in die Kabine, seine blaue Erbsenjacke war mit kleinen Feuchtigkeitskügelchen aus dem Nebel übersät, sein Haar war feucht und klebte an seinen Schläfen.

„Hallo, Tab", sagte er. „Der Nebel ist so dicht wie in der Nacht, in der wir angefangen haben. Ah!"

Der Ausruf vermittelte geschickt den Eindruck, dass er den Gast zum ersten Mal wahrnahm und sich dafür entschuldigte, dass er nicht auf ein Treffen mit ihm vorbereitet war.

„Jack, das ist Lloyd's stellvertretender Inspektor, Mr. –?" Jerry begann und brach mit einem fragenden Tonfall ab.

„Mein Name, Sir, ist Tom Mainbrace."

„Mr. Thomas Mainbrace", beendete Jerry seinen Vortrag. „Herr Mainbrace, Kapitän Castleport ."

„Freut mich, Sie kennenzulernen, Kapitän ", sagte der Engländer fröhlich, als Jack sich verneigte. „Ja, Sir; ich bin Lloyds stellvertretender Inspektor."

„Ich habe Ihr Boot daneben gesehen", erwiderte Jack freundlich. „Wir haben allerdings keine Stellvertreter an Bord, die einer Inspektion bedürfen."

„ Achtung, nicht wahr ?" fragte der Besucher mit funkelnden Augen, so dass das Lachen, mit dem er seinen Worten folgte, eine Art Überfluss ihrer Heiterkeit zu sein schien. „Ich dachte irgendwie , dass es hier vielleicht einen stellvertretenden Besitzer oder so etwas gibt . "

Jack versuchte offenbar, ernst zu wirken, doch am Ende grinste er wider Willen. Er streckte seine Hand aus und legte seine Finger auf die Papiere.

„Sie haben Geschäfte mit uns?" er hat gefragt.

„Ja, Sir. Der Maat hier hat gesagt, er würde lieber nicht damit beginnen, bis Sie an Bord kommen, Sir."

„Ganz richtig", antwortete Jack leise. „Soll ich diese Papiere lesen?"

„Ja, wenn Sie so brav sind, Sir", sagte Mr. Mainbrace ernst und nicht ohne eine Spur von Bedauern in seinem fröhlichen, wettergegerbten Gesicht.

Der Kapitän setzte sich mit Bedacht hin und begann zu lesen; Der Engländer widmete sich erneut seinem Glas, und Taberman hielt Ausschau nach einem Hinweis. Jerry war nicht klar, welche Linie er in dieser schwierigen Situation einschlagen sollte, und er war sehr daran interessiert, den Kapitän auf jede erdenkliche Weise zu unterstützen. Zu seiner Überraschung begann Jack erst zu lächeln, dann zu grinsen; Danach kicherte er fröhlich und brach schließlich in lautes Gelächter aus.

"Von Jove!" schrie er und schlug sich mit der Hand, die die Papiere hielt, auf das Knie. „Aber das ist eine Sache von Onkel Randolph, und kein Fehler!"

Der stellvertretende Inspektor blickte mit verwirrter Miene auf, und Jerry hatte das Gefühl, dass er genauso wenig Aufschluss darüber hatte, was Jack vorhatte, wie der Gast.

"Was ist es?" fragte Tab.

„Oh, wir sind endlich fertig! Denken Sie daran, wie wir im letzten Moment geschnappt wurden, nachdem wir mit der Yacht alles getan haben , was wir wollten!" Und er fing wieder an zu lachen, als wäre es der lustigste Scherz der Welt, auf frischer Tat auf einer Raubkopienjacht ertappt zu werden.

Taberman war immer noch völlig verwirrt, aber er merkte zumindest, dass Jack die Sache zwangsläufig mit Gelächter fortführen würde; und indem er so gut er konnte helfend, begann er auch zu lachen. Er nahm die Papiere und warf einen kurzen Blick darauf, um zu erkennen, dass es sich dabei um einen Brief von Lloyd's handelte, der eine Benachrichtigung über das Verschwinden der Merle, eine Beschreibung der Yacht und Angaben zu ihren Entführern enthielt; der andere ein Durchsuchungs- und Festnahmebefehl. Er folgte Jacks Beispiel, und auch wenn seine Bemühungen nicht so wahr klangen, machte er zumindest mehr Lärm.

„Das ist reich!" er brüllte. "Hahaha!"

Er warf die Papiere dem Kapitän zurück, der sie auf den Tisch warf, und beide zusammen brachen erneut aus.

„Entschuldigen Sie unser Lachen", sagte Jack und wandte sich an den Inspektor, der von einem zum anderen blickte, als ob er glaubte, sie seien verrückt geworden; „Aber es ist wirklich zu zerreißend!"

„ Sind Sie nicht die Partys?" forderte der Beamte streng.

„Oh, wir sind alle schnell genug; aber — Nun, schauen Sie mal her. Diese Yacht gehört meinem Onkel, wissen Sie?"

„Ja, Sir", antwortete der ehrliche Mainbrace, offensichtlich verwirrt, wie er es ausgedrückt hätte, die Nummern des anderen zu erkennen, aber immer noch britisch respektvoll gegenüber dem Neffen eines Mannes, der eine Yacht wie die Merle besitzen konnte.

„Nun, wissen Sie, ich bin mit ihr durchgebrannt, weil er mich nicht rüberkommen ließ, und er hat den ganzen Sommer über nichts Gutes mit ihr zu tun gehabt. Ihren Papieren nach schätze ich, dass er sechs Wochen, bevor er mich benachrichtigte, auf der anderen Seite nach mir gesucht hat Sie überhaupt. Sie sehen, wie viel von dem Sommer ihn verlässt; und jetzt, gerade als ich anfange, sie so schnell zurückzutragen, wie der Wind sie tragen wird, greifen Sie ein und halten uns auf.“

„Sehen Sie, Sir“, begann der Inspektor, der sich offenbar bemühte, sich an das neue Licht zu gewöhnen, das der Kapitän auf die Situation warf, „Tatsache ist, dass er sagt, dass er ihn in Eile haben will . “

„Dann wird er sie nicht kriegen“, sagte Jack grinsend. „Bis du ihr die Bürokratie auferlegt, ihr eine Gebühr in Rechnung gestellt, sie verhandelt und sie mit einer angeheuerten Mannschaft hinübergeschickt hast, wird es frühestens Dezember sein – ganz zu schweigen von den zwanzig oder dreißig Pfund, die er hat Ich muss Sie und die Kosten für die Crew bezahlen, mit der Sie sie rüberschicken. Das ist eine harte Linie für Onkel Randolph.

„Es ist so“, stimmte Jerry zu und war inbrünstig froh, endlich im Besitz der Art und Weise zu sein, wie Jack arbeiten wollte.

„Es tut mir wirklich leid für Onkel Randolph“, fuhr Jack ernüchtert fort. „Aber dann hätte er vielleicht darauf vertrauen können, dass ich den Merle zurückbringe.“

„Sie nehmen es doch nicht zu ernst , oder, Sir?“ fragte der große Engländer mit einem so humorvollen und fragenden Blick, dass Jerry von einem schrecklichen Verdacht erfasst wurde, dass die funkelnden Augen den ganzen Bluffplan durchschauten.

„Ich nicht“, stimmte Jack munter zu; „Obwohl ich die Jacht natürlich lieber selbst mit nach Hause genommen hätte. Was ist der nächste Schritt? Legst du uns in Ketten oder hängst du uns an die Enden der Traverse?“

„Na ja, sie haben von Lloyd's eine Nachricht geschickt“, antwortete Mainbrace mit dem unverkennbaren Grinsen eines Mannes, der sich selbst als Humoristen betrachtet, „dass der Besitzer gesagt hat, er solle nicht zu streng zu Ihnen sein. Ich gehe davon aus, dass es nicht schlimmer sein wird . “ noch Transportmittel fürs Leben.“ Dann setzte er eine ernstere und professionellere Miene auf und fügte hinzu: „Ich fürchte, wir müssen ernster sein, Sir. Könnten Sie mir freundlicherweise Ihre Papiere und das Logbuch zeigen? Ich nehme an, Sie haben sie mir vorgelegt . “ Andy .

„Sicherlich“, sagte der Kapitän und nahm ebenfalls eine offizielle Miene an. „Jerry, geben Sie dem Inspektor die Papiere? Ich hole das Protokoll.“

Die Durchsicht der Papiere war eine kurze Angelegenheit, und dann ging es ans Protokoll. Es war sofort klar, dass der Engländer eine große Neugier hatte, herauszufinden, was die jungen Männer mit der Merle gemacht hatten, und dass sein Interesse an allen nautischen Dingen nicht weniger groß war. Jerry saß mit fast offenem Mund und Bewunderung da und sah zu, wie der Kapitän diese beiden Eigenschaften ausnutzte. Jack könnte der attraktivste sein, und von Anfang an war klar, dass er sein Bestes gab, um Mr. Mainbrace zufrieden zu stellen. Er erklärte alle Manöver dieser denkwürdigen Nacht, als die Merle im Nebel davongejagt worden war, während das fröhliche Gesicht des stellvertretenden Inspektors mit jeder neuen Entwicklung der Geschichte immer strahlender wurde . Die Karten wurden erstellt, jedes Detail der Seemannschaft sorgfältig hervorgehoben, und die ganze Episode erlebte noch einmal. Während er fortfuhr, wurde Jack mit seinem Thema vertraut; Jerry warf ab und zu ein Wort ein, wenn der Kapitän in seinem Eifer Gefahr zu laufen schien, ein Detail zu erwähnen; Der Engländer hörte kichernd und lachend zu, dem bald der geringste Anschein offizieller Würde entwich; und mit einem Wort, die drei wurden so fröhlich und gesellig über den Baumstamm, als wären sie alle zusammen Piraten. Mainbrace war zu seiner Zeit Seemann und Steuermann gewesen und zeigte die größte Begeisterung für jedes nautische Erlebnis. Es gibt kein festeres Band der Kameradschaft als die gegenseitige Liebe zum Meer; Und trotz der Unterschiede in Rasse, Alter und sozialer Stellung verbrüderten sich Jack, Jerry und der stellvertretende Inspektor über das Logbuch der Merle, wie es nur Seeleute können.

Das Logbuch wurde bis zum letzten Eintrag gelesen. Beim Bericht über den Sturm, dem die Yacht auf ihrem Weg über den Atlantik ausgesetzt war, wurde Mainbrace so aufgeregt, als hätte er ein persönliches Interesse an der Sicherheit der Merle gehabt. Seine Ausrufe wurden immer eindringlicher und immer malerischer, und seine Freude über das sichere Überstehen des Sturms war fast so inbrünstig, als wäre er selbst mittendrin gewesen. Das Rennen in Nice Jack erzählte so wenig Rücksicht wie möglich auf das unsportliche Verhalten von Lord Merryfield; Doch das fröhliche Gesicht von Mainbrace verfinsterte sich, und er äußerte eine Meinung über den abwesenden Adligen, die so energisch war, dass sie sogar Taberman zufriedenstellte . Jack sagte später, als sie das Protokoll durchgesehen hatten, sei ihm ein Zitat von „Horatius" in den Sinn gekommen, und er wäre kurz davor gewesen, damit auszubrechen :

Mit Weinen und mit Lachen

Trotzdem wird die Geschichte erzählt.

Worauf Jerry antwortete, dass ihm keine Zitate einfielen, er sei so hingerissen von der enthusiastischen Freude des fröhlichen alten Inspektors und der urigen Art und Weise, wie sie sie zum Ausdruck brachte.

Als die Aufzeichnung endlich zu Ende war, drehte sich das Gespräch zunächst noch um die Kreuzfahrt, aber bald begann es eine Wendung zu nehmen, die Jerry erneut aufhorchen ließ. Der Inspektor bemerkte mit einem überaus drolligen Augenzwinkern, dass Pflicht Pflicht sei, aber dass er kurzerhand erledigt werden würde, wenn er sich nicht schlecht fühlen würde, wenn er sich mit ein paar Kerlen herumschlagen müsste, die den größten Scherz gespielt hatten von dem er jemals in seinem Leben gehört hatte, und er hatte das Ganze mit so viel Klugheit und Mut durchgezogen. Darauf antwortete Jack, dass er die Freundlichkeit von Mr. Mainbrace sehr zu schätzen wüsste, aber natürlich sei Pflicht Pflicht – obwohl es für den Besitzer des Merle wirklich Glück gewesen wäre, genauso wie für ihn und seinen Gefährten, wenn Die Yacht hätte ungestört weiterfahren können. Dem wiederum stimmte Mainbrace zu und fuhr fort, dass er selbstverständlich den Anweisungen Folge leisten müsse und dass er gesetzlich befugt sei, einen Wärter an Bord zu lassen, bis er morgen mit den von ihm erwarteten Anweisungen wieder herauskommen könne aus London zu erhalten.

„Obwohl ich nicht weiß ", fügte er lustig hinzu, „ist es sicher, dir einen Mann anzuvertrauen. Du bist in der Lage, mit ihm durchzubrennen . "

„Vielleicht", antwortete Jack fröhlich. „Ich wäre nicht verantwortlich."

„Oder wir werfen ihn über Bord", schlug Jerry mit dem breitesten Grinsen vor.

„Die meisten meiner Männer schwimmen etwas", erwiderte Mainbrace. „Ich müsste mir sagen, dass er über Bord gegangen ist, um die Yacht an Land zu schleppen."

Der Scherz war nicht gerade erstklassig, aber sie waren in fröhlicher Stimmung und es wurde gebührend darüber gelacht. Dann fuhr Mainbrace mit bester Laune fort, dass er so gut behandelt worden sei und ihm das Protokoll so viel Spaß gemacht habe, dass er im Großen und Ganzen dachte, er würde keinen Mann mit der Verantwortung betrauen. Er fügte hinzu, dass es spät sei und er sich jetzt auf den Weg an Land machen müsse, man ihn aber morgen wieder draußen erwarten könne.

„Es tut mir leid, dass ich Sie stören muss , meine Herren", fügte er hinzu, als sie an Deck gingen. „Ich bin selbst zu viele Jahre auf See gewesen, als dass ich diesen verdammten Bürokratie-Kram nicht aufgefressen hätte – und sie wickeln ihn um die Kabellänge ab, wenn sie eine Chance haben ."

Die Jolle des Inspektors, das geeignetste Transportmittel für den fröhlichen Seebären, lag immer noch längsseits. Der Nebel hatte sich etwas aufgehellt und wässrige Sonnenstrahlen drangen über uns hindurch. Als Mr. Mainbrace die Stufen zum Boot hinuntersteigen wollte, hielt er einen Moment inne und zupfte an seinem dicken Bart, als würde er tief meditieren.

Herren , es auf sich nehmen würden, uns den Vorwand zu geben, dass wir es bei diesem Nebel an Land nicht bemerken würden", bemerkte er und warf Jack einen seltsamen, flüchtigen Blick zu.

„Man vertraut ein wenig auf das Glück, uns zu verlassen", antwortete der Kapitän kühl, „und ich möchte jetzt sagen, dass ich Ihre Freundlichkeit zu schätzen weiß, dass Sie uns keinen Torwart aufgezwungen haben."

„Nun, Kapitän ", fuhr der Inspektor fort und blickte mit dem Blick von jemandem, der kein persönliches Interesse an der zur Diskussion stehenden Angelegenheit hat, über das Wasser, „ich wollte sagen : Wenn Sie eine gute Chance haben, werden Sie …" Verlegen Sie besser Ihren Schlafplatz. Ich schätze, Sie werden es etwas gemütlicher finden, wenn Sie ein Stück weiter nach Westen fahren. Aber Sie wissen es natürlich am besten. Alles in allem sind Sie hier in einer schwierigen Situation. Ich selbst hätte lieber mehr Seeraum. Guten Tag, Sir.

„Guten Tag. Vielleicht werden Sie morgen feststellen, dass wir umgezogen sind. Wenn ja, dann nach Westen."

„Ich komme morgen raus", sagte der alte Seemann in seiner offiziellsten Art. Dann schaute er mit seinem fröhlichsten Augenzwinkern und einem nachdrücklichen Nicken von einem zum anderen. „Pflicht ist Pflicht", bemerkte er. „Guten Tag, meine Herren."

Er drehte sich um, um abzusteigen, doch plötzlich hielt Jack ihn fest.

„Oh, du hast deine Pfeife vergessen", sagte er.

„Meine Pfeife?" wiederholte Mainbrace und blieb stehen.

„Ja, ich werde es bekommen."

Der Kapitän stürmte in die Kajüte und kam mit einem silberbeschlagenen Bruyèreholz zurück, das gerade so gefärbt war, dass es an eine gemütliche Kaminecke und ein entspanntes Gemüt erinnerte.

„Sie haben es auf dem Tisch liegen lassen", sagte er und präsentierte es dem großen Inspektor.

Der andere nahm es mit einem Ausdruck auf, der auf seltsame Weise aus Überraschung, Unbeholfenheit, Belustigung und Freude bestand.

„Vielen Dank, Sir", sagte er. „Es ist witzig von euch, sie selbst hochzuheben – sehr witzig . Ich bin ein absoluter Verehrer dieser Pfeife."

Er betrachtete es einen Moment lang liebevoll und verstaute es dann in seiner Jacke. Dann drehte er sich noch einmal um und ging zu der wartenden Jolle hinunter.

„Ich komme morgen raus", rief er ihnen zu. „Pflicht ist Pflicht. Guten Tag, meine Herren."

„Guten Tag", riefen sie gemeinsam; und los ging der stellvertretende Inspektor durch den Nebel zum kaum wahrnehmbaren Ufer.

„Bei George, er ist ein Volltreffer!" Jack weinte.

„Okay", stimmte Jerry zu, „aber du musstest ihn zementieren."

„Abscheulich! Wenn du so ein Wortspiel machen willst, musst du sofort nach Hause zu deiner Familie gebracht werden. ‚Pflicht ist Pflicht'! Hast du das feierliche Augenzwinkern gesehen, das der alte Kerl mir gab, als er davon sprach, nach Westen zu ziehen? Dachte ich Ich sollte sofort in Gelächter ausbrechen und die ganze Sache verraten. Wie ist das Wasser?"

„Die Tanks sind vollgestopft. Gonzague hat sie heute Morgen vom Wasserboot aus füllen lassen. Hast du dein Geld bekommen?"

„Jedes Pfund davon. Wrenmarsh brachte mich zur Bank, identifizierte mich und war in der ganzen Sache sehr nett. Die Vorräte sind in Ordnung. Los geht's. Rufen Sie die Wache."

„Ja, aber sieh dir zuerst meinen Ring an", sagte Tab und hielt ihn hin.

In einer halben Stunde wechselte die Merle ihren Liegeplatz nach Westen.

KAPITEL SECHZEHN
STURM!

Ein graues Meer, ein grauer Himmel und der Mittelatlantische Ozean im September. Über dem wogenden Wasser taumelte die Merle unter reduziertem Segel auf Backbordbug mit einer steifen Südbrise nach Westen. Jack, der wie die anderen in seine gelben Ölmäntel gekleidet war, stand direkt vor dem Cockpit auf der Luvseite der Yacht. Jerry schlief unten. Da er die Frühwache hatte, war er direkt nach dem Frühstück eingetroffen. Der Kapitän warf einen unruhigen Blick in die Höhe und fragte sich, ob sie bei ihrer Rückkehr einem solchen Sturm ausgesetzt sein würden, wie sie ihn beim Überqueren überstanden hatten. Er gestand sich widerstrebend ein, dass es den Anschein von schlechtem Wetter gab, und dachte, es wäre besser, nach unten zu gehen und einen Blick auf das Glas zu werfen.

Er schob den Begleiter zurück und stieg ab. In der Kabine war es stickig und nicht wärmer als die Luft draußen. Die Regale standen auf dem Tisch und die Lampen schwangen in ihren Kardangelenken unregelmäßige Kreise. Das Barometer, ein wunderschön gearbeitetes Säuleninstrument, war an der hinteren Trennwand des Salons an Steuerbord neben einer Schranktür angebracht und seine schlanke Länge war von Bronze umgeben. Es drehte sich wild im Einklang mit der Thom-Listenanzeige darüber. Jack hielt das Röhrchen mit der Hand fest und schaute besorgt, ob das Quecksilber heruntergefallen sei.

"Guter Gott!" er platzte heraus.

Bei acht Glockenschlägen an diesem Morgen war der Nonius des Glases auf 29.32 Uhr eingestellt worden. Mit starren Augen sah Jack, dass die Quecksilbersäule jetzt, kaum mehr als zwei Stunden später, auf 27,09 gesunken war – ein Rückgang, der auf einen heftigen Sturm hindeutete. Für einen kurzen Moment stand er angesichts der drohenden Gefahr und erfüllt von einem plötzlichen Gefühl seiner großen Verantwortung entsetzt da. Er legte die Hand an die Stirn, als ob ihm schwindelig wäre, und es fiel ihm schwer zu denken.

„Wie ist das Glas, Jack?" fragte eine Stimme neben ihm. Mit besorgten Augen drehte er sich um und sah Tab im Schlafanzug, eine frisch angezündete Zigarette zwischen seinen Fingern. "Wo liegt das Problem?" fragte der Maat sofort und schien über das Erscheinen des Kapitäns verwirrt zu sein.

„Was hat dich hierher geführt?" Der Kapitän erwiderte, obwohl er nicht sagen konnte, warum er hätte fragen sollen.

„Hab dich ausrufen gehört. Was ist los?"

"Sehen!" Jack antwortete und zeigte auf das Glas.

"Das alles!" keuchte Jerry.

„Zieh dich an", war die einzige Antwort, die Jack gab. „Seien Sie schnell und kommen Sie an Deck."

Jerrold verließ ihn wortlos und trottete zu seiner Kabine. Jack stellte den Nonius zurück und ging hinaus. Seinem verwirrten Geist schien es, als sei in der kurzen Zeitspanne, in der er unten gewesen war, das gesamte Erscheinungsbild der Natur bedrohlicher geworden. In fünf Minuten war Jerry bei ihm.

„Na, Jack?"

„Ich habe mich entschieden, was ich tun soll", verkündete der Kapitän. „Es wird knallhart sein, einem die Haare an den Wurzeln auszureißen, so viel ist sicher."

Jerry nickte nüchtern und sah seinem Freund direkt in die Augen.

„Wir müssen anlegen, bevor wir das Ende sehen, und ich würde das lieber vor Anker auf dem Meer tun als auf andere Weise. Was denken Sie?"

„Das ist richtig. Ich denke, wir sollten uns jetzt besser vorbereiten?"

„Wir werden nicht mehr viel Zeit haben, wenn es so weit ist. Wir müssen vorne ein Durcheinander von Dingen zusammenstellen, die für einen Liner geeignet sind. Wir werden es brauchen."

Jack nahm die Hände um die Winde zusammen und machte sich unter seiner Anleitung sofort an die Herstellung des „Seeankers". Der Spinnakerbaum und die beiden kürzeren Bootsbäume wurden zunächst mit einem Zollseil in einem groben gleichschenkligen Dreieck fest zusammengezurrt.

„Jetzt", befahl Jack, „holen Sie das alte Stagsegel und biegen Sie es in den Rahmen."

„Wie wollen Sie das Ding mit Ballast belasten?" fragte Tab. „Es schwimmt flach, wenn man es nicht sinkt."

Killock des Marktboots wäre genau das Richtige, wenn wir dorthin gelangen könnten", antwortete Jack. "Weißt du wo"-

„Ja, ja", unterbrach Jerry hastig. „Es gehört zum Rest ihrer Ausrüstung. Ich hole es." Und er ging nach hinten.

Obwohl der Wind noch nicht stärker geworden war, spürte Jack, der fast an der Spitze des Schiffes stand, die Bewegung viel stärker als weiter hinten. Die große graugrüne See wogte hart um die stürzende Jacht, und hin und wieder lief ihr Bugspriet unter. Es handelte sich zum Glück um ein ziemlich trockenes Boot vom Typ „Hohlbug", und in den fünfzehn oder zwanzig Minuten, die die Männer am Anker gearbeitet hatten, hatte es an Bord keine Wellen gesehen. Die Spinnwedel flog zwar eimerweise über sie hinweg, aber die Männer, gekleidet in ihre Öler, blinzelten sich das kalte Wasser aus den Augen und machten mit ihrer Arbeit weiter. Bevor Jerry jedoch zurückkam, während die Mannschaft das alte Stagsegel an den dreieckigen Rahmen bog, sah der Kapitän zu seiner Bestürzung, dass sich die Merle gerade an der Küste eines mächtigen Wasserhügels emporarbeitete, mit aller Wahrscheinlichkeit, sich darin zu vergraben in der steigenden Wand einer Welle vor uns.

„„Warenwasser!' er schrie.

Die Männer ließen ihre Arbeit fallen und griffen nach dem, was ihnen am nächsten war. Einige warfen einen Arm um den Poller neben dem Ritterkopf; einige sprangen zur Winde; zwei Männer hielten die großen Ringschrauben an den Backbord-Katzenköpfen fest fest; Jack selbst sprang zur Winde und legte seinen rechten Arm um die Trommel.

Der Merle mühte sich bis zur Kuppe des Wasserhügels. Es sank augenblicklich unter ihr weg, und sie schoss mit rasantem, taumelndem Ansturm den Wellenhang hinunter in das Meerestal. Über ihr ragte das raue, schaumige Gesicht der nachfolgenden Welle auf. Sie versuchte tapfer, hinaufzuklettern, aber sie war zu nah, der Winkel war zu steil; Sie konnte sich nicht so schnell von der Wucht ihres Abstiegs erholen. Sie schien einen Moment lang zu zittern – zu zögern – und dann, als hätte sie den Mut der Verzweiflung, mit einem Ruck vorwärts zu springen, mitten in die Flut, als wollte sie sich ihren Weg durch die Tonnen schwankenden Meerwassers bahnen .

Jack ging unter dem gewaltigen Schlag der heranrauschenden Welle an Deck, als wäre er von einem Blitz getroffen worden. Er spürte den Schock, die beißende Kälte des Wassers, und dann schien es, als hätte ein Riese ihn mit Händen aus Eis gepackt und versuchte, ihn aus seinem Griff zu reißen. Er klammerte sich fest, durchnässt, verwirrt, verzweifelt, bis er sich fragte, ob sein Arm aus seiner Gelenkpfanne gezogen werden würde. Er hatte das erstickende Gefühl, stundenlang ohne Luft gewesen zu sein; Es kam ihm vor, als würde ihn eine schreckliche Macht meilenweit unter der Wasseroberfläche schnell durch das Meer ziehen. Plötzlich spürte er wieder das Deck unter sich und öffnete die Augen. Die Merle hatte sich einen Weg durch die Welle gebahnt und sie waren wieder frei. Er schnappte nach Luft, stotterte und stand auf, während das Wasser von ihm strömte. Im Inneren der Schanzkleider an Steuerbord wusch sich die grüne, mit Schaum vermischte Salzlake bis zu den Knien und ergoss sich mit heiserem Gurgeln aus den Speigatten vorn. Der „Anker" war bis zum Fockmast nach achtern geschwemmt und zwischen dem Mast selbst und den Wetterwanten eingeklemmt. Durchnässt und fluchend bahnten sich die Männer ihren Weg nach hinten, lösten das Gebilde und zogen es wieder nach vorne. Glücklicherweise hatte das Missgeschick, eigentlich nur ein kleines Missgeschick von zwanzig Sekunden Dauer, keinen Schaden angerichtet, der nicht einfach repariert werden konnte, und so nahm die Besatzung ihre Arbeit dort wieder auf, wo sie sie verlassen hatte.

Jerry tauchte mit dem Knall des Marktboots wieder auf, gerade als sie wieder an ihren Platz kamen.

"Bist du nass geworden?" fragte er fröhlich und mit einem breiten Grinsen, das zeigte, dass er sah, was passiert war.

"Was denken Sie?" platzte der Kapitän hitzig heraus. „Nein, ich bin trocken geworden, verdammt!“

„Aber das hast du wirklich! Na ja, ich dachte, du siehst feucht aus.“

Jack quittierte diesen jungenhaften Scherz mit einem scharfen Wort und einem Blick, der einem Grinsen zu nahe kam, als dass er ihm den Biss entziehen konnte. Er nahm das Killock , das Jerry mitgebracht hatte, und ließ die Männer es am unteren Punkt des drachenähnlichen Rahmens befestigen, wo die kurzen Bootsbäume zusammentrafen. An den Enden des langen Spinnakerbaums befestigte er lange, zentimeterstarke Manilla-Stäbe und ein etwas kürzeres Stück bis zu der Stelle, an der das Killock befestigt war. Der Kapitän meinte, dass der „Seeanker“ im Wasser nicht genau vertikal verlaufen sollte, sondern dass durch die kürzere Leine der beschwerte Punkt ein wenig in Richtung der Yacht angehoben werden sollte, wenn die Merle darauf zurückschleifte. Am Ende jeder dieser Leinen war eine Bugleine gebogen, und durch deren Schlaufen ließ er das Pferd biegen und befestigen. Die ganze Vorrichtung war dann wie ein dreieckiger Drachen, der an der Spitze, die durch die kürzeren Seiten gebildet wurde, beschwert und durch Leinen gehalten wurde, die an den drei Ecken an der Stange befestigt waren , die der Schnur entsprach. Als die Arbeit beendet war, untersuchte Jack alles sorgfältig und untersuchte die Befestigungen.

„Es ist eine ziemlich große Angelegenheit“, sagte er zu Jerry; „Aber es ist Standhaftigkeit, und wenn wir es benutzen müssen, wird es gute Dienste leisten. Macht es schnell“, fügte er den Männern hinzu. „Montieren Sie ein paar starke Dichtungen als Stopper. Komm schon, Tab, ich will kein weiteres Ducken.“

Sie gingen nach hinten ins Cockpit, und der Kapitän begann, nach unten zu gehen.

„Ich schaue mir das Glas einfach noch einmal an", sagte er. „Es ist gut, einen zu behalten"—

"Sehen!" rief Jerry plötzlich, packte ihn am Arm und zeigte nach Süden.

Jacks Augen folgten dem Arm des Maat. In der Ferne am düsteren Horizont waren das schwarze Meer unten und der graue Himmel oben an einem Ort durch eine Wand aus undurchdringlichem Dunst zusammengeschweißt. Es war nicht viel mehr als ein Punkt, aber Jack erkannte auf den ersten Blick seine volle Bedeutung und wusste, dass vor der Merle ein Kampf bevorstand, der ihre Kräfte und seine Seemannschaft bis aufs Äußerste beanspruchen würde. Er öffnete seinen Mund, um zu sprechen, und schloss seine Lippen fest, ohne ein Wort zu sagen. Er blickte einen Moment lang auf den tintenschwarzen Nebel und rannte dann nach unten. Nach ein paar Minuten tauchte er mit einem grimmigen Ausdruck auf seinem sonst freundlichen Gesicht wieder auf.

mitten in diesem Schlamassel landen. Die Merle würde das nicht tun." lebe dort eine halbe Stunde.

"Also?" fragte Jerry. Sein Gesicht war nüchtern und erinnerte an einen großen, ernsten Hund, der seinen besorgten Herrn beobachtet. "Was können wir tun?"

„Es gibt nur eins zu tun", antwortete Jack schnell, aber mit absoluter Entschlossenheit. „Das Zentrum weist südwestliche Richtung auf – deshalb dreht sich unser Wind um. Wir müssen uns umdrehen und mitten in den schmierigen Streifen da drüben rennen . Das wird ein harter Job, aber nicht so schlimm, als wären wir weiter entfernt." westwärts. Wenn wir Westwind bekommen, legen wir an. Wenn wir etwas anderes tun, werden wir in die Mitte gefegt , das ist sicher Schicksal."

„Können wir es nicht auslaufen lassen?" fragte Jerry verzweifelt. „Es wird gewaltig sein! Der Schlag, den wir erlitten haben, wird daneben blass sein. Denken Sie nach, Mann!"

„Das habe ich", sagte Jack knapp. „Bereit für das Schiff!" er schrie.

Die Männer sprangen auf ihre Plätze, obwohl Jack sehen konnte, dass sie ihm dabei rasch überraschte Blicke zuwarfen. Der Beweis, so gering er auch war, dass er allein handelte und dass er weiter und klüger blicken musste als die Männer unter ihm, die an das Meer gewöhnt waren, verlieh seiner Stimme einen neuen Befehlsklang, als er den Befehl gab notwendige Befehle. Mit einiger Mühe und unter großem Getöse dröhnender Planen und schlagender Taue kam der Schoner in Fahrt, und Jack steuerte direkt auf den schwarzen Fleck am Horizont zu.

Jack bereitete sich eilig auf den Sturm vor ihnen vor. Er hatte das Segel eingeholt und doppelt gereft; der „Spitfire"-Ausleger anstelle des größeren Vorstagsegels und Planen, die über den Oberlichtern befestigt waren. Er versetzte die Yacht so weit wie möglich in Schwerwettertrimmung, um dem Sturm zu begegnen, der über das schwarze Meer auf sie zubrauste.

Er kam nicht zu früh, denn der Sturm ließ nicht lange auf sich warten. Der graue Himmel über der Jacht wurde immer dunkler, das Meer um sie herum immer „klumpiger". Der Wind frischte schnell auf und drehte mehr in Richtung Westen. Die Merle segelte tapfer weiter, die grünen Wellen brachen an ihrer Wetterschulter und die Spindrift flog über die Decks, als sie sich in Luv bahnte. Die Gipfel der großen Meere, die sich in den Himmel erhoben, wurden vom Sturm weggerissen und schossen in weißen Schichten vom Wind herab.

Jack stand mit Jerry im Cockpit. Er beobachtete aufmerksam das Wetter und gab den Steuerleuten – denn das Rad brauchte zwei von ihnen – mit ein oder zwei kurzen Worten einen Befehl oder eine Warnung. Die Stärke des Sturms nahm so zu, dass am Ende von anderthalb Stunden das Großsegel, obwohl dreifach gereft, eingeholt und eingerollt wurde und das Vorstagsegel, das für die Spießfeuer geöffnet worden war, aufgesetzt wurde Boom als Trysail.

Es hatte angefangen zu regnen, und die großen Tropfen wurden fast in horizontalen Linien entlang getrieben. Als sie das Gesicht trafen, fühlte sich Jack, als ob er mit Hagelkörnern beworfen worden wäre. Vermischt mit der fliegenden Spinwedel erfüllten sie die Luft wie mit Nebel, blendend und heftig.

Plötzlich, als die Yacht in das Wellental einer langen See eintauchte, wurde sie von einer starken Böe überschlagen, so dass achtern das grüne Wasser auf den Decks bis auf einen Faden an die Cockpitkämme anstieg. Ein scharfer Knall übertönte das Brausen des Windes und das laute Rauschen des Wassers. Jack blickte auf und sah, wie das Trysegel in zerfetzten Bändern herausströmte und sich wie bleiche Schlangen in wahnsinniger Wut wand und wand. Der Anblick erzürnte ihn wie eine persönliche Beleidigung, die ihm der Sturm entgegenschleuderte. Er brach in einen Schrei aus und schwor mit einem großen Eid, dass er den Merle trotz allem durchhalten würde.

„Tab", schrie er dem Steuermann ins Ohr, „kommen Sie mit dem Seeanker voran! Halten Sie sich bereit, um ihn zu Wasser zu lassen. Wir wollen nichts mehr davon!"

Er sah, wie Jerry die Hafenwache aufstellte – denn alle Männer waren seit zwei Stunden an Deck, klammerten sich an alles, was ihnen am nächsten war, und beobachteten abwechselnd den Sturm und den Kapitän – und mit ihnen kroch er vorwärts und machte mit Hilfe von irgendetwas Platz konnte begriffen werden. Ihre Schwierigkeit, vorwärts zu kommen, war für Jack wie eine plötzliche Erkenntnis der Gefahr, in der sie sich befanden, und ließ ihn einen Moment lang an die Männer denken, während er zuvor nur an die Yacht selbst gedacht hatte. Er sah, wie sich die Männer um den „Seeanker" versammelten, der mit der Bewegung des Bugs schwankte und schwankte, und wie Jerry sich umdrehte, um nach seinem Signal zu suchen. Die Jacht trug einen so starken Leeruder, dass die Steuermänner ihren Kopf nicht gegen den Wind halten konnten, und Jack schrie und gestikulierte verzweifelt, Jerry solle den Sturmklüver herunterfahren, während er gleichzeitig die Steuerbordwache anwies, den Stopp aufzuheben das Großsegel. Er hatte Todesangst, das Schiff könnte mit der Breitseite in den Wind geraten und die Decks könnten gefegt werden.

„Machen Sie das Großsegel los!" er brüllte. „Zeigt den Gipfel! Löscht den Ausleger!"

Erneut gab er Jerry ein Zeichen, wohlwissend, dass seine Stimme nicht gehört werden würde. Er sah, wie Tab einen Moment innehielt und dann als Antwort mit dem Arm wedelte. Zu seiner völligen Bestürzung sah er jedoch, wie der Steuermann und die Männer, die ihn begleiteten, sich bückten, den „Seeanker" ergriffen und ihn zerrend und stolpernd auf die Wetterseite zu ziehen begannen. Jack wurde klar, dass seine Gesten missverstanden worden waren und dass sein Befehl, den Ausleger herunterzufahren, mit dem Befehl, den „Anker" auszuwerfen, verwechselt worden war. Mit einem ekelerregenden Sturzflug ließ die Merle in diesem Moment eine mächtige Welle hinunter, stürzte ab und lag mit der Breitseite im Meer. Für eine Sekunde hatte er das Gefühl, als wäre alles verloren.

„Klug!" brüllte er der Steuerbordwache zu, die auf dem Hauptbaum um ihr Leben arbeitete.

Er warf ihnen einen kurzen Blick zu und begann vorwärtszustürmen, rannte rücksichtslos dahin und tastete dabei nach seinem Scheidenmesser. Ein schneller Schlag der Yacht nach Backbord warf ihn von den Füßen und schleuderte ihn nach vorne und nach rechts. Instinktiv streckte er seine Hand aus und ergriff etwas Metallisches.

„„Warenwasser!' murmelte er halb fassungslos.

Ein grüner Schatten rollte sich über ihn. Auf der Leeseite ertönte ein krachendes Brüllen. Er spürte, wie die Jacht schwankte und bebte, und plötzlich und mit einer seltsamen geistigen Wendung erinnerte er sich lebhaft an einen Erdbebenstoß, den er einmal in Patras gespürt hatte. Der Schatten verschwand, ein wenig Wasser kam klatschend! auf seiner Ölzeugjacke zwischen den Schultern. Der Rest der Welle – tonnenweise grünes Wasser –

hatte sich über ihm zusammengerollt und krachte auf die Decks auf der Leeseite.

Er stand unsicher auf und rannte mit einem seltsamen Singen in den Ohren vorwärts. Während er rannte, warf er einen kurzen Blick nach Backbord. Offensichtlich war die Kraft des Meeres mittschiffs am stärksten gewesen, denn er sah, dass die Reling auf einer Länge von dreißig Fuß auf dem Leebalken zwischen dem Vorschiff und der Haupttakelung herausgebrochen war; Zwei Boote waren verschwunden, und die kaputten Oberlichter gähnten schwarz. Jack stöhnte innerlich, hörte aber nicht auf. Er schwankte und schwankte und bahnte sich seinen Weg zum Fockmast. Ein plötzlicher Schlag der Jacht drohte dazu zu führen, dass er, wie er es später ausdrückte, „über das Ziel hinausschoss" und an den Fallen vorbei stürzte. Glücklicherweise hielt er sich jedoch zurück, indem er sich beim Vorbeiwerfen an der Schothornlinie des Vormarssegels festhielt, und klammerte sich verzweifelt daran fest. Er ergriff das Spitfire-Fall. Ein kurzer Blick auf die Windungen um den Stift im Gestell verriet ihm, wie viel Zeit er durch das Durchschneiden des Seils sparen würde, und mit einem schnellen Zurückziehen des scharfen Taschenmessers durchtrennte er es. Der Sturz des Falls flog in die Höhe und versetzte ihm dabei spielerisch einen kräftigen Schlag aufs Kinn; Das Segel raste im Donner herab und wurde in Fetzen davongeweht. Die Merle begann zu steigen, und Jack empfand einen Schauer freudiger Erleichterung, als er sah, dass sie dem Wind entgegenkam. Die Männer am Achterschiff hatten die Spitze des Großsegels gezeigt, und der Schoner spürte seine Auswirkungen.

Ein paar Meter weiter kämpften Jerry und die Hafenwache immer noch um den „Seeanker". Zweimal hatten sie versucht, es in Startposition zu bringen, und jedes Mal hatten Wind und See sie überwältigt. Jack hatte Angst, dass die Struktur zu Wasser gelassen werden könnte, bevor die Yacht auf dem anderen Bug herumgelegt wurde, oder zumindest so nahe am Wind, dass die unhandliche Vorrichtung über den Bug nach Backbord gebracht werden konnte, und stolperte schreiend vorwärts.

"Zum Hafen!" er brüllte. „Schaffen Sie es rüber nach Backbord!"

Er packte Jerry am Arm.

„Der falsche Ansatz!" brüllte er dem Maat ins Ohr. „Lassen Sie es nach Lee laufen und legen Sie es um, wenn ich mit dem Arm wedele. Passen Sie gut auf!"

"Ja!" schrie Tab, aber Jack war bereits weg.

Castleport stolperte ähnlich wie beim Vorwärtsgehen nach hinten, mal kletterte er mühsam den Hügel hinauf, mal lehnte er sich zurück und kämpfte darum, nicht kopfüber das abfallende Deck hinunterzustürzen, mit einer Wucht, die ihn über Bord gerissen hätte . Als er das Cockpit erreichte, ließ er sich fast erschöpft hineinfallen.

„Legen Sie jedes Mal, wenn sie aufsteht, das Ruder zurück!" rief er den Männern am Steuer zu. „Wir wollen, dass sie umfällt!"

"Jawohl, mein Herr."

„Na dann – rüber mit ihr!" er weinte, als die Yacht stieg.

Die Männer gaben ihr alles, was sie wagten. Der Effekt war nicht wahrnehmbar.

"Halte sie!" schrie Jack.

Unter Einsatz ihres Lebens hielten die beiden Steuerleute sie fest, während der Schoner zitternd den großen Abhang der Welle hinabglitt. Als sie aufstand, sah der Kapitän mit lachendem Herzen, dass sie es schaffen würde. Er riss seinen „Südwester" ab und winkte Tab hektisch zu. Jerry warf als Antwort den Arm hoch; Der große „Seeanker" erhob sich vom Deck und ging auf der Backbordseite hinaus.

„Ruder mittschiffs!" sang Jack.

"Jawohl, mein Herr."

Der Merle begann zurückzudriften.

„Pass auf!" Der Kapitän brüllte erneut. „Dichtungen am Großsegel!"

Die Steuerbordwache begann mit dem schweren Segeltuch zu ringen, das sie vor so kurzer Zeit teilweise aus ihren Fesseln befreit hatte. Das Segel wurde festgezogen, und die Merle zog ihren „Anker" zurück, und obwohl sie stürzte und zerrte, stürzte und rollte, hielt sie ihre scharfe Nase immer noch im Wind. Durch den Nebel der stechenden Salzlake, den der Wind in Schichten über die Decks trieb, sah der Kapitän, wie die Hände vorn etwa vierzig Klafter weit ausschossen und sich dann Mann für Mann nach achtern vorarbeiteten.

„Es tut mir schrecklich leid, dass ich so ein Durcheinander angerichtet habe", schrie Tab dem Kapitän ins Ohr, als er ihn erreichte.

„Es ist alles in Ordnung", erwiderte Jack strahlend vor wildem Jubel. „Es ist alles in Ordnung! Egal."

Der unheilvolle Gürtel aus undurchsichtigem Nebel, den sie noch kurz zuvor am Horizont gesehen hatten, umgab sie nun. Die Merle und ihre Besatzung waren in einen Schleier aus strömendem Regen eingehüllt. Es raste in unglaublichen Strömen vor der Explosion her, und zwar mit einer Wucht, die ihnen jedes Mal den Atem stocken ließ, wenn sie ihr gegenüberstanden. Die Meere nahmen eine schreckliche Größe an. Selbst den auf dem Meer gezüchteten Seeleuten schien es kaum möglich, dass der Schoner in solchen Wellen überleben könnte. Obwohl das Cockpit selbstlenzend war, blieb es unter Wasser; Darin reichte das Wasser, das mit der Bewegung des Schoners hin und her schwappte, bis zu den Spiegeln. Das Tosen des Windes, der auf den aus eigener Kraft straff gespannten Seilen sang, war wie das Kreischen einer riesigen und verstimmten Harfe. Das Krachen der Wellen klang wie eine ununterbrochene Kanonade rund um die Yacht. Die Vermischung von Meer und Luft erzeugte ein Schwindelgefühl, als würde sich alles wieder in sein ursprüngliches Chaos auflösen. Doch mitten in all dem spürte Jack, wie sein Blut in seinen Adern vor purer Freude über die Schlacht strömte.

Plötzlich fielen dem Kapitän die kaputten Oberlichter ein. Er sprang aus dem Cockpit, wo er fast hüfthoch im springenden Wasser stand, stützte sich an den Kämmen ab und machte sich auf den Weg.

"Pumps!" er schrie. "Kommen!"

Er winkte den Männern mit dem Arm zu, und die gelb gekleideten Gestalten lösten sich im Nebel und im trüben Regen von den Aussichtspunkten, an denen sie sich festgehalten hatten, und folgten ihm stumm und gehorsam.

Die Pumpen befanden sich direkt hinter dem Fockmast und waren halbrotierende Pumpen. Die Stangen wurden montiert, und zwei der Männer schwangen sich mit dumpfer und trostloser Monotonie hin und her, hin und her und begannen zu pumpen, als wären sie Teile einer Maschine geworden. Aus dem Abwasserrohr kam ein stetiger Wasserstrom in einem kontinuierlichen Strom. Es breitete sich über das Deck nach Backbord und Steuerbord aus, während die Yacht schwankte. Es war voller Blasen und Schaumflecken und hatte einen kränklich gelben Farbton.

Jack ließ den Rest der Männer neue Planen über die klaffenden Oberlichter spannen und ging dann nach unten, um sich das Glas anzusehen. Durchnässt, verletzt und durchgefroren von seinem langen Kampf gegen den Sturm und den Stunden, die verstrichen waren, ohne dass er etwas gegessen hatte, fühlte er sich nun, da es für den Moment nicht dringend nötig war, etwas zu unternehmen, von einer Art Schrecken angesichts der Gefahren erfasst, denen er ausgesetzt war durchgemacht. Der augenblickliche Gedanke, dass Schlimmeres noch bevorstehen könnte, gab ihm wieder Mut. Er konnte alles ertragen, was auch immer passieren mochte, solange er handeln konnte.

Der Anblick, der sich ihm in der ehemaligen Triggerkabine bot, war hinreichend entmutigend. Eine dünne Wasserschicht schwamm sanft über den türkischen Teppich. Es kicherte an dunklen Orten, als wäre es empfindungsfähig und sich der Unangemessenheit seines Aufenthalts dort völlig bewusst. Die Tür eines Spinds war aufgeplatzt und schlug laut zu. Weiter vorn, in den dunklen Kabinen, waren ähnliche Geräusche zu hören, die darauf hindeuteten, dass allerlei Kleinigkeiten herumgeschleudert wurden. Alles war mit Meerwasser durchnässt und vom prasselnden Regen durchnässt: die Heckkissen, von denen zwei mit den Korbliegestühlen in der Kabine umherliefen; die Bücher in ihren Regalen; die Schließfächer, die Spiegel, die Verkleidung, an der große Tropfen in schwindelerregenden Zickzacklinien herunterliefen – kurz, alles. Der Anblick löste bei Jack ein Gefühl der Entmutigung aus, das schlimmer war als alles andere an Deck – selbst das Abreißen der Schanzkleider – hatte es je hervorrufen können. Er hatte das Gefühl, als würde der grausame alte Ozean den Schoner mundtot machen, als würde ein Tier seiner Beute die Knochen brechen, bevor es sie verschlingt. Mit wilder Entschlossenheit atmete er ein, sein ganzer Kampfgeist war geweckt, um bis zum letzten Atemzug zu kämpfen, und stolperte zum Barometer. Er hielt es mit der Hand fest und las es. Es stand am 27.04. Dies war ein Rückgang um nur 0,05 seit seiner letzten Beobachtung, und das Gesicht des Kapitäns hellte sich ein wenig auf. Wenn das Glas praktisch aufgehört hätte zu fallen, wie es offenbar der Fall war, würde der heftigste Teil des Sturms bald kommen und schnell vorüber sein. Die alte Wettersäge kam ihm in den Sinn:

Lange vorhergesagt, lange her;

Kurzfristig, bald vorbei.

Die Erleichterung, so gering sie auch war, berührte ihn so stark, dass er fast lächelte. Er überlegte, dass die Merle so gut darauf vorbereitet war, wie es unter den gegebenen Umständen möglich war, und er hatte keinen wirklichen Zweifel an ihrer Fähigkeit, es zu überstehen, es sei denn, ein unerwarteter Unfall würde den „Seeanker" außer Gefecht setzen.

Als er an Deck kam, wurde er von Tab begrüßt, der in seiner Abwesenheit das Kommando übernommen hatte und sich eifrig nach dem Zustand des Glases erkundigte. Jack erzählte es ihm, und als er ihn in den Niedergang führte, wo sie dem Wind so weit entkommen konnten, dass sie reden konnten, fügte er seine Gründe für die Annahme hinzu, dass sie in kurzer Zeit das Schlimmste überstehen könnten.

„Wie läuft es unten?" fragte der Kumpel.

"Sehen!" antwortete der Kapitän mit einer Handbewegung.

Tab bückte sich und spähte in die zerlegte Kabine.

"Der Teufel!" er weinte bestürzt.

„Genau – aber es könnte schlimmer sein", erwiderte Jack; „Aber bei George, Tab!" „Ich – ich bin froh, dass ich das alles nicht noch einmal machen muss. Du weißt nicht – ich kann mir die Belastung so etwas nicht vorstellen."

„Steht dein Gewissen auf wie eine Katze im Wind?" lachte Jerry.

„Nein, Tab", antwortete Jack nüchtern, „aber die Männer, weißt du, und ich dachte, ich hätte sie da reingezogen, obwohl ich kein Recht dazu hatte. Oh, Scheiße! Egal, ich bin nur wahnsinnig froh, dass ich mit ihnen durchgebrannt bin." den Merle, bevor mir das alles klar wurde. Ich konnte mich nicht dazu durchringen, es noch einmal zu tun"—

unbeholfen gesenktem Blick darauf gewartet hatte, dass der Kapitän fortfuhr. „Ich weiß, wie du dich fühlst, aber Gott sei Dank gibt es noch viel zu tun, und wir werden uns gut durchkämpfen. Außerdem bekommt Gonzagues Stürmer eine Art Ration. Wir können es uns nicht leisten, das zu verpassen."

Er streckte seine Hand aus und Jack ergriff sie anerkennend, mit einer halbbewussten Dankbarkeit für den Trost eines Freundes.

"Du hast Recht!" sagte der Kapitän herzlich. „Ich glaube, wir sind beide bereit für ein Futter."

Und hinaus in den Sturm gingen sie wieder, beschwingt und bereit.

KAPITEL SIEBZEHN
DER MUSIK GEGENÜBERTRETEN

„Nun", sagte Tab, „ich begleite dich bis zur Tür, aus Angst, du könntest wegrennen. Du bist um einiges näher dran, als ich dich jemals gesehen habe, Jacko. Du musst die Nerven haben, wenn du es nicht tust." Ich möchte nicht aus dem kleinen Ende des Horns herauskommen.

„Ich fühle mich klein genug, um es durchzumachen", erwiderte Jack.

„Oh, das ist alles in Ordnung. Nehmen Sie einfach eine Zahnspange und"—

„Hmpf!" schnaubte der Kapitän. „Es ist schon gut genug, dass du herumschlummerst und mir Ratschläge gibst, aber wenn du Onkel Randolph selbst gegenübertreten müsstest, wärst du nicht so munter, das kann ich dir sagen!"

Die jungen Männer überquerten die Atlantic Avenue unweit der East Boston Ferry. Am Abend zuvor hatten sie endlich, seemüde und froh über Land, den Hafen angelaufen. Jack hatte kaum darauf gewartet, dass der Anker gelichtet war, als er sich schon in aller Eile auf den Weg machte, um seine europäischen Briefe abzuholen, und den Boten damit beauftragte , einen umfangreichen Brief aufzugeben, an dem er die ganze Zeit über in regelmäßigen Abständen fleißig geschrieben hatte; und die halbe Nacht lang hatte er Katrines Schreiben immer wieder gelesen und Jerry hin und wieder verlockende Passagen gegeben, mit Botschaften von Mrs. Fairhew , in denen er ihn ermahnte, Jack nicht noch einmal bei irgendwelchen schändlichen Machenschaften zu unterstützen. Am Morgen war die Besatzung großzügig entlohnt worden und hatte Passagen auf der City of Rockland erhalten. Damals hatte man Gonzague das Kommando über die Jacht überlassen, und nun machte sich der Kapitän mit seltsam gemischten Gefühlen auf den Weg zum Büro seines Onkels, wo er sich unweigerlich mit dem Besitzer der gestohlenen Merle auseinandersetzen musste.

Es war ein heller, klarer Morgen, ohne eine Wolke am Himmel. Die Luft hatte eine klare Frische, die in den Kopf stieg wie Wein. Die Straßen waren überfüllt und laut. Schwere Lastwagen rollten an den beiden vorbei wie Batterien, die in Aktion traten; Der Elevated donnerte mit seinem grollenden Kreischen über ihm. Die Fuhrleute schrien ihre sich anstrengenden Pferde profan an; Ein dicker Polizist an der überfüllten Kreuzung schwenkte seine Arme wie Signalzeichen, mal hielt er den Verkehr auf, mal lenkte er ihn mit befehlender Geste weiter. Die schrillen Stimmen der Zeitungsjungen erklangen in mechanischer Wiederholung der wichtigsten Sensationen der Morgenzeitungen.

„Oh", rief Tab, während sie zügig die State Street hinaufgingen, „wie gut es ist, nicht wahr, Jacko?"

Jack war zu sehr in das Interview vor ihm vertieft, um mehr zu tun, als nur mechanisch zu nicken. Er konnte sich im Moment nicht mit der fröhlichen Stimmung seines Freundes abfinden.

„Es gibt doch keinen vergleichbaren Ort", fuhr Jerry fort, sein ehrliches, heimeliges Gesicht strahlte vor Freude. „Mein Wort, Sie können bis zum Anbruch des Untergangs über Italien und alles andere reden, aber sie können dem guten alten Boston nicht das Wasser reichen! Wäre froh, wenn das nicht der beste Teil der ganzen Kreuzfahrt ist!"

„Denkst du schon?" fragte Jack trocken. „Es ist lustig, aber das Gegenteil war in meinem Kopf. Was zum Teufel", platzte er heraus, „was zum Teufel soll ich dem Präsidenten überhaupt erzählen?"

„Oh, gib ihm einfach das Garn von der Spule", erwiderte Tab, als wäre es die einfachste Sache der Welt. „Du hast das Protokoll dabei und – ich sage, sieh dir diese Tauben an! Sind sie nicht lustig! Komm, mach dich bereit!"

„Oh ja", sagte Jack. „Halten Sie sich natürlich fest – genau in der Höhle des Löwen. Hier ist das Gebäude – wir sind nur etwa siebzig Fuß unter Onkel Randolphs Höhle. Halten Sie sich fest! Genau das, natürlich! Ich bin so froh, dass Sie es vorgeschlagen haben!"

„Nun, Jacko", protestierte Jerry, „du darfst die Dinge nicht so sehen. Bringe etwas Mut hinein. Ich lasse dich hier, aber wenn du willst, werde ich mich mit dir der Musik stellen."

„Nein, danke", sagte sein Freund ernst; „Ich werde die Medizin alleine einnehmen."

„Nun, das haben wir gestern Abend beschlossen, als wir alles besprochen haben. Machen Sie weiter. Bringen Sie die Reste jedoch zum Mittagessen mit. Die Roundheads um eins. Es ist jetzt elf Uhr, und Sie haben zwei Stunden Zeit, um den Präsidenten zu besänftigen . Kommen Sie sicher, denn ich werde in einem Eintopf sein, bis ich weiß, wie Sie beide miteinander klarkommen.

„In Ordnung", antwortete Jack entmutigt.

„Viel Glück", sagte Jerry und streckte seine Hand aus.

„Danke", erwiderte Jack und nahm Tab herzlich in die Hand. "So lange."

„Ein Uhr", wiederholte Jerry; und mit einer fröhlichen Handbewegung machte er sich auf den Weg die State Street hinauf.

„Angenommen, er weint, wenn er den Froschteich sieht", murmelte Jack mit einem schwachen Lächeln vor sich hin. „Ich wünschte, ich würde mich halb so munter fühlen."

Er ging zum Aufzug und drückte den elektrischen Knopf. Der große Käfig kam herunter, der Junge knallte gegen die Tür, und Jack ging hinein, als hätte er die Stufen zu einem Gerüst hinaufsteigen können.

„Mr. Drakes", sagte er kurz, befeuchtete seine Lippen und fragte sich, warum sie so steif und trocken wirkten.

Nachdem er sich auf der richtigen Etage niedergelassen hatte, klemmte er das braune Logbuch fester unter seinen Arm und näherte sich dem Büro seines Onkels.

„Ich muss Zeit haben", sagte er sich. „Ich habe mir über dieses Geschäft keinen Cent Gedanken gemacht."

Er drehte sich auf dem Absatz um und ging langsam den mit Marmorfliesen ausgelegten Korridor entlang, vorbei an den verglasten Türen von einem halben Dutzend Büros. Dann hörte er mit plötzlicher Entschlossenheit auf.

„Verdammt! Sei ein Mann!" er hat sich selbst beschworen. „Das geht nicht."

Er ging entschlossen zur Tür und betrat das Vorbüro seines Onkels. An einem Schreibtisch klickte geschäftig eine Schreibmaschine, und verschiedene Angestellte kratzten eifrig daran. Mehrere Leute saßen herum und warteten offenbar darauf, mit Mr. Drake zu sprechen. Gerade als Jack eintrat, öffnete sich die Tür und ein Mann kam aus dem inneren Raum. Der Chefsekretär nickte Jack zu, betrachtete ihn jedoch neugierig.

„Wie geht es Ihnen, Mr. Castleport ?" er sagte.

„Kann ich meinen Onkel sehen?" fragte Jack, erwiderte seinen Gruß und fügte zu sich selbst hinzu: „Er weiß alles über den Merle. Das kann ich an seinem Aussehen erkennen."

„Er ist heute Morgen ziemlich beschäftigt", antwortete der Angestellte, „aber ich werde ihm sagen, dass Sie hier sind. Natürlich wird er Sie so schnell wie möglich sehen."

Jack nahm Platz und wartete, bis der nächste Mann aus dem Innenbüro kam. Dann ging der Prokurist hinein und kam einen Moment später mit einem seltsamen Gesichtsausdruck zurück. „Mr. Drake sagt, diese Männer sind nach Vereinbarung hier", berichtete er, „und er kann Sie nicht sehen, bis sie weg sind."

„In Ordnung", antwortete Jack und dachte reumütig darüber nach, dass er es nicht gewohnt war, so im Büro seines Onkels warten zu müssen. „Ich habe es nicht eilig."

Er ließ sich auf seinem Stuhl nieder und hatte das Gefühl, dass er alles Bessere als diese Verzögerung hätte ertragen können, und beinahe war er versucht, es aufzugeben und den Rückzug anzutreten. Er sah, wie ein Mann nach dem anderen in das innere Zimmer ging und nach einer Weile zurückkehrte und ging. Er schlug die Beine immer wieder übereinander und hatte das ungeduldige Gefühl, noch nie auf einem so unbequemen Stuhl gesessen zu haben. Er versuchte, sich die Zeit zu vertreiben, indem er das Protokoll las, aber zuerst öffnete er sich dem Bericht über die Hebung der Merle und dann der Geschichte, wie ihre Bollwerke durch den Sturm weggerissen wurden. Er begann darüber nachzudenken, wie gut Onkel Randolph immer zu ihm gewesen war, und fühlte sich mit jeder Minute mehr und mehr wie ein Unglücklicher, weil er den alten Herrn in North Haven zurückgelassen hatte. Die Zeit wurde immer länger und jeder Moment unerträglicher, als die zweite Stunde begann, langsamer zu werden als die erste. Dann bemerkte er, dass nur noch ein Mann übrig war, der sein Interview hinauszögern wollte , und er war so völlig demoralisiert, dass er das Gefühl hatte, er hätte alles gegeben, um von dem vor ihm liegenden Prozess entschuldigt zu werden. Es kam ihm so vor, als ob der vorletzte Mann sein Geschäft, was auch immer es sein mochte, in erstaunlich kurzer Zeit erledigte; und als der letzte zu seinem Termin ging, rannte er beinahe davon. Wenn er sich zurückziehen und die Dinge noch einmal überdenken könnte, könnte er sich vielleicht eine Ausrede einfallen lassen, die plausibler ist als alles, was er zu bieten hatte; und er wollte schon fast aufspringen, als sich die Tür öffnete und den einzigen Besucher herausließ, der zwischen ihm und der gefürchteten Begegnung mit dem Präsidenten gestanden hatte.

„Mr. Drake wird Sie jetzt empfangen, Sir", sagte der Bürojunge.

Jack erhob sich wie durch eine automatische Bewegung und spürte, wie sie ihn gegen seinen Willen vorwärts zogen. Noch einen Augenblick, und die Tür hatte sich hinter ihm geschlossen; er stand im Innenbüro. Mit einer enormen Anstrengung – einer Anstrengung, die fast körperlich war –, sich zusammenzureißen, blickte er zu seinem Onkel auf.

Er sah einen schmächtigen Herrn, gekleidet in einen gut sitzenden grauen Anzug, der mit dem Rücken zur Tür aus einem der Fenster schaute. Das Büro war hoch genug, um einen Blick auf den Hafen zu bieten, der hinter den Dächern und Schornsteinen in der Sonne blau leuchtete. Mr. Drake stand einen Moment lang da, als würde er die Aussicht zum ersten Mal untersuchen, während Jack sich fragte, ob diese Unbewusstheit seiner

Anwesenheit real war oder mit der langen Wartezeit zusammenhing. Dann drehte sich der Präsident zu ihm um und verneigte sich förmlich, als wäre er ein Fremder. Sein Gesicht zeigte einen seltsamen Ausdruck von Müdigkeit und Geduld, der Jack irgendwie an seinen Vater erinnerte. Die hohe Stirn war von ein oder zwei Falten durchzogen, an die sich Jack nicht erinnerte, und das lockige Haar war sicherlich noch dichter mit grauen Strähnen durchzogen.

„Nun, Herr?" Sagte Mr. Drake in einem harten und gleichmäßigen Ton.

„Nun, Onkel Randolph", sagte Jack verwirrt, „ich – ich bin hier."

„ Das verstehe ich", bemerkte der Präsident. „Bist du gekommen, um das zu sagen?"

Jack hatte das Gefühl, dass das Interview noch schlimmer werden würde, als er befürchtet hatte. Er scharrte unbehaglich mit den Füßen und betrachtete die Figuren auf dem Teppich. Dann schaute er in das Gesicht des älteren Mannes und etwas darin traf ihn mitten ins Herz.

„Onkel Randolph", sagte er plötzlich, „ich schätze, es ist ziemlich spät, so etwas zu sagen, aber – aber etwas, das auf dem Weg hierher passierte, hat mir das klar gemacht – hat mir gezeigt, was für ein Schurke ich gewesen bin, als ich das gestohlen habe." Merle wie ich. Ich glaube sowieso nicht, dass Entschuldigungen viel nützen, vor allem nicht, wenn man den ganzen Spaß hatte. Es ist ein bisschen so, als würde man versuchen, sich aus den Konsequenzen zu schleichen, aber ich – ich meine wirklich ganz aufrichtig, dass ich Es tut mir furchtbar leid.

Mr. Drake bewegte keinen Muskel seines scharfen, wohlerzogenen Gesichts, aber in seinen Augen lag ein schwacher Anflug von Humor, der Jack verwirrt innehalten ließ.

„Sind Sie fertig, Sir?" fragte sein Onkel.

„Ich bin noch nicht ganz fertig, Sir", sagte Jack in einer Art verzweifelter Demut. „Ich – ich – das heißt" – Er stolperte einen Moment lang und fuhr dann hastig fort: „Ich kann genauso gut erklären, dass es mir nicht so leid tut; das heißt – ich kann nicht ehrlich sagen, dass ich es wünschte." Ich hatte das Merle nicht genommen, denn ich – Sie wissen ja, ich bin mit Miss Marchfield verlobt , und das hätte ich nie sein können, außer – es sei denn, ich wäre da drüben angekommen. Das kann mir nicht leidtun."

"NEIN?" fragte Mr. Drake und hob die Brauen. „Sie denken vielleicht nicht darüber nach, welchen Preis ich für das Privileg gezahlt habe, Ihnen zu dieser Verlobung zu gratulieren. Ich habe keinen Sohn, und seit dem Tag, als Ihr

Vater starb, habe ich einen von Ihnen gemacht. Sie täuschen mich, demütigen mich." Machen Sie mich in den Augen meiner Gäste zum Witz meines Clubs und lassen Sie mich hoch und trocken in North Haven zurück.

Obwohl Jack wirklich traurig und traurig war, konnte er den Impuls nicht unterdrücken, der ihn dazu veranlasste, die Chance zu erkennen und leise zu murmeln :

„Ich hätte nicht gedacht, dass bei dem Nebel, in dem wir losgefahren sind, irgendetwas hoch und trocken sein könnte."

Sein Onkel hustete leicht, als würde er den Drang zum Lachen unterdrücken, und fuhr dann mit der gleichen gleichmäßigen Stimme wie zuvor fort.

„ Natürlich kann ich nicht erwarten, dass du ein Gefühl dafür hast, wie ich mich dabei gefühlt habe, dass du mich ausgetrickst hast, genauso wenig wie die Angst, die ich hatte, als der Merle verschwand, und ich wusste nicht, ob du oben drauf warst." Meer oder darunter."

„Daran habe ich nie gedacht", stammelte Jack und spürte, wie seine Wangen heiß wurden.

„Nein, das glaube ich nicht. Und auch nicht, wie ich den Sturm genossen habe, in dem Sie auf dem Heimweg gewesen sein müssen. Die Leute von Lloyd's haben mir mitgeteilt, dass Sie ihnen in Plymouth entwischt sind."

„Aber sie haben uns gelassen", warf Jack eifrig ein und ergriff mit Gier jeden Punkt, der ihm eine Chance zu geben schien, sich zu verteidigen. „Ich habe nicht nachgedacht, Onkel Randolph, und ich fürchte, ich war ein übler Schurke für dich. Es tut mir aus tiefstem Herzen leid."

Der Präsident machte einen schnellen Schritt vorwärts und klopfte seinem Neffen mit einer Hand auf die Schulter, während er mit der anderen warm die Hand ergriff, die Jack ihm schnell entgegenstreckte.

„So, Jack", sagte er, „das ist alles, was ich will. Du weißt nicht, was wir alten Narren durchmachen, wenn wir uns um eure Jungen sorgen. Vielleicht ist es auch gut, dass ihr es nicht wisst."

Er schüttelte Jacks Hand kräftig und wandte sich dann ab, um sich mit gleicher Heftigkeit die Nase zu putzen. Jack selbst fühlte sich heiß in den Augen, aber er hatte keine Worte, die der Situation angemessen schienen.

„Setz dich", sagte sein Onkel, winkte ihn zu einem Stuhl und ging dann zu seinem Schreibtisch. Er holte einige Briefe und Papiere aus einem Fach. „Ich habe Ihnen einiges zu sagen. Mrs. Fairhew schreibt einen sehr scharfen Brief, wenn sie möchte."

„Das glaube ich, Sir. Sie kann scharf sein, wenn sie redet."

„Sie sagt, ich wusste nicht, dass du erwachsen bist, Jack."

Jack errötete, als er sich lebhaft und deutlich an seine Erklärung gegenüber Jerry erinnerte, dass er seinem Onkel klarmachen würde, dass er auf dem Stand eines Menschen sei.

„Oh, ho", sagte Mr. Drake und betrachtete ihn scharf, aber mit humorvollen Augen, „das dachten Sie auch, nicht wahr? Natürlich haben Sie das getan! Nun , ich weiß es jetzt, und ich war ein alter Idiot." Ich gratuliere dir von ganzem Herzen, Jack. Wenn Miss Marchfield wie ihre Mutter ist" – Er brach ab, als hätten seine Gedanken die Oberhand über seine Rede gewonnen. „Wenn sie alles ist, was Mrs. Fairhew sagt, dann hast du einen Schatz, mein Junge. Lauf niemals mit ihrer Yacht davon."

„Ich habe nie vor, diesen Auftritt mit irgendjemandem zu wiederholen", erklärte Jack energisch und schüttelte erneut inbrünstig die Hand. „Du warst immer furchtbar gut zu mir, Onkel Randolph, und ich habe nie etwas für dich getan."

„Hm, vielleicht wüssten Sie nichts davon", antwortete der andere mit einem humorvollen Hochziehen der Augenbrauen; „Aber wir tun manchmal Gutes, wenn wir glauben, dass wir Schaden anrichten. Lesen Sie dies."

Er hielt ihm einen langen blauen Umschlag hin, der mit vielen Briefmarken und Schriften sowie amerikanischen und englischen Briefmarken versehen war. Jack erkannte es auf den ersten Blick als das, das er in jener nebligen Nacht in North Haven dem Boten abgenommen, in Nizza in der Tasche seines Mantels gefunden und nach langem Überlegen nach Plymouth zurückgeschickt hatte. In der oberen linken Ecke befand sich die Mitteilung, dass er zu RB Tillington zurückkehren sollte , wenn er nicht innerhalb von fünf Tagen zugestellt würde, und die Adresse in Boston, handschriftlich geschrieben. Er zog den Brief heraus und las:

> MEIN LIEBER DRAKE , Sie und ich kennen die Besonderheiten des Marktes seit so vielen Jahren, dass wir uns sowohl der Gefahr bewusst sein sollten, in eine unsichere Aktie zu geraten, als auch der Dummheit, die echte Aktie aus Mangel an einer Aktie vorbeigehen zu lassen wenig Mut. Ich denke, Sie haben wahrscheinlich nicht vergessen, was Orrington letzte Woche im Club über Orion Copper gesagt hat, oder dass ich Ihnen gesagt habe, dass ich die Sache bis auf den Grund durchforsten wollte. Nun, seitdem habe ich es mit einem Mikroskop nachgeschaut. Ich lege drei oder vier Kopien von Briefen bei – das ist natürlich alles vertraulich; Das wüssten Sie, ohne dass ich es

sage, aber die Sache ist zu wichtig, als dass man sich nicht besonders darüber äußern könnte. Ich schreibe Ihnen, weil ich jemanden brauche, der das Ding teilt, und ich denke, Sie können das Geld aufbringen, ohne jemanden auf die Spur zu bringen. Abgesehen davon haben wir uns immer gut verstanden, ich glaube an Ihr Glück und ich möchte, dass mir jemand bei der Leitung der ganzen Sache zur Seite steht. Es sind nicht weniger als Millionen drin, wenn wir sofort die Kontrolle erlangen. Verkaufen Sie alles – ich verkaufe *alles* selbst – und steigen Sie im Erdgeschoss von Orion ein. Wenn ich genau gewusst hätte, wo ich Sie treffen muss, hätte ich Sie in die Stadt geschickt, um selbst Nachforschungen anzustellen. Aber ich habe bereits ein kleines Vermögen damit verschwendet, in jeden verdammten Hafen an der Küste zu telegrafieren, der mir einfiel. An jedem Ort, den Sie betreten, warten Kabel auf Sie. Orion wird mit Sicherheit die kommende Finanzkonstellation sein. BB, Mellington , Foster und zwei oder drei andere sind rein durch pures Glück hineingestolpert, aber sie haben nicht genug Aktien, um uns zu schaden, wenn Sie mir beistehen.

Mit freundlichen Grüßen für Orion,
RBT

Jack las mit zunehmender Bestürzung.

"Du lieber Himmel!" er sagte. „Habe ich dir die Chance entgehen lassen? Hast du die Telegramme bekommen?"

„Ich habe sie bekommen, aber sie haben mich auf den Brief verwiesen, und ich war zu verärgert über die Merle, um ihnen viel Beachtung zu schenken. Dann bin ich auf die Insel gegangen und habe dort drei oder vier Tage verbracht; ein Brief – ein zweiter – die ganze Sache war vorbei."

„War es das, was Tillington kaputt gemacht hat ?" fragte Jack und hatte das Gefühl, als hätte seine Eskapade die halbe Finanzwelt zerstört.

„Es hat mich davor bewahrt, mit ihm zu gehen", erwiderte Mr. Drake lächelnd. "Siehe hier." Er verlängerte viele Zeitungsausschnitte und zog sie dann zurück. „Aber egal", fuhr er fort. „Es ist nicht nötig, auf die Einzelheiten einzugehen. Die ganze Sache war von Anfang bis Ende eine Falle. Wenn du mich zum Narren gehalten hast, Jack, indem du mit dem Merle durchgebrannt bist, ist das kein Umstand für den Narren, den ich machen würde." Ich hätte aus mir gemacht, wenn ich diesen Brief bekommen hätte. Wäre da nicht Ihr völlig herzloses und völlig unentschuldbares Verhalten gewesen, wären wir beide in diesem gesegneten Moment Bettler. Wir waren dem so nahe gekommen, dass ich es kann „Ich habe das Schild unten mit der Aufschrift ‚Bettler und Hausierer nicht erlaubt' nicht gelesen, ohne darüber nachzudenken, wie nahe ich daran war, dass es mir mein eigenes Büro verbieten würde."

„Meinst du es wirklich ernst, Onkel Randolph?" fragte Jack halb atemlos.

„Ich meine es ernst, mein Junge, obwohl ich fürchte, dass die Moral des Ganzen ziemlich krumm ist. Ich wurde mit einer Klugheit hereingeführt, die mir einen kalten Schauer über den Rücken jagt. Dieses Gerede im Club, das ich wie durch Zufall gehört hatte war alles durchgeplant, und so weiter und vieles mehr, auf das ich nicht näher eingehen werde. Mellington hat sich das Gehirn rausgepustet, und der arme alte Foster hat nichts anderes vor, als im Club um Getränke zu bitten und zu erzählen, wie es ihm ging eingesperrt, als er betrunken war, der arme alte Kerl! Ich war mir von Orion so sicher, dass ich den letzten Dollar von dir oder mir, den ich hätte in die Finger bekommen können, hineingesteckt hätte! Ich fühle mich wie ein Humbug, wenn mir Männer gratulieren, dass ich genug weiß um mich aus dem Schlamassel herauszuhalten.

„Und ich habe dich gerettet?" rief Jack und beugte sich mit jungenhaftem Eifer vor.

„Ja, ihr schurkischen Idioten; aber kleine Ehre gebührt euch!"

Jack schickte den Baumstamm in die Luft, sprang auf und fing ihn auf, als er fiel.

„Hoppla!" er schrie. „Oh, wie froh ich bin, dass Tillington diesen Brief geschrieben hat und ich ihn mitgenommen habe!"

Der Präsident lachte voller Freude, erinnerte seinen überschwänglichen Neffen jedoch daran, dass sich im anderen Raum Angestellte befanden. Er fing an, Fragen über die Reise zu stellen, aber die Uhr schlug eins und Jack erinnerte sich daran, dass Taberman bei den Roundheads auf ihn wartete und wahrscheinlich gespannt auf seine Neuigkeiten wartete.

„Sie kommen doch zum Mittagessen, nicht wahr, Sir?" er flehte.

„Das wird gut aussehen", erwiderte sein Onkel mit humorvollem Spott. „Jeder weiß, dass du mit den Merle durchgebrannt bist – Bardale konnte seinen Mund nicht halten – und mir wird vorgeworfen, ein Verbrechen zu dulden."

Dennoch machten sie sich Arm in Arm auf den Weg zum Club, und während sie gingen, teilte der Präsident seiner Sekretärin mit, dass er an diesem Nachmittag nicht mehr im Büro sein sollte.

„Wir werden den Baumstamm überfahren wollen“, erklärte er Jack, während sie auf den Aufzug warteten. „Ich habe keinen Zweifel daran, dass Sie erröten werden, wenn ich es lese, aber ich werde es tun.“

„Ich habe es für dich mitgebracht“, antwortete Jack mit einem Grinsen purer Freude. „Macht es Ihnen etwas aus, eine Minute zu warten, während ich ein Telegramm an Katrine schicke? Sie wollte unbedingt wissen, wie hart Sie zu mir sein würden.“

„Jetzt wird sie denken, ich hätte überhaupt kein Rückgrat. Nun, als du mir diesen Streich gespielt hast, Jack, fühlte ich mich furchtbar alt und allein; aber ich glaube, jetzt, da du zurück bist, bin ich ein bisschen jünger und bereit dazu Benimm dich."

„Warte, bis du das Protokoll gelesen hast“, lachte Jack, „und du wirst denken, du wärst im Teenageralter!“

KAPITEL ACHTZEHN
EPILUDE

Fairhew zu Abend gegessen hatte , verabschiedete sich eines Abends von Katrine, einige Wochen vor dem Tag der Hochzeit. Der Abschied hatte die charakteristische Besonnenheit, die seit jeher die unfreiwillige Trennung verlobter Paare kennzeichnet, und wurde heute Abend durch seine neckische Weigerung, eine Frage zu beantworten, länger als gewöhnlich in die Länge gezogen.

„Erzähl mir, was das große Geheimnis zwischen dir und Mr. Drake ist, Jack“, bettelte sie. „Ich finde dich absolut schrecklich!“

Er sah ihr ins Gesicht und lachte leise.

„Das bist du nicht“, erwiderte er. „Du bist heute Abend absolut umwerfend.“

„ Natürlich bin ich das“, erwiderte sie lachend und schmollend; „Aber Sie können mich nicht mit einem Kompliment abschrecken. Wenn Sie es mir nicht gesagt hätten, hätten Sie überhaupt nicht darüber gesprochen; und ich denke, Sie haben mich genug geärgert. Was hat es mit dem Präsidenten auf sich? Und du?"

Sie berührte mit ihren Fingerspitzen seine Krawatte, als würde sie sie gerade glätten, während sie wahrscheinlich nur instinktiv ihr Eigentumsrecht an Jack und seinen Besitztümern ausübte.

„Nun“, lachte er, „du hast es wunderbar ertragen, und ich habe dich so wahnsinnig gemacht vor Neugier, dass ich es nicht mehr aufschieben kann, es dir zu erzählen. Aber wahrscheinlich wirst du die halbe Nacht wach liegen und darüber nachdenken.“

„Das hängt davon ab, wie wichtig es ist.“

„Ich erwarte, dafür bezahlt zu werden, dass ich es dir erzähle “ , erklärte er mit einem Blick, der sie erröten ließ.

„Ich denke, Sie wären großzügig genug, es mir umsonst zu sagen“, antwortete sie; aber ihre Grübchen wurden tiefer.

Er beugte sich schnell vor und küsste sie. Dann nahm er beide Hände in seine und streichelte sie, während er weiterging.

„Das sind die Neuigkeiten“, sagte er. „Wir müssen unsere Pläne für die Hochzeitsreise von Grund auf ändern.“

„Warum, Jack! Was meinst du?“

„Das ist eine Tatsache, Liebes“, fuhr er fort und nahm einen Ausdruck tiefen Bedauerns an, der zu offensichtlich künstlich war, um deprimierend zu wirken.

"Aber warum?"

„Weil – Bist du bereit für einen großen Schock? Möchtest du nicht, dass ich dich unterstütze, falls du es nicht ertragen kannst?“

„Sei nicht albern“, drängte sie mit einem bezaubernden Lächeln. "Denn das, was?"

„Weil Onkel Randolph uns den Merle als Hochzeitsgeschenk geschenkt hat. Er hat es mir heute Nachmittag erzählt, damit wir Zeit haben, unsere Pläne entsprechend zu gestalten.“

„Oh, lieber Jack!“

„Großartig von ihm, nicht wahr? Wie würde es Ihnen gefallen, die Merle herüberschicken zu lassen und ein ganzes Jahr mit ihr auf dem Mittelmeer zu verbringen?“

„Oh, das wäre zu schön!“ Katrine weinte.

Sie faltete ihre Hände und blickte mit liebevollen, tapferen Augen zu ihm auf. Ihr erster Gedanke war an sein Vergnügen, und sofort folgte der Gedanke, dass sie ihr erstes Opfer brachte; denn ihr scharfsinniger Verstand sah voraus, dass Jack auf einer Jacht, deren Pflichten ihm Spaß machten, wahrscheinlich weniger allein ihr gehören würde als auf der Landreise, die sie arrangiert hatten. Sie lächelte wunderbar, und zum ersten Mal in ihrer Verlobung beugte sie sich aus eigenem Antrieb vor und bot ihm ihre Lippen an.

* 9 7 8 9 3 5 8 8 1 2 7 5 6 *